FOLIO POLICIER

J. P. Smith

Noyade

Traduit de l'anglais (États-Unis)
par Philippe Loubat-Delranc

Gallimard

Titre original :
THE DROWNING

J. P. Smith est né à New York, où il vit aujourd'hui. Il a passé de nombreuses années en Angleterre, où sa carrière d'écrivain a commencé. *Noyade* est son premier roman traduit en français. Il est par ailleurs scénariste.

Pour Sophie

On voyait des formes à la lueur du feu. Elles ne dorment jamais. Elles errent, perdues dans une histoire qui leur est propre. Ce sont les enfants de la nuit.

EOIN MCNAMEE, *Orchid Blue*

Imaginez ceci : sous le ciel étoilé, une nuit paisible d'août aussi douce et claire que la journée qui s'achève, comme la veille et comme le lendemain. Un vaste champ entouré de pins si serrés, si sombres qu'ils dissimulent l'ourlet entre le ciel et la terre. Bientôt, les enfants remettront dans leurs valises T-shirts et shorts, raquettes de tennis, gants de base-ball et sacs de linge sale puis rentreront chez eux dans l'État de New York, le Connecticut, le New Jersey, voire plus loin.

Les flammes éclairent les visages des garçons assis en cercle autour des feux de camp : les plus jeunes au milieu du pré, les plus âgés vers l'extérieur, à l'orée des arbres. Le dîner – brochettes de saucisses grillées, pommes de terre enveloppées d'aluminium cuites sous les braises, guimauves noircissant sur des brindilles – a pris fin. Les flammes, renonçant à leurs dernières lueurs, deviennent de fins tisons puis, en quelques minutes à peine, un tas de cendres, tandis que, marchant d'un groupe à l'autre, les moniteurs racontent la fameuse histoire qu'ils répètent d'année en année, d'un ton grave et révérencieux, comme s'il s'agissait d'un secret destiné à ne jamais être divulgué. Un conte qui, désormais, fait autant partie de la culture du camp que les chansons qu'ils entonnent sous le préau – des odes à la nature, à l'esprit d'équipe, au lac Echo et à la chaîne de collines. Les garçons fixent les ultimes flammèches, guettant les mots qui s'animent, ou fermant fort les paupières, comme s'ils souhaitaient être déjà rentrés chez eux, où rien de mauvais ne pourrait les atteindre.

— Une nuit, bien après l'extinction des feux, commence l'un des moniteurs, comme tous les sept ans depuis la fondation du camp Waukeelo en 1937, un habitant du coin, un certain John Otis, s'est introduit dans le camp en coupant à travers bois derrière les dortoirs et a enlevé un des plus jeunes garçons.

Le moniteur se tait, pour que ses paroles s'enracinent dans les esprits, avant de reprendre :

— En ville, les gens disaient que John Otis passait inaperçu, qu'il était un monsieur Tout-le-Monde, mais…

Il s'interrompt encore.

— … qu'il avait les yeux d'un mort. Si jamais on croisait son regard, on restait pétrifié.

Un autre moniteur, qui déambule derrière son auditoire en faisant le même récit, le devance dans la chronologie des faits :

— … c'est que les enfants de sept, huit ou neuf ans… Vous savez bien comment vous êtes, c'est si facile de vous enlever. Si facile de vous réduire au silence. Si facile de vous faire disparaître.

Un troisième raconte :

— … donc, le premier qu'on n'a pas revu, ça s'est

passé en juillet 1944, pendant la guerre, par une nuit tiède exactement comme celle-ci.

Certains, parmi les plus petits, se retiennent de pleurer. Le moniteur poursuit :

— Le deuxième, ça a été sept ans plus tard, en 1951 – très exactement à la date d'aujourd'hui.

Un quatrième explique que John Otis épiait les garçons depuis les collines, derrière les dortoirs, les observant le matin tandis qu'ils se mettaient en rang pour le lever du drapeau ou plongeaient dans le lac depuis le ponton, pour choisir celui qui serait le prochain.

— Il s'y trouve peut-être en ce moment même, là-bas, dans les bois…, poursuit-il.

Huit têtes se tournent dans cette direction.

— Il observe. Il réfléchit. Il fait son choix.

Hormis la voix douce des conteurs et le crépitement des feux de camp, le silence règne. Les enfants sont absorbés par le récit, ensorcelés par les mots, en proie à leur imagination.

— Il enlève toujours celui qui s'isole…

Alors, certains garçons lancent des coups d'œil autour d'eux, se demandant lequel du groupe ce pourrait être.

— Vous voyez qui je veux dire… Le jeune qui ne participe pas aux activités, qui reste à l'écart.

Plusieurs baissent la tête d'un air apeuré car ils savent que c'est eux qu'il décrit.

— L'histoire se termine toujours le lendemain matin, quand les petits camarades du garçon qui partagent son dortoir remarquent que son lit est vide et se demandent où il a bien pu partir sans laisser de trace ni d'indice. A-t-il été assassiné ou a-t-il rejoint tous ceux qui ont été emportés par l'homme, qui vit au sommet des collines dans un endroit connu de lui seul ?

Au fil du temps, la légende de John Otis s'est enrichie de mille détails qui, tour à tour, ont été relatés aux nouveaux arrivants. On racontait que, à la fin des années 1930, il était arrivé quelque chose d'horrible à John, alors qu'il vivait dans la maison construite par son père. Sa mère avait disparu peu après sa naissance, mais on parlait de l'existence d'une sœur aînée. Faute de document certifiant sa naissance, on pensait qu'elle avait vu le jour à domicile. Et, sans doute, y était morte.

Un jour, John, un enfant renfermé, renfrogné, replié sur lui-même, insolent envers ses professeurs et prompt à la bagarre, ne vint pas à l'école, ni le lendemain, ni le jour suivant, ni jamais. Chaque fois que des policiers ou des responsables de l'établissement scolaire se présentaient à son domicile, ils étaient accueillis par deux molosses et, souvent, par le père de John, dans l'embrasure de la porte, carabine entre les mains.

Bientôt, plus personne ne se préoccupa du sort de John Otis. Il était soit mort, soit élevé en marge de la société par un homme vieillissant, dont la réputation d'agressivité et de violence n'était plus à faire dans le comté de Berkshire. On l'évitait les rares fois où il apparaissait dans les villages environnants pour acheter de la viande et des bouteilles de whiskey bon marché, sans oublier des cartons de nourriture pour bébé. Bien des années plus tard, alors que son père devait être mort depuis longtemps et que tout le monde supposait qu'il en allait de même pour lui, John Otis bascula dans une sorte de vie d'outre-tombe malfaisante, telle une rumeur courant dans les collines alentour. Parfois, des jeunes affirmaient l'avoir vu, adulte, en barque sur le lac dans le soleil couchant, les épiant sous l'ombre de son chapeau. Ou immobile près du terrain de base-ball, parmi les arbres, les observant, cigarette au bec ; disparaissant dès qu'on se retournait pour donner l'alerte.

Des bruissements dans les bois au-delà des dortoirs, c'était John Otis ; des lueurs de lucioles, c'étaient les yeux de John Otis. Il suffisait de penser à lui pour se dire qu'il se trouvait juste derrière soi.

Au gré des histoires racontées maintes et maintes fois, embellies au fil des ans autour des feux de camp et dans les dortoirs en fin de soirée, John Otis débordait de vie. Si un jeune s'étonnait d'avoir déjà entendu ce récit l'année précédente, on lui répondait tout bonnement qu'on avait fait une erreur de calcul, que c'était bel et bien la septième année.

Les mêmes noms revenaient. On citait Scott Gardner, le gamin aux cheveux bruns coupés en brosse. Sept ans avant la disparition de Scott, Jake Kauffman avait été arraché à son lit en pleine nuit et ses camarades de dortoir n'avaient rien vu, rien entendu. Au matin, son lit était fait au carré, ainsi qu'il l'avait laissé la veille, à ce détail près qu'une poupée ancienne, énucléée, occupait sa place. En 1972, début août, Billy Olsen, qui cherchait un ballon dans un bois touffu, n'en est jamais revenu. Étaient-ils retenus prisonniers par cet homme ? Avaient-ils été torturés ? Assassinés ? Se trouvaient-ils toujours là-bas, leurs cris inaudibles tandis que John Otis descendait l'escalier, dans la cave de sa masure ?

Parfois, sur une étagère de la salle commune, les

moniteurs prenaient des albums photo poussiéreux, qui portaient sur leur couverture de cuir, en lettrage doré, le nom du camp, pour montrer aux garçons les photos des prétendus disparus. On y voyait, assis au premier rang, l'air perdu, Henry Cassidy, le teint pâle, blond, âgé de sept ans à l'été 1944, qui s'était évanoui dans la nature. Ainsi qu'Aaron Blume, joufflu, souriant, porté disparu deux jours après que la photo avait été prise, en août 1958. Et Richard Ivory, maigrichon, neuf ans, tout en angles et joues creuses, qui s'était volatilisé en 1965.

Puis, il est temps de rentrer. Les garçons, silencieux, suivant le chemin dessiné par le rayon lumineux des lampes électriques tenues par leurs chefs de groupe, coupent par le sentier à travers bois jusqu'à leurs dortoirs. Quand, enfin, ils prennent la parole, c'est d'une voix tremblante car la peur s'est parée d'un nom et d'une réalité propres.

— Tu crois à tout ça, toi ? demande un des petits de huit ans.

Et le garçon qui marche à ses côtés, Joey Proctor, répond qu'il est possible que ce soit vrai.

La nuit suivante, Joey aurait disparu et jamais plus on ne le reverrait.

Un jour, bien des années plus tard, un moniteur pointerait le doigt sur le visage de Joey Proctor sur la photo de groupe et, parlant aux garçons de John Otis, dirait que Joey, un jour, se trouvait là et que, le lendemain, il ne s'y trouvait plus. Joey faisait désormais partie de la légende, et il y demeura jusqu'au matin où, vingt et un ans plus tard, tout porterait à croire qu'il était revenu à la vie.

I

1

Au premier jour des vacances, en cet été qui devait être le dernier de Joey Proctor, ses parents, qui le conduisaient au camp dans la Mercedes familiale, s'arrêtèrent juste après la frontière du Massachusetts pour déjeuner dans un *diner* du nom de Little Dee's. L'enseigne au-dessus de l'entrée devait être là depuis des lustres : une jeune fille souriante en tablier vichy y tenait un plateau croulant sous une pile de plats. Pendant le trajet, Joey s'était efforcé de s'intéresser au livre qu'il lisait sur le siège arrière. Maintenant qu'ils se trouvaient à moins d'une heure de leur destination, il avait un nœud à l'estomac et la gorge sèche.

Le camp de vacances était une notion abstraite pour Joey, comme la mort, la conscience de soi ou l'âge adulte. C'était inimaginable, sans dimension, une simple formule désignant un état lointain qu'il s'apprêtait à connaître. Il savait seulement que ses parents se disputaient souvent depuis quelques mois et disaient avoir besoin de temps pour faire le point – autrement dit, sans lui. On l'isolait. On l'écartait de l'équation familiale. Tout ça s'était précipité.

Il contemplait la carte sans véritablement la lire.

Quand la serveuse s'approcha d'eux avec son bloc, son bout de crayon et son large sourire peinturluré, il hésita puis se décida pour un cheeseburger, des frites et un jus d'oranges car on lui interdisait les sodas. Il n'avait même pas faim. Il avait mal à la tête, et l'angoisse qu'il éprouvait depuis qu'ils avaient quitté la ville s'était progressivement transformée en terreur. Pendant qu'ils attendaient d'être servis, ses parents n'échangèrent pas un mot, à croire qu'ils ne s'étaient jamais vus de leur vie, comme les usagers du métro qui s'autorisent à tout regarder sauf un autre passager. En l'occurrence, ils contemplaient l'extérieur par la vitre, ou les photos encadrées alignées sur les murs : paysages boisés, cascades, Teddy Roosevelt en chapeau de Rough Rider* arborant son grand et glorieux sourire de cow-boy et pointant le doigt vers on ne savait quoi.

Quand son père se rendit aux toilettes, sa mère se leva d'un bond, sortit de la salle, se dirigea vers la cabine téléphonique sur le parking, décrocha le combiné et glissa des pièces de monnaie dans l'appareil. Joey la vit faire des moulinets avec le bras, puis plaquer la main sur son front, donnant l'impression qu'elle se concentrait pour réfléchir à une solution. Le poing sur la hanche, elle sourit comme elle savait si bien le faire, en coin, puis, lentement de la pointe de sa chaussure, dessina un arc de cercle sur la surface de la planète, réminiscence d'une carrière à laquelle elle avait dû renoncer depuis longtemps. Pour Joey, elle

* Rough Riders : premier régiment volontaire de cavalerie de la guerre hispano-américaine, levé en 1898, dont l'histoire a donné lieu à une minisérie télévisée. (*Toutes les notes sont de l'éditrice.*)

représentait, comme son père, une sorte de mystère. Ils étaient si souvent en désaccord qu'il était devenu un simple spectateur de la vie familiale. Un étranger sous son propre toit. Quelqu'un en équilibre précaire au-dessus du vide entre deux falaises, perpétuellement sur le point de chuter.

Un homme était assis dans le box contigu au leur, coiffé d'une casquette *John Deere*. Il sourit à Joey sans cesser de hocher la tête, comme s'il approuvait ce que lui disait une voix intérieure. Il but une gorgée de son café, se leva et s'approcha de Joey. Il lui demanda :

— Tout seul, mon petit ?

— Ma mère est dehors. Mon père est…

— Ouais, ouais, j'ai vu…

L'homme, s'appuyant sur la table, se pencha vers l'enfant. Ses mains étaient noueuses, rugueuses et rougies, écorchées, et l'un de ses ongles semblait avoir reçu un coup de marteau, car il avait noirci.

— Je parie que tu vas au camp de vacances, pas vrai ?

Joey acquiesça.

— Ils s'arrêtent tous ici. Les garçons. Les petits comme les grands. Les papas. Les mamans. Même les sœurs, parfois. C'est ta mère là-bas dehors ?

Joey, de nouveau, fit oui de la tête.

— Jolie petite chose, commenta l'homme. Tu as quel âge, toi ?

— Huit ans et demi.

L'homme se redressa et, regardant Joey, sourit comme s'il contemplait un délicieux repas, tout juste préparé pour lui, prêt à être dévoré avec ses doigts crasseux et écorchés. Quand le père de Joey regagna leur table, l'inconnu s'éloigna sans se retourner.

Joey l'observa tandis qu'il réglait sa note, échangeait quelques mots avec la caissière pendant qu'elle lui rendait la monnaie et sortait. En passant devant la mère de Joey, il dut dire quelque chose car celle-ci tourna brusquement la tête alors qu'il montait dans son pick-up, démarrait et repartait, le sourire aux lèvres.

— Ce type, qu'est-ce qu'il te voulait ? s'enquit son père.

Joey haussa les épaules.

— Rien du tout.

— Personne ne veut rien du tout.

2

Pendant son séjour au camp, Joey allait revoir l'homme à la casquette deux ou trois fois, occupé à tondre le gazon du terrain de base-ball ou à ramasser les branches tombées à la suite du terrible orage de la fin juillet. Un jour, il donna à Joey l'impression de le reconnaître quand, se dirigeant vers son pick-up, il s'immobilisa et lui sourit. Avec deux doigts en «v», il montra ses propres yeux, puis désigna Joey. Celui-ci n'y vit aucune signification mais, lorsqu'il regagna son dortoir, il se campa devant le miroir de la salle de bains et refit ce geste pour lui-même. Il n'y trouva toujours aucun sens, et en conclut que cela devait avoir un rapport avec une chose louche, occulte, forcément interdite.

— Ta mère est encore au téléphone ? demanda son père.

— Faut croire que oui.

Dans la cabine, elle se massait le front, ne souriait plus. Semblait très concentrée, comme si elle s'efforçait de trouver la bonne idée, le mot juste.

Le père de Joey sourit d'un air entendu, comme

s'il savait très bien qui se trouvait à l'autre bout de la ligne. Il hocha la tête et murmura :

— Mon Dieu.

Enfin, la mère de Joey regagna la table et on les servit. Son mari lui lança :

— Ça ne pouvait pas attendre ?

— Tu ne sais même pas de quoi il s'agissait, ni avec qui je parlais.

— Je crois que si.

Bien entendu, ils mangèrent sans échanger une parole et, quand ils partirent, le silence se prolongea, exactement comme les aiguilles de l'horloge continuent de tourner après qu'on est allé se coucher.

Une demi-heure plus tard, le GPS du père de Joey les invita à emprunter une route secondaire qui semblait ne jamais devoir prendre fin. Elle bifurquait sur un chemin de terre où un écriteau peint à la main et maintenu par des chaînes indiquait : *DÉFENSE D'ENTRER !!! DANGER DE MORT !!!* Ils roulèrent encore un certain temps, puis les arbres donnèrent l'impression de s'écarter, les locaux du camp se révélèrent peu à peu sous leurs yeux et une voix féminine les informa :

— Vous êtes arrivés à destination.

Au bord du chemin, ainsi que sur la pelouse près de l'entrée, étaient garées de nombreuses voitures aux immatriculations des États de New York, du Connecticut et du New Jersey. Un garçon plus âgé s'approcha de la Mercedes, tenant un bloc-notes sur lequel il cocha le nom de Joey.

— Dortoir douze, annonça-t-il, pointant le doigt dans la direction voulue.

Le lac paraissait d'un bleu profond sous le ciel clair

de l'été, plus bleu encore que le ciel à New York. Plus bleu que jamais, plus profond que jamais.

Pendant qu'ils marchaient vers le dortoir, sa mère s'écria :

— Comme c'est beau !

Elle se tourna vers Joey.

— Qu'en penses-tu ?

— C'est pas mal.

— Juste « pas mal » ?

— Il est ici depuis deux minutes et tu voudrais qu'il se soit déjà fait une opinion ? ironisa son père.

Joey espéra qu'ils n'allaient pas recommencer à se chamailler – pas ici, pas maintenant. Quand il avait demandé à sa mère pourquoi son père se mettait si souvent en colère, elle s'était contentée de lui répondre qu'il traversait une période difficile, que, à cause de la situation économique, l'argent commençait à manquer. Quelques jours plus tôt, Joey l'avait entendu s'entretenir par téléphone avec Leonard Rubicon, son avocat d'affaires, opposer ses arguments d'une voix tranquille, levant le poing puis le laissant retomber. Le levant, le laissant retomber. Puis il avait fermé la porte de son bureau et haussé le ton.

Ils habitaient à l'angle de la 19e Rue et de Park Avenue. Son père roulait en Mercedes et était toujours en costume. Sa mère, jadis danseuse de ballet, avait raccroché ses chaussons à vingt-sept ans, à la suite d'une blessure. Quelques cadres sur les murs de l'appartement contenaient des photographies d'elle : jeune fille *en pointes**, cygne parmi d'autres dans *Le lac des cygnes*. Elle lui semblait si différente de la

* En français dans le texte original.

femme qui vivait avec eux : là, sur ces photos, elle incarnait un mystère. Son visage était inexpressif, ses membres longs et minces, tendus, étirés, comme si une force invisible l'entraînait au loin. Quand il regardait ces représentations de sa mère, il pressentait que les êtres humains pouvaient mener une existence à l'opposé de celle qu'on leur connaissait. Que, en eux, à tout instant, existait cette autre personne qui déployait ses bras en l'air, se tenait en équilibre sur une pointe.

Désormais, sa mère restaurait des meubles dans un atelier qu'elle louait dans l'East Village, encore que, depuis quelque temps, les clients se fissent rares. Son père disait que la vie était difficile pour tout le monde, même pour les multimilliardaires avec leurs chaises Chippendale et autres mobiliers de style Regency. Quelques semaines après que son père eut parlé à son avocat puis à son comptable, des hommes gantés de blanc se présentèrent à leur domicile et emballèrent plusieurs de leurs tableaux dans des caisses en bois. La famille de Joey ne prenait plus l'avion pour aller passer les vacances de Noël aux îles Vierges, et son père en vint à emprunter des lignes commerciales au lieu de se déplacer en jet privé. Pareils déboires arrivaient à d'autres qu'eux, lui affirmait sa mère – ils n'étaient pas les seuls au monde à les subir. Joey se souciait de ce qu'il adviendrait d'eux si jamais, un jour, ils n'étaient plus riches.

Trois des gamins du dortoir se connaissaient déjà et, à peine réunis, ils se mirent à chahuter. Ils se poussèrent sur la pelouse, devant le chalet, avec sa moustiquaire et sa véranda. Tout autour, la forêt. Quand ils se parlaient, c'était comme un langage codé, et l'un d'eux traita un autre de «fils de pute», mais aucun parent n'y prêta attention. Lorsque le moniteur, Steve, le présenta aux autres garçons, Joey sut tout de suite qu'il ne s'intégrerait pas au groupe. Il était différent d'eux. Il était petit pour ses huit ans, alors que les autres avaient l'air plus âgés, de ceux qui roulent des mécaniques et sèment la pagaille à l'école.

Sa mère lui avait acheté une couverture de camp à rayures rouges et jaunes dans une boutique du Village, près de son atelier. Joey remarqua que celles des autres étaient unies, grises ou bleues, ou portaient des logos d'équipes sportives, et il se sentit gêné que la sienne sorte du lot. Il fut certain de voir l'un des garçons la montrer du doigt en riant sous cape. La dépliant pour la première fois, la mère de Joey lui fit son lit, alors que Steve lui avait expliqué que, au camp, on appelait les lits des couchettes, tout comme le bâtiment dans lequel ils se trouvaient était un dortoir et que, à compter du lendemain matin, il lui reviendrait de faire sa couchette au carré, comme à l'armée. *Le lendemain matin*, voilà qui, pour Joey, faisait l'effet d'une terre inconnue dotée d'une langue et de coutumes étranges. Il lui semblait impossible qu'il puisse y survivre très longtemps.

Steve lui montra son propre lit, le défit puis le refit à l'identique pour que Joey comprenne comment s'y prendre, lui qui n'avait jamais fait un lit de sa vie. C'était Daniela, leur bonne, qui s'en chargeait, tout comme elle faisait le ménage, la vaisselle, les courses et lui préparait son goûter, chaque jour, à son retour de l'école. Pas plus tard que la semaine précédente, il avait entendu son père dire qu'elle non plus ne serait pas éternelle et, de fait, huit jours après le début des vacances de Joey, elle reçut son congé.

Le garçon qui occupait la couchette voisine de celle de Joey n'était accompagné que par sa mère et il donnait l'impression d'avoir pleuré pendant tout le trajet. Sa mère bavarda avec celle de Joey et il l'entendit dire que son époux, un ancien professeur de Barnard College, était mort d'un cancer un peu plus tôt dans l'année. Joey la regarda et lut sur son visage le chagrin, le vide de l'absence. Ce garçon s'appelait Greg et il habitait de l'autre côté de Central Park, à l'opposé de Joey. Qui sait s'ils ne deviendraient pas amis. Oui, mais voilà, Greg tint le coup moins d'une semaine. Sa maison lui manquait trop, il en avait assez de se faire chambrer par les trois garçons qui se connaissaient déjà, alors sa mère revint le chercher, après quoi le matelas de sa couchette fut replié, comme si, au lieu d'être tout bonnement rentré chez lui, il était mort pendant son sommeil.

3

Le jour où Joey Proctor disparut, cinq semaines après le début des vacances, Steve, alors que tous deux revenaient du réfectoire après le déjeuner, lui avait demandé si tout se passait bien pour lui. Il parlait à voix basse, rien que pour eux. Joey répondit que oui, et Steve le félicita de s'être si bien adapté : il avait su gérer l'incident avec Ethan Daniels, le rouquin qui lui avait cherché des noises dès le premier jour, mais Joey savait qu'il le devait à Steve, qui avait pris Ethan à part et lui avait demandé de le laisser tranquille. Sinon. Ce *sinon* avait scellé la confiance que Joey accordait à Steve.

Cela se passait une vingtaine de minutes avant le temps de repos, quand les enfants pouvaient lire allongés sur leur lit ou écrire à leurs parents. Joey tenait à envoyer aux siens une lettre par jour, mais n'avait jamais rien de nouveau à raconter. Il s'était fait quelques copains, il appréciait certaines activités, il aimait bien son moniteur, mais ses lettres contenaient aussi quelques mensonges, afin que ses parents pensent qu'il s'amusait bien, de ne pas leur donner une raison de plus de se disputer.

Alex Mason, chargé d'apprendre à nager aux enfants, les dépassa d'un pas rapide en leur criant : « Salut ! » et, si Steve lui sourit, il parut contrarié de le voir et grimaça comme s'il venait de se faire piquer par une guêpe. Et Joey eut l'impression d'entrevoir une autre facette de la personnalité de Steve.

— Tu aimes nager ?

Joey enfonça les mains dans ses poches.

— Des fois.

— Tu aimes bien Alex ?

Il avait dû lire l'expression de Joey. Il s'esclaffa.

— On dirait que non.

— Il est cool.

Joey n'aurait su dire ce que, au juste, il reprochait à Alex Mason, mais il savait que cela avait un rapport avec sa propre peur de l'eau.

— Qu'est-ce que tu fais quand tu n'es pas moniteur ?

— Des études pour devenir avocat. À l'université Columbia.

Joey sourit. Autrement dit, tous deux vivaient à New York, ce qui lui remonta le moral : ils pourraient se lier d'amitié. Joey lui indiqua où il habitait, et Steve lui répondit qu'il vivait dans un appartement à Morningside Heights, à deux pas de sa fac.

Comme ils passaient devant un groupe de gamins qui jouaient au frisbee, Joey s'immobilisa le temps que l'un d'eux attrape le disque qui fendait l'air.

— Tu y as déjà joué ?

Joey haussa les épaules.

— Des fois. Mais pas à la maison.

— Avec tes camarades de dortoir ?

— Ouais, c'est ça.

Le disque survola les gamins. Steve leva le bras et l'intercepta, puis pria Joey de reculer. Il lui lança l'engin qui atterrit en douceur dans sa main. Le moniteur sourit et Joey alla le rendre aux autres.

— Tu as hâte de rentrer chez toi ? demanda Steve comme ils reprenaient leur marche.

Joey se rembrunit.

— Bof.

Joey se mit à lui confier des choses, expliqua que ses parents n'arrêtaient pas de se disputer et que c'était très, très pénible pour lui, et, et, et… parce que les mots venaient facilement, il raconta ce qu'ils se lançaient au visage, leurs silences pesants pendant les repas.

— Tu as une sœur ou un frère avec qui en parler ?

Joey secoua la tête.

— Il n'y a que moi.

Il fut gêné de sentir les larmes lui venir.

Réflexion faite, Steve hocha la tête, un peu comme le type à la casquette, au *diner*. Il questionna Joey pour savoir ce qu'il ressentait d'être enfant unique et d'entendre ses parents se quereller, et Joey lui répondit que cela lui donnait la sensation d'être sans famille, de n'avoir personne vers qui se tourner quand il rentrait à la maison. Ce fut ce qu'il dit mot pour mot : *de n'avoir personne vers qui se tourner quand il rentrait à la maison.* Parfois, chez lui, il avait le sentiment d'avoir mal agi, fait quelque chose contre quoi on ne l'aurait pas mis en garde, dont on ne lui aurait jamais parlé et que, du coup, ses parents étaient fâchés contre lui, pas uniquement l'un envers l'autre malgré les reproches qu'ils se lançaient au visage. Steve lui passa un bras autour des épaules et le serra brièvement contre lui, puis le lâcha en disant que ce devait être dur, qu'il espérait que tout s'arrangerait et, en l'entendant parler de la sorte, Joey éprouva la certitude que la situation ne pourrait que s'améliorer, que, lorsqu'il retournerait chez lui, à la fin des vacances la semaine suivante, quand sa valise aurait été bouclée et chargée à bord du car qui le ramènerait à New York, il découvrirait que ses parents s'étaient réconciliés, s'aimaient toujours autant, se réjouissaient de le revoir et regrettaient de s'être séparés de lui aussi longtemps. Voilà qu'il lui tardait de rentrer à la maison car il lui semblait possible que les choses soient comme elles auraient dû être, plutôt que comme elles avaient toujours été. Parfois, il suffisait de croire aux miracles.

La veille de cette conversation les enfants, rassemblés autour du feu de camp, avaient entendu parler de John Otis, et Joey demanda à Steve si cette histoire était vraie. Steve lui répondit qu'il ne s'agissait que d'une vieille légende. Et que, de toute façon, si John Otis devait enlever l'un d'eux – là, Steve parla tout bas et sourit –, il choisirait probablement Ethan Daniels, réponse qui fit rire Joey aux éclats. Steve voulut savoir quelle était sa prochaine activité après la sieste, et Joey lui répondit : natation.

En contrebas, au bord du lac, Joey avisa la présence d'Alex Mason qui, en maillot de bain bleu, plongea en eaux profondes. Il le vit remonter à la surface, admira ses bras qui fendaient les flots puis l'air, sans à-coups ni effort, puis disparaître quelques secondes encore avant de réapparaître, ses cheveux blond roux contrastant avec l'eau sombre. Il s'assit sur le radeau lesté et resta là, à observer les joueurs de frisbee ou, de temps à autre, Steve et Joey.

Comme tous ceux de l'équipe d'encadrement, Alex faisait des études. Parfois, au lieu de porter, comme tout le monde, le T-shirt *Camp Waukeelo*, dont le motif représentait un jeune garçon en canoë sur le lac, il arborait une chemise aux manches coupées de la fraternité Sigma Alpha Epsilon. C'était le cas, ce jour-là, quand il déjeunait au réfectoire à quelques tables de celle de Joey. Son regard, qui avait croisé celui de l'enfant, était resté inexpressif. Joey se souviendrait de ces yeux jusqu'au moment où Alex regagnerait à la nage la rive du lac, le livrant à la mort.

4

C'était la première année de camp, comme moniteur pour Alex Mason et comme vacancier pour Joey, et ce serait, pour l'un et l'autre, la dernière. Jusqu'alors, les très bons nageurs pouvaient se baigner en eaux profondes, tandis que les autres restaient dans la zone intermédiaire avec leur planche de natation. Pourtant, ce jour-là, tout bascula.

— Bon, les vacances sont bientôt finies, les gars, il est temps d'aller jouer dans la cour des grands, lança Alex.

Joey remarqua le large sourire qui fendait le visage du rouquin Ethan, comme s'il se doutait de quelque chose.

— Tous en rang sur le ponton ! Là, au bord, d'accord ? Toi aussi, Joey, dépêche-toi !

À peine vingt minutes plus tôt, Joey avait écrit une lettre à ses parents pour leur dire combien il se réjouissait de rentrer car, depuis sa conversation avec Steve, il pressentait comme jamais que tout allait redevenir comme avant. Qu'il serait heureux. Que ses parents seraient heureux de le voir, et qu'ils seraient heureux tous ensemble.

Joey faillit demander à Alex ce qui allait se passer, sauf que sa petite voix intérieure le lui soufflait déjà. Soudain, il eut très froid en cette journée qui, pourtant, était la plus chaude de la semaine. Du bord du ponton, Joey abaissa le regard vers l'eau et, sous les ondulations des reflets du soleil, ne vit rien que de l'obscurité, de la profondeur, du mystère. Il ne s'était jamais aventuré là où il n'avait pas pied, n'était jamais allé à la découverte de ce qui vivait sous la surface. Il pressentait ce qu'il allait arriver, ce tournant où l'avaient conduit les semaines passées à barboter en eaux alliées, où il pouvait à tout instant poser les pieds sur le fond. Voilà donc ce qu'Alex attendait d'eux. Voilà donc venu le moment de l'examen de passage : celui où tous les garçons deviendraient des crawleurs aguerris, preuve indéniable qu'Alex avait été un bon moniteur. Un bref instant, Joey envisagea de déguerpir au plus vite, de courir sans se retourner jusqu'à dépasser son dortoir et s'enfoncer dans la forêt, sa manière à lui de s'assurer qu'on ne l'obligerait pas à plonger là où il n'avait pas pied. Ni maintenant, ni jamais.

— À mon coup de sifflet, je veux que vous sautiez dans l'eau, que vous nagiez jusqu'au radeau puis que vous reveniez au ponton, d'accord ? Vous le touchez, retour ici et ce sera tout pour la journée. Comme je vous l'ai appris, suivez votre instinct. Laissez vos bras et vos jambes travailler pour vous et tout se passera bien. Vous allez devenir de très bons nageurs. Tout le monde est prêt ?

Joey n'était pas prêt, et savait qu'il ne le serait jamais. Ses petits camarades plongèrent, puis Alex se tourna vers lui. Le regard éperdu, comme un personnage de film qui supplie qu'on lui laisse la vie sauve, les mains jointes, *s'il te plaît, s'il te plaît, s'il te plaît*, Joey expliqua au moniteur qu'il ne savait pas nager, qu'il avait peur de l'eau, parce que c'était vrai et qu'il s'imaginait qu'en disant la vérité, on le comprendrait. Les larmes lui vinrent tandis que son visage se chiffonnait. À tout juste huit ans et demi, il n'avait jamais dû faire face à pareille menace de toute sa vie. Alex parut puiser de l'énergie dans ce visage d'enfant terrifié. Au lieu d'éveiller chez l'adulte de l'empathie, cette expression attisa en lui une pulsion farouche et fatidique. Perdant patience, il souleva Joey et, sans hésiter, le jeta à l'eau. Soudain, il n'y eut plus rien ni au-dessus ni au-dessous du garçon, rien à quoi se raccrocher, rien pour les pieds, rien pour les mains, juste la certitude de sa mort imminente et un horrible bouillonnement dans ses oreilles tandis que l'eau remplissait ses poumons.

Joey se noyait.

Alex plongea, puis tenta de calmer l'enfant en dépit de ses gesticulations effrénées.

— Hé, détends-toi, laisse-toi aller. C'est comme ça qu'on apprend à nager.

Mais Joey ne l'entendait pas. Il agrippa la chaîne qu'Alex portait autour du cou, au bout de laquelle pendait son sifflet, la tordant de toutes ses forces parce qu'elle lui offrait une prise solide, au point qu'elle finit par se briser, lui échapper des mains puis couler par le fond tandis que le visage d'Alex devenait celui d'un homme blessé dans son amour-propre. Tenant fermement Joey, il fendit les flots, enragé, filant vers le large, loin du ponton, loin du camp, loin de la sécurité de la terre ferme et, lorsqu'ils eurent atteint le radeau arrimé au fond du lac, il souleva Joey hors de l'eau et l'assit dessus.

Les joues en feu, furieux, il cria à Joey qu'il resterait là jusqu'à ce que mort s'ensuive, à moins qu'il ne rentre à la nage par ses propres moyens.

— Tu veux retourner là-bas ? Tu veux revoir tes potes, dormir au chaud dans ton lit et dîner avec les autres ? Plonge ! Je me suis juré que tous mes gars sans exception sauraient nager à la fin de l'été. Ne me casse pas la baraque. Grandis, prends sur toi !

Joey suivit du regard Alex tandis qu'il repartait en un crawl rythmé par de longs et élégants mouvements de bras, battant à peine des pieds, puis se hissait sur le ponton. Il ne jeta pas un coup d'œil en arrière, pas un seul. Joey ferma les yeux et le monde disparut. Plus d'Alex Mason, plus de radeau, plus de peur, plus de mort. Il les rouvrit, et se vit toujours là tandis que les dernières lueurs du jour refluaient peu à peu loin de lui.

Ce soir-là, le coucher de soleil fut sublime. La température clémente et la brise légère réchauffaient les cœurs. L'équipe d'encadrement avait reçu des documents indiquant la façon de préparer les garçons au départ, qui devait avoir lieu la semaine suivante, s'assurer qu'ils n'oublieraient rien et monteraient dans le bon car et tout le monde retint son souffle pendant que les haut-parleurs diffusaient « Taps* ».

* Sonnerie jouée pour l'extinction des feux, la descente du drapeau ou les funérailles militaires.

Steve ouvrit la porte-moustiquaire du dortoir pour annoncer l'extinction des feux et s'aperçut que, sous la couverture à rayures, le lit de Joey Proctor était inoccupé.

Un des gamins lui signala qu'il n'était pas venu dîner.

— Tu en es sûr ?

Les autres confirmèrent. Il n'était pas venu à table. Ils avaient pensé qu'il était à l'infirmerie. Steve aussi avait raté le repas car il avait rendez-vous en ville chez le dentiste. Il gagna la salle de bains au fond du chalet. Face à une rangée de quatre lavabos se trouvaient deux cabines de W.-C. dont les portes de contreplaqué étaient entrebâillées. Il n'y trouva personne.

— Tout le monde au lit, dit-il aux garçons. Je reviens.

Pendant son absence, les enfants s'interrogèrent sur ce qu'il avait bien pu arriver à Joey, et le nom de John Otis émailla leur conversation. On leur avait parlé de ce monstre et, à présent, un des leurs avait disparu. Le petit Kevin Butcher se mit à pleurnicher et ne s'arrêta que lorsque Ethan le traita de petite pleureuse.

Quatre moniteurs, dont Alex Mason, buvaient un café dans la salle du personnel. Des étudiants ayant du temps devant eux. Chaussé de baskets, Alex avait posé ses pieds sur la table d'un air dégagé. À son entrée dans la pièce, Steve se renseigna pour savoir si l'un d'eux avait vu Joey Proctor, mais n'obtint aucune réaction. Des haussements d'épaules, des dénégations de la tête. Rien de plus.

— Il n'était pas au dîner.

Alex se leva d'un bond, faisant racler sa chaise sur le plancher. Il lança :

— Je vais pisser.

Avant qu'il ne franchisse la porte, Steve l'interpella :

— Il avait natation avec toi à, quoi, quatre heures ? C'est ça ?

— Trois heures et demie, rectifia Alex.

— Tout s'est bien passé ?

— Oui. Très bien.

Peu après, Alex courait vers le lac, le cœur battant. Natation à quinze heures trente, il était à présent vingt heures trente. Tout allait rentrer dans l'ordre, se répétait-il. Le gamin avait dû s'endormir. Il prendrait un canot et ramènerait Joey. Leçon retenue. Pour tous les deux.

Il alluma sa lampe électrique et la braqua sur le radeau qui oscillait sur l'eau, vide.

5

Aux premières lueurs de l'aube grise et brumeuse, deux plongeurs de la police sautèrent du ponton, pendant que des agents du commissariat local, flanqués de leurs collègues de deux villes voisines, avançaient en formation dans les hautes herbes du champ, avant de se déployer et de pénétrer dans la pinède à la recherche d'indices. Un hélicoptère de la police de l'État rasait la surface de l'eau.

David Jensen, le propriétaire du camp de vacances, avait prié la police de ne rien divulguer à la presse tant que Nancy, son épouse, et lui-même n'auraient pas décidé de la manière de gérer cette situation, la première du genre depuis trois ans qu'ils dirigeaient Waukeelo.

Il attendait aux côtés d'Alex, de Steve et du reste de l'équipe que les plongeurs refassent surface. Il compensait sa calvitie précoce par un bouc poivre et sel qu'il caressait à gestes nerveux. L'administration du camp n'était pas sa seule responsabilité. Pendant l'année scolaire, il était le proviseur d'un collège situé à une cinquantaine de kilomètres de là. Il vivait en famille pas très loin du camp. La mise en vente de

Waukeelo avait représenté pour lui une occasion rêvée. On l'appréciait pour son investissement auprès de ses élèves et de la communauté ; prendre en main ce camp de vacances couronnerait tous ses efforts.

— J'ai téléphoné à ses parents à l'aube, annonça-t-il. J'espérais que nous l'aurions retrouvé pendant la nuit. Ils sont en chemin. Seigneur Dieu, c'est un cauchemar.

— Que se passera-t-il si on ne le trouve pas ? demanda Steve. Je veux dire… nous devrons en parler aux enfants. Ils vont se rendre compte que Joey a disparu.

— Je me disais que le mieux serait d'écourter leurs vacances et les renvoyer chez eux. Il reste, combien, cinq jours ? Les battues ne seront sûrement pas bouclées dans une semaine. Les forêts sont très étendues autour de ce lac.

David essuya ses verres de lunettes avec un pan de sa chemise. Un enfant ne partirait pas à l'aventure dans une région inconnue. Et l'idée qu'un automobiliste de passage l'ait enlevé lui paraissait ridicule. Pourquoi Joey ? Pourquoi pas un autre garçon ? Pourquoi pas son propre fils ?

Steve se retourna vers les dortoirs. Des gamins qui partaient pour une activité s'étaient arrêtés pour regarder, bientôt rejoints par d'autres.

— Je vais m'occuper d'eux, dit-il. Qu'est-ce que je dois lcur dire ?

— Cc que tu voudras, mais pas que Joey a disparu. Par exemple, que nous pensons qu'on nous a volé un des canoës. Tout sauf la vérité.

Steve s'éloigna en direction des garçons.

David se tourna vers Alex.

— Tu es sûr et certain qu'il est sorti de l'eau et que tout allait bien ?

— Oui. Je suis formel. Il a assuré.

— Quelqu'un se souvient-il l'avoir vu rentrer ?

Alex ne répondit pas.

— Quelqu'un d'autre que toi, j'entends ? Rien ? Non ?

Alex sembla prendre conscience qu'il s'adressait à lui.

— Je ne sais pas, Dave.

Les plongeurs réapparurent, ôtèrent leur masque. Secouèrent la tête.

— Bon Dieu de bon Dieu, soupira Jensen. Il n'est nulle part.

6

Les parents de Joey étaient assis en face de Dave, Nancy et Steve dans le bureau du chalet que le couple occupait pendant la période estivale, à l'écart des dortoirs, au bas de la colline, devant le réfectoire. Alan et Diane Proctor, arrivés peu avant onze heures, furent informés de l'état des recherches ainsi que du déroulement des opérations.

À l'aube, l'appel téléphonique les avait tirés l'un et l'autre d'un profond sommeil. Ils faisaient chambre à part depuis le départ de Joey, et Diane se réjouissait d'avoir pu dormir dans le lit de son fils pendant ses six semaines d'absence. Elle continuait de consulter son psychothérapeute, séances au fil desquelles elle avait abouti à la conclusion que rien ne pourrait sauver son couple. Sans en avoir la preuve, elle soupçonnait son mari d'être impliqué dans une activité illicite susceptible de les mettre sur la paille et de l'envoyer derrière les barreaux. Un oligarque russe, avec qui il effectuait des transactions, le contactait à n'importe quel moment depuis Moscou, Londres ou ailleurs. Toujours ces coups de fil. Toujours ces portes closes.

Pour autant, ce qui la préoccupait le plus, c'était Joey et la façon dont il réagirait à l'annonce du divorce.

— Avant de contacter un avocat, repensez aux bons moments que vous avez partagés avec votre époux, lui avait conseillé son thérapeute.

— Pourquoi est-ce que je ferais ça ?

— J'essaie d'attirer votre attention sur certains éléments susceptibles, ne fût-ce qu'un peu, de vous rapprocher. Pour le bien de Joey. Surtout si vous divorcez. Il est la seule personne à laquelle vous-même, aussi bien que votre mari, devez penser. Il a besoin de voir ses parents rester en bons termes.

Ils avaient connu des bonheurs, le meilleur d'entre eux ayant été la naissance de leur fils. Puis leurs rapports s'étaient dégradés. Elle avait souffert du baby blues et son mari n'avait pas su être à l'écoute. Il faisait face à une hémorragie de clients car la situation économique se fragilisait.

— Après notre mariage, nous sommes allés en Europe.

— Voyage de noces ?

— Pendant trois semaines.

— C'était bien ?

— Merveilleux. J'avais démissionné du ballet, mon dos commençait de cicatriser après l'accident et je pensais que le moment était venu de fonder une famille.

— Votre mari était d'accord ?

— Cette perspective l'emballait. Joey a été conçu à Paris.

En somme, les jours heureux dont elle se souvenait avaient tous un lien avec Joey. Les projets. La grossesse. Le bébé. À présent il avait disparu et, assise dans ce chalet, entendant que personne ne savait où son fils se trouvait, c'était comme si toute son existence n'avait plus lieu d'être. Elle avait envie de repartir et d'incendier leur appartement, démanteler son activité, se faire le plus de mal possible.

— Nous avons alerté les autorités locales, les prévint Dave Jensen. Les services de police de Lenox, Lee, Pittsfield et Sotckbridge coordonnent leurs efforts. Des barrages ont été dressés sur tout le réseau routier de…

— Nous en avons nous-mêmes franchi quelques-uns en venant, murmura le père de Joey.

Il tira ses cheveux clairsemés en arrière, laissant ses mains plaquées sur son crâne, contemplant le sol.

— J'aimerais savoir comment mon fils se sentait, intervint Diane, se tournant vers Steve. Vous êtes son moniteur. Était-il heureux, chahuté par les autres, angoissé, déprimé ou…

À court d'idées, elle écarta les mains dans le vide. Il devait bien y avoir une raison pour laquelle son fils aurait décidé, tout à coup, de fuguer. Elle le revit, très tendu, d'une nervosité maladive, dans le restaurant où ils s'étaient arrêtés en venant. Elle était sortie de la salle pour passer son coup de téléphone car elle savait que la voix qu'elle entendrait la rassérénerait. Elle s'était liée d'amitié avec le sculpteur qui louait l'atelier sous le sien : Eli Fuller. Certaines de ses œuvres se trouvaient dans des musées, tant aux États-Unis qu'à l'étranger. Ils se croisaient souvent au café du coin, et avaient fini par lier connaissance, se montrer leurs travaux respectifs. Il lui avait acheté deux fauteuils. Puis, un jour, elle avait posé la main sur sa joue et l'avait embrassé. Il était son ancre, se disait-elle. Sa stabilité.

Pendant qu'elle s'entretenait avec Eli par téléphone devant le *diner*, un drôle de type, en passant à sa hauteur, avait marmonné dans sa barbe, elle n'aurait su dire quoi, mais quand il avait démarré son pick-up, elle avait eu la sensation qu'il la lorgnait du coin de l'œil, comme s'il savait, aussi bien que son mari, qui se trouvait à l'autre bout du fil.

— Bravo, un point partout, lui avait lancé Alan sur le chemin du retour après qu'ils eurent déposé Joey.

— Ce qui veut dire ?

— Tu ne le devines pas ? Tu ne penses pas qu'il soit possible que j'aie, moi aussi, quelqu'un d'autre dans ma vie ?

— Bien sûr que si.

— Tu veux que je te parle d'elle ?

— Pourquoi, tu souhaites que je te parle de lui, qui a la moitié de ton âge et dix fois mieux réussi que toi ?

Voyant son mari serrer le poing, elle s'était collée contre la portière.

— Si tu me touches, je demande une ordonnance restrictive. Tu seras expulsé si vite que tu ne comprendras pas ce qu'il t'arrive.

— Mon appartement. *Mon* appartement, permets-moi de te le rappeler.

— Alors, demande le divorce.

— Non, avait-il répondu en replaçant sa main sur le volant.

Ils étaient arrivés à New York à la tombée du soir.

— Je peux savoir pourquoi tu t'obstines à rester avec moi ? l'avait-elle relancé.

— Parce que si nous divorçons, je me retrouverai en caleçon, tu ne me laisseras strictement rien. Quant à toi, tu récupéreras bien moins que ce que tu espères.

Mes avoirs fondent comme neige au soleil, tu ne t'en rends pas compte ? Cette voiture est la prochaine sur la liste ; j'ai déjà trouvé un acheteur.

— Je me fiche de tout ça. J'aurai Joey.

— Ça reste à voir.

Elle savait que Joey avait peur de son père, et que si elle continuait de vivre avec lui, elle aussi en aurait bientôt peur.

— Madame ?

Elle reporta son attention sur Steve. Ils se trouvaient toujours dans le bureau du directeur. Pendant le trajet de retour en ville, elle repasserait cette scène dans sa tête, dans l'espoir d'y déceler un indice, une piste, un moyen d'élucider la disparition de son fils.

— Je disais que, en général, la première semaine est difficile pour les nouveaux, c'est une période d'adaptation, comme lors de tout changement de décor. Mais Joey et moi avons appris à nous connaître. Nous parlions souvent, et il s'en sortait très bien, vraiment. J'étais fier de lui, et je le lui disais.

Ces paroles arrachèrent un sourire à Diane.

— Il est petit pour son âge, dit-elle. Ça peut être dur.

— Il aime aller à l'école, intervint le père de Joey.

C'était vrai. L'établissement se trouvait à deux pas de chez eux. Il s'y était fait de bons copains, dont l'un qui habitait à l'angle de leur rue, et parlait souvent de ses professeurs, à croire que, à peine rentré à la maison, il s'ennuyait déjà d'eux. Cela aussi, étant donné les frais de scolarité exorbitants, allait devoir cesser.

Dave voulut savoir si Joey leur avait écrit régulièrement depuis le début de ses vacances.

— Ah, c'était un peu étrange. Nous pensions que

les enfants auraient la permission de nous téléphoner de temps à autre…

— C'était pourtant expliqué dans le livret d'informations que nous envoyons à tous les parents. Certains camps le permettent mais notre règlement est plus traditionnel, un peu à l'ancienne. Beaucoup de nos résidents venant de la ville, l'idée a toujours été que, une fois qu'ils sont ici, ils devaient vivre des expériences différentes.

— Il écrivait beaucoup au début, puis moins. Nous n'avions pas reçu de nouvelles depuis plusieurs jours.

On frappa à la porte du chalet. Nancy alla ouvrir. Quelques instants plus tard, elle revint suivie d'un policier.

— Êtes-vous les, euh…, parents du garçon ?

Le père de Joey se leva d'un bond, comme s'il se préparait à entendre le pire.

— Je tiens à vous assurer que nous faisons tout notre possible. C'est notre priorité, et ça le restera jusqu'à ce que nous ayons retrouvé votre fils sain et sauf. Notre hélicoptère doit encore survoler une large zone, et nos équipes passent au peigne fin les locaux du camp, les forêts adjacentes et les secteurs environnants. Les nuits sont douces, heureusement, et s'il s'est perdu, tout porte à croire qu'il va bien.

Il s'adressa à Dave.

— Vous dites qu'il a été vu pour la dernière fois hier vers seize heures ?

— À peu près, oui.

— A-t-il déjà fugué ?

— Quel enfant s'amuse encore à faire ça ? se récria le père de Joey.

— Vous seriez surpris.

Pour l'officier de police, c'était du déjà-vu : un gosse qui s'enfuit, c'est une valise pleine de serpents qui s'ouvre. La vérité se glisse au-dehors, au vu et au su de tous : les mauvais traitements, les hurlements, les punitions, les coups. Il considéra froidement le père de Joey et redemanda si son fils avait déjà fugué.

La mère du garçon répondit que cela n'était jamais arrivé, mais le policier continua de dévisager son mari, à croire qu'il pouvait lire en lui comme dans un livre ouvert.

La porte du chalet s'ouvrit de nouveau, et tout le monde tourna la tête. Pendant une fraction de seconde, Diane crut que Joey était revenu. Le petit garçon se raidit en avisant la présence de tant d'adultes.

— Tout va bien ? lui demanda Nancy. C'est mon fils, précisa-t-elle à la cantonade.

Il s'approcha d'elle et lui parla à l'oreille.

— Je sais, lui répondit-elle. C'est la raison de notre réunion.

Le garçon sourit, révélant le large espace entre ses incisives. Elle le prit par les épaules et le guida hors de la pièce. Un an de moins que Joey, un peu plus petit que lui.

La mère de Joey se tourna vers Dave :

— Vous dites avoir vu mon fils pour la dernière fois aux alentours de seize heures. Que se passait-il ? À quelle activité participait-il ?

— La natation.

Elle braqua son regard sur Steve.

— C'est vous, le maître-nageur ?

— Non. C'est Alex Mason.

— Nous souhaiterions lui parler, dit-elle.

Steve proposa d'aller le chercher. Tandis qu'il

sortait et traversait le terrain, seul le bruit de l'hélicoptère de la police était audible. Il faisait toujours lourd, l'air était bruineux. On avait rassemblé les enfants dans la salle de jeux. Steve gagna le bureau du personnel. Alex s'y trouvait, en compagnie de trois moniteurs, debout devant le percolateur.

— Ils veulent te parler, lui dit-il tout bas pour ne pas attirer l'attention des autres.

Alex ne réagit pas.

— Les parents de Joey Proctor.

— Ils sont ici ?

Steve acquiesça.

— Comment réagissent-ils ?

— Mais putain, qu'est-ce que tu crois ? Leur fils a disparu.

7

Alex s'assit face au couple Proctor. Il avait apporté son mug de café, que Nancy s'empressa de faire disparaître. Elle trouvait indécent qu'il boive tranquillement devant des parents qui désespéraient de savoir où était leur enfant.

La mère de Joey voulut savoir s'il s'était passé quelque chose de particulier pendant l'activité natation de la veille.

Alex, que cette question parut mettre mal à l'aise, s'agita sur son siège.

— Non, rien. Vous savez, Joey a fait de réels progrès, tout s'est bien passé. Très bien. Vous avez un gamin formidable.

Ses joues se colorèrent un peu, mais nul ne le remarqua.

— Que voulez-vous dire par « réels progrès » ? s'enquit Mme Proctor. Mon fils ne sait pas nager. Il panique dès qu'il n'a pas pied.

— Nous restions dans la section intermédiaire. Il gardait toujours la tête hors de l'eau.

— Alors, qu'entendez-vous, au juste, par « réels » ?

— Eh bien, qu'il… que… qu'il s'en sortait bien.

— Comment ça ?

— Il faisait la planche. Ce genre d'exercices.

Elle regarda son époux qui semblait désireux de la laisser poursuivre.

— Vous êtes certain de l'avoir vu sortir de l'eau ?

Alex acquiesça. Haussa les épaules, comme s'il parlait d'une journée comme les autres.

— Il est remonté avec vous ?

— Je pense qu'il me suivait.

— Vous le pensez ?

— J'en suis certain.

— Quelle heure était-il ? intervint son mari.

— Vers seize heures. Oui. C'est sûr, c'est ça.

Le père de Joey consulta sa montre.

— Cela fait donc vingt heures qu'il a disparu.

Il regarda autour de lui, comme si une réponse pouvait surgir de nulle part.

Diane Proctor s'accouda sur la table.

— Avez-vous sondé le lac ?

— Oui, répondit Dave. Rien. Personne.

— Et fouillé les bois ?

— Les recherches continuent. La végétation est très dense dans le coin, mais on ne renoncera pas.

La mère de Joey se laissa aller contre le dossier de sa chaise puis sembla évaluer Alex, intriguée, comme si elle cherchait à percer les pensées du jeune homme. Tel un corps de ballet, le monde obéissait à une suite de figures et de pas. Sur toute ligne droite, il existe un point précis d'où l'on peut apercevoir la vérité, mesurer à sa juste valeur ce qu'il s'est passé et anticiper la suite des événements. Une de ses profs au New York City Ballet, une Allemande qui avait débuté dans la troupe de George Balanchine, lui disait cela tant d'années plus tôt, et ce n'était que maintenant qu'elle avait renoncé à la danse que Diane entrevoyait le sens profond de cette phrase.

— Il y a autre chose, n'est-ce pas ? enchaîna-t-elle.

— Je vous ai dit tout ce que je savais, répondit Alex.

— Vous étiez conscient que mon fils ne savait pas nager, qu'il avait peur de l'eau ?

— Bien entendu, madame. Je m'en suis rendu compte dès notre première baignade. Et il me l'avait dit.

Sa voix monta d'un cran.

— Ça fait partie de mon travail de m'assurer que tous les enfants terminent leur séjour en sachant se débrouiller dans l'eau.

Il parut se forcer à sourire.

— J'y mets un point d'honneur. Je suis un professionnel, j'ai été formé comme maître-nageur sauveteur par la Croix-Rouge et…

— Alex est le meilleur maître-nageur que nous ayons eu, intervint Dave en posant ses mains à plat sur la table.

— Sachez, répondit le père de Joey, que si mon fils ne réapparaît pas, nous n'en resterons pas là.

— C'est-à-dire ? réagit Dave, en levant les sourcils.

Le lendemain, à la mi-journée, les recherches sur le site furent arrêtées. Joey demeurait introuvable.

II

Vingt et un ans plus tard

8

Alex avait oublié comme le trajet était long de la maison à l'école des filles, la Country Day School de Long Hill, si bien qu'il avait près d'une heure de retard. D'habitude, c'était Ashley qui les y conduisait mais, ce jour-là, sa Mercedes était en révision. Il aimait accompagner Becca et Lyndsey en ces rares occasions ; la route, qui longeait le domaine Rockefeller, était très agréable et le parcours jusqu'à son bureau lui permettait de réfléchir à la journée qui l'attendait. Réunions de travail. Plans de financement. Coups de fil qu'il passait, pour beaucoup, pendant qu'il roulait en direction de la ville. Il fallait motiver ou féliciter ; confirmer ou repousser un rendez-vous ; conclure tel accord, résoudre telle difficulté.

Quand il s'était lancé dans les affaires, avant de fonder une famille, chaque jour, il se rendait à pied à la gare où il prenait le train pour aller au bureau, mais ça, c'était à l'époque où ils habitaient dans un immeuble, près du fleuve. À présent, ils possédaient une villa disposant de cinq chambres et autant de salles de bains, située sur un peu plus de trois hectares d'un terrain suffisamment boisé pour leur offrir le degré d'intimité qu'ils avaient toujours désiré. Lorsqu'il avait engagé un architecte pour l'aider à concevoir les plans de la maison, il s'était également adjoint les services d'un paysagiste. Beaucoup d'arbres avaient été abattus et une partie du parc aplanie au bulldozer pour créer une piscine ainsi qu'un court de tennis. La propriété était si isolée que, lorsque les filles dormaient chez une de leurs amies, Alex et Ashley se baignaient parfois nus avec, pour seul témoin, le ciel étoilé.

Ce matin-là, à son arrivée, sa secrétaire lui rappela :

— N'oublie pas que tu as un rendez-vous téléphonique avec Milt Golub au sujet du bien à Brooklyn.

— Oui, oui.

— L'entretien aurait dû commencer il y a dix minutes, Alex.

— Je l'appelle tout de suite, Carol.

— Ensuite, réunion de toute l'équipe à onze heures trente. Après quoi, tu déjeunes avec Jake Levitt, du cabinet du maire.

— Où ça ?

— Olive Garden, Times Square.

— Il a des oursins dans les poches, non ?

Elle sourit.

— Les fonctionnaires ne sont pas millionnaires, ça se saurait, glissa-t-elle.

— Pourquoi pas un stand à pizzas sur la Huitième Avenue, tant qu'on y est ? À quelle heure est-ce prévu ?

— Treize trente.

— Très bien. Assure-toi que la voiture sera là.

— C'est fait. Oh, Pete Kellerman souhaiterait te parler du Mason House Hotel.

— Envoie-le-moi après mon coup de fil à Golub. J'aurai besoin d'un café.

— La bouteille thermos est sur ton bureau, comme d'hab'.

Contrairement à certains promoteurs immobiliers de la ville, Alex misait sur la qualité et le confort, pas seulement sur l'originalité, si bien que, lorsqu'il créait un hôtel de luxe, son nom apparaissait toujours au-dessus de l'entrée : *Projet Mason*.

Aux murs de son bureau, s'alignaient, sous verre, des couvertures de magazines sur lesquelles il figurait : *Forbes, Time, Inc.* et *Fortune*. Il avait peaufiné son sourire au fil du temps, en gommant la suffisance de ses années de fraternité étudiante au profit d'une expression plus sophistiquée, plus douce qui convenait mieux à son âge et flattait son image de marque. On l'y voyait, entre autres, aux côtés de deux maires de New York, du gouverneur actuel de l'État, de deux sénateurs et de deux anciens présidents, quand ce n'était pas en compagnie de célébrités des milieux du spectacle, de la restauration ou de la mode. Sur une autre photo, on l'apercevait, quelques années plus tôt, flanqué d'anciens camarades de la Wharton School lors de retrouvailles entre anciens élèves – tous ayant moins bien réussi que lui –, tandis que plusieurs cadres abritaient des distinctions honorifiques et des diplômes, lesquels n'avaient d'importance qu'à ses yeux mais pouvaient, à l'occasion, impressionner un visiteur.

Sur son bureau, dans un cadre argenté, trônait une photo de lui avec Ashley et leurs deux enfants. Becca venait d'avoir treize ans, Lyndsey huit. Elle datait de l'année où la famille avait passé l'été à Nantucket, à bord du yacht d'un ami. Ashley, ses cheveux blonds chahutés par le vent, avait passé ses bras autour d'Alex qui souriait, tandis que les filles, de part et d'autre, se penchaient pour être sûres d'être capturées par l'objectif.

Une famille idéale, disait-on des Mason. Fin prêts pour le magazine *People*, chacun semblant taillé dans la même étoffe : une soie or pâle extrêmement fine qui valorise la silhouette. Bien sûr, le tableau s'était chargé d'ombres au fil des années, surtout du côté des affaires d'Alex. Des questions se posaient concernant ses déclarations de revenus sur une période de trois ans et, lorsqu'il avait entamé une liaison, certains avaient vite su vers qui se tourner, quoi chercher et comment formuler le tout en mots et images pour *The National Enquirer.*

Il y avait eu plus de peur que de mal et, depuis, il se promettait de mener une vie familiale et professionnelle irréprochable. Tous ses hôtels étaient des quatre-étoiles, les restaurants attachés à l'établissement avaient bonne presse et sa vie privée s'était suffisamment calmée pour ne plus piquer la curiosité. Sa réputation de promoteur immobilier reposait sur ce qui avait fait sa fortune : acheter des biens délabrés qu'il réhabilitait en hôtels-boutiques haut de gamme, avec pour résultat l'élimination d'une horreur visuelle et la réhabilitation d'un quartier. Faire beau et faire mieux : un des slogans de la griffe Mason. Il avait beaucoup à protéger, et tout autant à perdre.

Alex but une gorgée de café en se dirigeant vers la fenêtre du bureau d'où, du regard, il engloba l'étendue du Battery Park avec, au-delà, la statue de la Liberté, tout en parlant avec Milt Golub, dont il convoitait un bien dans Red Hook. Ce quartier de Brooklyn s'était amélioré au fil du temps, et l'immeuble de Milt serait soit vendu soit démoli. Personne n'y habitait depuis plus de dix ans. Personne ne désirait s'y installer. Fréquemment, les activistes locaux déboulaient dans les bureaux de Golub pour protester contre l'inoccupation des lieux, et certains d'entre eux avaient organisé des piquets de protestation devant son domicile, à Scarsdale. Alex, quant à lui, savait très exactement quoi faire de ce bâtiment vétuste. Étant donné son faible coefficient d'occupation des sols, il projetait l'aménagement d'un hôtel de quatre-vingt-quinze chambres agrémenté, au rez-de-chaussée, d'un bar de première classe et d'un restaurant raffiné. Petit, mais pas trop ; *intime* serait l'élément de langage à utiliser dans les campagnes publicitaires. Ses tarifs seraient-ils dans les moyens des habitants du quartier ? Sans doute pas. Mais ils le deviendraient peut-être, le jour où la valeur foncière du secteur s'envolerait.

Au début, Alex ignorait tout de Milt Golub, sinon qu'il avait hérité d'immeubles dans Manhattan et dans les autres arrondissements de New York, où l'accession à la propriété devenait de plus en plus ardue. Quelques années plus tôt, ayant appris que Milt envisageait de se défaire de ses biens avant de se retirer des affaires, il l'avait invité à déjeuner. Depuis ce jour, ils s'entretenaient à intervalles réguliers et avaient tissé des liens amicaux basés sur l'anticipation et le profit.

— Alors, comment veux-tu opérer, Alex ?

— Arrange-toi pour faire déposer la clef à mon intention et j'y ferai un saut dès lundi matin pour voir l'état du bâtiment, d'accord ?

— Pourquoi pas aujourd'hui ?

— Impossible, Milt. Le vendredi, c'est toujours infernal. Tu le sais bien.

Golub s'esclaffa.

— À qui le dis-tu ! Dans quelques mois, je m'envolerai pour Palm Springs où chaque jour est un dimanche et je serai sur le départ du trou numéro un au saut du lit. Tu devrais t'y mettre, toi aussi.

— Le golf, ce n'est pas mon sport, tu sais. Je préfère l'eau. Quant à la retraite, ce n'est pas pour demain. Bref, dis-moi… Tu peux attendre lundi ?

— Comme tu voudras.

— Je te demande juste une petite faveur : n'étudie aucune proposition avant d'avoir reçu la mienne. Ça te paraît possible ?

— Bien sûr.

Golub raccrocha sans même dire au revoir.

Alex pressa le bouton de son interphone.

— Je peux voir Pete quand il sera prêt.

— Il est ici, avec moi, il attendait, répondit Carol.

Pete Kellerman commençait déjà à se tailler une belle réputation dans la profession, alors qu'il ne travaillait pour la société immobilière Mason que depuis un mois. Il était ambitieux, ne lésinait pas sur les heures supplémentaires, avait l'esprit vif et le sourire toujours avenant. Alex le voyait monter en puissance et s'imposer comme un véritable atout pour sa société. Cette semaine-là, il avait été chargé de régler une complication survenue au Mason House Hotel, l'opération phare d'Alex sur Madison Avenue. L'alarme incendie, fragilisée, s'était déclenchée à plusieurs reprises, obligeant les clients tirés du lit au beau milieu de la nuit à quitter leur chambre et rester plantés dehors. L'enjeu relevait aussi bien des relations publiques que de la mise au point technique.

Pete entra dans le bureau d'Alex du pas agité d'un accro à la caféine.

— J'ai fait un saut sur place ce matin avant de venir, dit-il. C'est réparé depuis hier soir.

— Combien de clients avons-nous perdus ?

— Aucun. Ça a retenti deux fois – fausses alertes, bien sûr, à une heure quarante-cinq puis vers trois heures et demie. Tous les collaborateurs de notre agence ont reçu un texto les en informant. Les clients étaient en colère, mais j'ai pensé que leur offrir le petit déjeuner serait une bonne façon de rattraper le coup. J'ai demandé à Chris de sortir des flyers et veiller à ce qu'ils soient glissés, avant l'aube, sous la porte de chaque chambre.

Chris Harper était le directeur de l'établissement. Alex l'avait embauché juste avant l'ouverture de l'hôtel.

— Bon Dieu, mais à quelle heure tu es allé là-bas ?

— Vers cinq heures et quart.

Alex n'en revenait pas. Ce petit jeune savait faire preuve d'initiative.

— Bravo, dit-il. Excellent travail, Pete.

— Excuse-moi de ne pas t'avoir consulté pour l'offre du petit déjeuner, mais j'ai pensé qu'il valait mieux réagir vite.

Alex se félicitait du choix de ses collaborateurs. La majorité d'entre eux restaient dans son équipe, gravissant les échelons, assumant de plus grandes responsabilités. Il avait créé un service spécialisé dans la gestion des biens internationaux et engagé des juristes chargés de vérifier les documents et les contrats, mais lorsque quelqu'un passait un entretien d'embauche, la décision finale lui revenait toujours. Il se souvenait parfaitement de sa première rencontre avec Pete, un matin. Il lui avait semblé plus jeune que les candidats habituels, mais son C.V. sortait du lot et, curieusement, il n'était pas sans lui rappeler le jeune homme qu'il avait été au même âge. Il avait décidé sur-le-champ de l'embaucher. De le mettre tout de suite dans le bain. De le garder à proximité. Ce gamin était ambitieux et Alex savait que parfois, en début de carrière, l'ambition devait être contrôlée.

Ce soir-là, à dix-neuf heures trente précises, Alex s'engagea dans l'allée de chez lui, négocia la courbe devant le portique puis verrouilla les portières de la Bentley. Quand il entra dans la maison, il trouva Ashley assise sur une marche de l'escalier, vêtue de lingerie fine : soutien-gorge et culotte en soie noire. Le vestibule scintillait sous les lueurs des bougies qu'elle avait allumées et disposées çà et là. Elle but une gorgée de champagne, croisa ses longues jambes et inclina le buste en arrière. Il n'en revenait toujours pas d'avoir épousé une femme aussi belle. Quand ils étaient en vacances, tous les hommes la buvaient du regard tandis qu'elle s'avançait en maillot blanc au bord de la piscine, un verre à la main, pour aller s'asseoir à côté de lui.

— Waouh ! dit Alex. Depuis quand tu préparais ça ?

— Depuis hier. Je me suis dit que nous méritions bien d'avoir un moment à nous.

— Où sont les filles ?

— Ailleurs, forcément.

— Tu les as vendues, je parie ? J'espère que tu en as tiré un bon prix.

Ça la fit rire.

— Elles dorment chacune chez une amie.

Ashley lui prit la main et l'entraîna jusqu'à leur chambre.

— Accordons un sursis aux homards, murmura-t-elle.

À plus de minuit, longtemps après avoir dîné, ils se souhaitèrent une bonne nuit et se tournèrent dans le lit, dos à dos. Ashley portait, comme toujours, un masque de sommeil en satin, alors qu'Alex souhaitait être réveillé chaque matin par le soleil.

— Tu as branché l'alarme ?

— Bien sûr, répondit-il.

Il s'efforça de se rappeler quand il l'aurait fait. Puis il se leva, ce qui fit rire Ashley.

— Nous vieillissons, plaisanta-t-elle.

Il enfila son peignoir et descendit jusqu'au tableau électrique installé contre la porte d'entrée. Le signal lumineux du système d'alarme clignotait par intermittence. Il remonta se coucher et s'enfonça dans un sommeil profond.

En début de matinée, il s'éveilla en sursaut, s'arrachant à un cauchemar, haletant comme s'il était resté trop longtemps sous l'eau, incapable de remonter à la surface pour reprendre sa respiration. Il n'avait aucune idée du contenu de son rêve, mais celui-ci l'avait secoué. Cette sensation-là, il la ressentait parfois au fil des années depuis la fac – s'extirper d'un songe dont il ne se souvenait pas, en proie à une sensation, oppressante de peur et de suffocation. Comme s'il finissait par réussir enfin à émerger du sommeil pour découvrir qu'il était pris au piège. Comme si quelqu'un le maintenait de force sous l'eau.

Il porta les mains à sa poitrine, prit de lentes et profondes inspirations, le temps qu'il embrasse la pièce du regard, redéfinisse son univers, élément par élément. Il appartenait à cette catégorie d'hommes qui se sentent plus à l'aise dans un univers de structures, de plafonds et de murs, de fondations et de toits. Les choses plus abstraites de ce monde, les émotions, les fantasmes, les croyances ou les impressions, semblaient lui échapper. C'était Ashley qui calmait les craintes des filles, comme si elles avaient un lien du cœur, de l'âme, qui, en un sens, manquait à Alex. Il se tourna sur le côté pour faire face à la fenêtre ensoleillée. Un oiseau voleta un instant près du carreau, puis fila à tire-d'aile, le bec ouvert, les yeux emplis de frayeur. Alex vit les feuilles du chêne frémir sous le vent puis, d'un coup, s'immobiliser. Un ciel laiteux commençait à se disloquer en fragments bleutés.

Il entendit la douche s'arrêter de couler. Ashley lui avait dit que les filles rentreraient vers onze heures, ce qui leur laissait encore un peu de temps pour eux. Il sentit le désir s'éveiller en lui et, lorsque Ashley sortit de la salle de bains enroulée dans une serviette de toilette, il écarta tout simplement la couette. Elle sourit.

— Salut, tout le monde ! dit-elle.

Elle laissa glisser la serviette-éponge sur le sol et vint vers lui, prit la main qu'il lui tendait, chevaucha son corps et s'apprêtait à le laisser faire sa place en elle quand son regard se porta vers la fenêtre. Et parce qu'ils habitaient très loin de tout voisin, Alex fut le seul à l'entendre hurler.

9

Ils contemplaient la piscine, n'en croyant pas leurs yeux, pendant que les policiers, le lieutenant Carver et l'inspecteur Ettinger, relisaient leurs notes.

— Je ne comprends pas comment c'est possible, murmura Ashley. Quelqu'un a teint l'eau en rouge et nous n'avons rien entendu !

— Vous avez déclaré que vous étiez tous les deux à votre domicile la nuit dernière, dit le lieutenant, qu'Alex trouvait un peu jeune pour son grade. C'est étrange que vous ne vous soyez rendu compte de rien.

— C'est impossible, asséna Ashley.

— L'un de vous a-t-il reçu des menaces dernièrement ? Ou s'est-il senti en danger ? Avez-vous vu des inconnus rôder dans les parages ?

Alex secoua la tête.

— Madame ?

— Je n'ai rien remarqué d'inhabituel.

— Et concernant vos affaires, monsieur ?

— Que voulez-vous savoir ?

— Rien d'inhabituel, non plus ?

— Non, bien sûr. Tout va pour le mieux. Comme toujours.

Il songea à l'alarme incendie qui s'était déclenchée au Mason House Hotel, mais décida de passer cet incident sous silence. Si quelqu'un cherchait, d'une manière ou d'une autre, à porter atteinte à sa réputation professionnelle, ce seraient là de piètres moyens d'y parvenir.

Ettinger referma son calepin.

— J'ai tendance à penser que quelqu'un vous a joué un sale tour. Au moins, personne n'a été blessé. Qui sait, vous serez peut-être dédommagés correctement.

Alex avait déjà contacté son piscinier. En dépit du fait que ce soit un samedi – une journée chargée –, on lui avait certifié qu'un technicien passerait sous peu à son domicile pour vidanger, nettoyer et remettre le bassin en eau.

Les policiers se retournèrent comme une voiture s'engageait dans l'allée.

— C'est Becca, notre fille aînée.

— Et au volant ?

— Le père de l'amie chez qui elle a dormi, répondit Ashley.

Elle alla à la rencontre des nouveaux venus. Avant tout, elle voulait éviter que ses filles voient l'étendue des dégâts.

Becca entamait sa descente aux enfers de la préadolescence, affûtant son attitude comme une hache sur une pierre tranchante. Elle coupait court à toute question et remarque avant même que celles-ci l'atteignent. Alex la soupçonnait de ressembler à sa femme lorsque celle-ci avait son âge – blonde, extrêmement jolie et insolente comme il n'est pas permis –, raison pour laquelle il préférait laisser Ashley s'en occuper dans les périodes de crise. Becca s'en sortirait toujours dans la vie, il n'en doutait pas. Elle était, après tout, la digne fille de son père.

Lyndsey, c'était différent. Timide, peu sûre d'elle, on eût dit qu'elle défiait Alex et sa belle assurance en gardant la tête baissée et en scrutant le monde alentour à travers les mèches de sa frange. Elle obtenait des résultats scolaires plus irréguliers que ceux de sa sœur, et Alex, qui voyait en elle un défi à relever, avait bien l'intention de l'aider à réussir dans la vie.

Les policiers repartirent. Alex et Ashley remontèrent vers la maison lorsque la voiture qui ramenait Lyndsey l'eut déposée. Une fois à l'intérieur, Ashley commença à préparer le déjeuner, mais Becca déclara qu'elle n'avait pas faim et Lyndsey qu'elle ne se sentait pas bien. Ashley plaqua sa main sur le front de sa fille.

— Tu n'as pas de fièvre.

— Nous n'avons pas beaucoup dormi.

— C'était pareil pour moi quand je passais la nuit chez une amie.

— Et j'ai vomi.

— Comme toujours. Trop de bonbons et trop d'excitation.

— Et toi, papa, t'arrivait-il, parfois, de passer la nuit chez des copains ou des copines? lança Becca.

Son expression narquoise, très adulte, était, on le voyait bien, destinée à embarrasser son père.

— Oui, très souvent. Mais ne compte pas sur moi pour tout te raconter.

Ashley et Becca s'esclaffèrent. Elles savaient à quoi il faisait allusion. Avant Ashley, il avait eu une kyrielle de petites amies, et au moins une fiancée, laissant dans son sillage des cœurs brisés et des colères sourdes.

Mais Ashley était le trophée suprême. Dans sa vie, tout n'était que trophées.

— Le technicien est arrivé, dit Alex. Je descends lui parler.

L'homme, qui tenait davantage du plombier vidangeur surmené que du maître-nageur de Malibu, secoua la tête en laissant filer son regard sur l'eau rougie.

— C'est quoi, ça ? s'exclama-t-il.

— On nous a fait une farce stupide, répondit Alex.

Son interlocuteur se tourna vers lui.

— À cause de ce truc rouge il faudra sûrement remplacer le filtre, en plus des autres interventions. Et poser un nouveau liner.

— Faites le nécessaire.

L'homme lança la vidange de la piscine, et Alex regarda le niveau de l'eau baisser, révélant peu à peu le bleu pâle des parois et l'échelle du grand bain. Ce ne fut que lorsqu'il ne resta plus que six ou sept centimètres d'eau qu'il reprit le chemin de la maison.

— Monsieur ?

Alex se retourna.

— Vous feriez mieux de venir jeter un coup d'œil.

Tandis que l'eau disparaissait par la bonde avec force gargouillements, ils purent déchiffrer les mots qui avaient été grossièrement gravés sur le fond du bassin :

NE M'OUBLIE PAS

10

Carver compta les noms figurant sur la liste dressée par Alex : quarante-sept.

— Ce sont tous ceux qui pourraient vous en vouloir ?

Alex, assis face au lieutenant depuis près d'une heure, faisait sa déposition et jetait des coups d'œil vers le photographe de la police qui mitraillait les mots gravés au fond de la piscine.

— J'ai oublié tous les autres.

— Ils sont nombreux ?

— Quand vous avez du succès dans les affaires, plein de gens vous en veulent. Ceux qui ont vu un contrat leur passer sous le nez. Ceux qui pensent que je ne mérite pas les fruits de mon travail. Ceux à qui je n'ai pas de temps à consacrer, qui finissent par ne plus pouvoir me voir en peinture. Je suis sûr que certains des voyous que vous avez arrêtés sont dans le même état d'esprit à votre égard.

— Oui, pour moi aussi, ce sont les risques du métier.

— Mais je ne vois pas qui, sur cette liste, pourrait faire ce genre de canular.

Carver se carra dans son fauteuil, posa son crayon sur la table basse et regarda Alex dans les yeux.

— Pourquoi ça ?

— Il faut le planifier, non ? Et puis… avoir accès à la piscine et y graver ces mots au burin ou je ne sais quoi ? Je n'imagine aucune de ces personnes s'amuser à faire une chose pareille. Cela ne lui rapporterait rien.

— Sauf la satisfaction d'avoir gâché votre matinée. Vous seriez étonné de connaître les motivations de certains.

Le lieutenant se leva et s'étira.

— Bien, monsieur. J'ai la conviction qu'un nom vous reviendra. Quelqu'un qui aurait de bonnes raisons de faire une chose pareille. Prévenez-moi quand ce sera le cas.

— Je n'y manquerai pas.

Carver remit sa veste. Ettinger referma son dossier et, sur le départ, reprit :

— « Ne m'oublie pas », cela vous évoque-t-il quelqu'un ?

Alex s'accorda un instant de réflexion. Personne ne lui vint à l'esprit.

— Non, pas vraiment.

— Faites un effort, monsieur. De qui devriez-vous vous souvenir ?

11

Le lundi matin, en arrivant au travail avant sa secrétaire, Alex trouva la porte de son bureau entrebâillée. Pete Kellerman fouillait dans un de ses tiroirs. Il releva la tête et sourit.

— Bonjour, Alex.

Ce dernier le regardait, interdit.

— Un souci ?

— Non, pourquoi ?

— Parce que tu es en train de fouiller dans mon bureau.

— Facile à expliquer. Le métro était fermé pour cause de travaux, si bien que j'ai pris un Uber et suis arrivé ici…

Il consulta sa montre.

— … voilà une petite demi-heure. Milt Golub a téléphoné peu après pour confirmer que tu étais attendu sur site ce matin. En ton absence, l'appel a été transféré sur la ligne principale et j'ai décroché.

Alex posa son attaché-case par terre.

— Que fais-tu ici, au juste ?

— Je recherche des informations sur la propriété de Red Hook. J'ai épluché tous nos dossiers en ligne, mais n'ai trouvé que les rapports récents, pas l'historique. J'ai besoin de connaître tous les éléments rassemblés par Sandy Merritt.

— Ce n'est pas ton projet. Voilà pourquoi tu n'as rien trouvé. C'est un fichier verrouillé, destiné à moi seul. Il n'en existe pas de sortie papier. Personne en dehors de ces murs ne doit être au courant de son contenu avant que l'accord soit conclu. Golub et moi sommes tombés d'accord : silence radio tant que je n'ai pas fait mon offre.

Pete referma le tiroir.

— Excuse-moi, Alex. Je voulais juste me rendre utile.

— Ce n'est pas grave. Tu n'as pas encore fait le tour de nos méthodes de travail. J'ai confiance en toi, Pete. Je te préviendrai quand j'aurai besoin de ton aide pour un projet. Je ne te demande qu'une chose : ne va pas plus vite que la musique, d'accord ?

Alex, à nouveau, consulta sa montre.

— Je pars dans dix minutes pour aller visiter le bien.

Pete lui souhaita bonne chance et sortit du bureau alors que Carol arrivait.

— Vendredi, à ton départ, tu as vérifié que mon bureau était fermé à clef ?

Elle désigna la porte du sien.

— Je ne verrouille que celle-ci, Alex. Ça a toujours suffi.

— Sauf que, vendredi, tu as oublié de le faire.

— Oh, mince ! Où avais-je la tête ?

— Désormais, vérifie que les deux portes sont fermées à clef quand nous nous absentons, d'accord ? Ne serait-ce que pour déjeuner.

— Compte sur moi.

Il avait engagé Carol dix ans plus tôt. Avant, elle travaillait dans une maison d'édition de New York, lisant des piles de manuscrits indigestes puis, lassée de l'exercice, elle avait décidé de changer de métier. Et de mieux gagner sa vie. Au cours de son entretien d'embauche, Alex lui avait demandé pourquoi elle pensait être qualifiée pour devenir secrétaire de direction chez l'un des promoteurs immobiliers les plus florissants de la ville.

— Vous voulez que je vous parle avec franchise ? C'est parce que je viens de passer trois ans à lire des merdes dans l'espoir d'y trouver de l'or.

Il avait ri.

— Et vous en avez trouvé ?

— Une fois. C'était un premier roman, et il est resté sur la liste des meilleures ventes du *New York Times* pendant dix-huit semaines.

Il l'avait embauchée sur-le-champ.

— Milt t'a-t-il indiqué où je devais récupérer la clef ? enchaîna-t-il.

Elle sortit une enveloppe d'un tiroir de son bureau.

— C'est arrivé par coursier vendredi, après ton départ, dit-elle. Une voiture t'attend en bas.

Alex disposait d'un compte chez un service de chauffeurs qui fournissait des Lincoln Town Car à vitres teintées.

— Je repasserai avant le déjeuner, précisa-t-il.

L'immeuble correspondait en tout point aux photos : sa façade était graffée à l'aérosol, ses fenêtres murées. Devant l'entrée étaient éparpillés des gobelets à café vides, un vieux pull-over, une cannette de bière cabossée et des tas de mégots. On avait dormi là, fumé, bu et, à en juger par l'odeur, on s'en était aussi servi comme toilettes de fortune. Au lieu d'entrer, Alex marcha dans la rue pour se faire une opinion sur l'ambiance du quartier. Vitrines vides, un entrepôt, une parcelle de terrain inoccupée puis, à quelques pâtés de maisons de là, les choses s'arrangeaient. À l'autre extrémité de la longue rue, se trouvait un sushi-bar de belle facture où les cuisiniers étaient déjà en plein travail. En traversant pour revenir sur ses pas, Alex avisa un magasin d'ameublement haut de gamme puissamment éclairé, une petite bijouterie fantaisie vintage, un caviste et un coffee-shop baptisé Take the Cannoli*, rempli de hipsters accaparés par leur ordinateur portable ou leur smartphone.

Comme tant de quartiers dans Brooklyn, le lieu avait du potentiel. Alex, à l'instar de beaucoup de ses concurrents, était focalisé sur Manhattan et n'avait compris que tardivement qu'il y avait beaucoup d'argent à gagner à Brooklyn et dans le Queens. C'était d'ailleurs une des raisons pour lesquelles il avait embauché Pete Kellerman, qui habitait ce secteur et connaissait bien sa culture.

Alex n'avait pas oublié la réhabilitation de Williamsburg, où l'immobilier avait fini par devenir inaccessible, et il n'avait aucun mal à imaginer des immeubles délabrés tels que celui de Milt Golub faire les beaux jours des promoteurs dans les dix-huit mois à venir, après avoir été retapés et transformés en restaurants ou boutiques. Il fit le chemin en sens inverse, se sentant beaucoup plus optimiste. Il poussa la porte de l'immeuble puis sortit de sa poche une petite lampe

---

* « Prenez les cannolis. »

électrique dont le fin rayon lumineux troua l'obscurité. Le mobilier du hall d'entrée avait été retiré ou volé. Il vit que les portes des deux ascenseurs avaient été forcées et celle de l'accueil, dégondée, gisait sur le sol.

Dans le bureau vide, la torche d'Alex éclaira un calendrier mural affichant le mois d'août 1987. Les annuaires pages jaunes de Brooklyn et Manhattan, empilés sur une étagère, étaient recouverts d'une épaisse couche de poussière. Il localisa l'escalier, testant la solidité de chaque marche à mesure qu'il montait au premier étage. Il découvrit d'autres graffitis sur les murs et, dans une pièce, il avisa la pochette du 33 tours de Michael Jackson *Thriller*, dont les angles avaient été rongés par des rats.

Dans une pièce contiguë, parmi les bouteilles vides et sales de Pabst Blue Ribbon qui jonchaient le sol, traînait un préservatif usagé, fripé, desséché. Dans le coin, il remarqua un exemplaire du magazine *Hustler* datant de 1984. Comme il se penchait pour le ramasser, des souriceaux détalèrent, tandis qu'une porte claquait, apparemment dans les étages.

Il retourna sur le palier. Ce bruit l'avait fait sursauter, et il lui fallut quelques instants pour recouvrer ses esprits.

— Oui ? cria-t-il. Qui est là ?

Il ne reçut pas de réponse.

Il recommença :

— Ohé ? Il y a quelqu'un ?

Entendant le plancher de l'étage supérieur craquer sous des pas précautionneux, Alex leva la tête. Quand le bruit cessa juste au-dessus de lui, il retint sa respiration. À n'en pas douter, il n'était pas seul dans ces locaux sans électricité, ni eau courante ni chauffage. Un sans-abri ? Des crissements résonnèrent comme si on tirait un meuble, puis le silence revint après un grand fracas.

Alex ne se laissa pas impressionner. Il s'engagea dans l'escalier, évitant une basket abandonnée sur une marche. Sur le palier du dessus, sa lampe ne révéla rien d'autre qu'un couloir désert.

— Il y a quelqu'un ? répéta-t-il.

Il avança, s'arrêtant devant chaque porte ouverte, braquant le faisceau lumineux devant lui, puis il arriva devant la seule qui était fermée. Il tourna la poignée, une fois, deux fois, et le battant céda au bout de la troisième, et plus ferme, tentative.

Alex balaya l'espace devant lui jusqu'à ce qu'il aperçoive une cigarette entamée calée contre la fenêtre, une spirale de fumée s'élevant dans les airs. On venait de quitter la pièce. On savait qu'il se trouvait là.

On l'observait.

Il recula dans le couloir.

— Je sais que vous êtes là, cria-t-il. Je ne vous causerai pas d'ennuis. Avancez-vous, montrez-vous.

Rien. Aucun bruit de pas. Alex s'enfonça peu à peu dans le couloir, l'éclairant, tantôt d'un côté, tantôt de l'autre. Les portes de toutes les autres pièces étaient grandes ouvertes, chacune sur un espace aussi vide que celui qu'il venait de quitter.

Il se figea quand il réentendit les mêmes bruits : quelqu'un qui marchait, de nouveau, au-dessus.

— Milt ?

Il était possible que Golub soit arrivé avant lui pour examiner l'état des lieux, sauf que, à présent, on courait dans le couloir de l'étage supérieur. Il regagna la pièce où se trouvait la cigarette allumée et ferma la porte derrière lui. Il transpirait à grosses gouttes, sa chemise lui collait à la peau. Il éclaira le cadran de sa montre : il se trouvait dans les locaux depuis moins d'un quart d'heure.

Le silence était revenu. Plus de bruit de pas ni de chaises qu'on traîne sur le sol. Il était temps de partir, et Alex s'y incita en le murmurant :

— Il est temps que je parte.

Il désirait s'éloigner, retrouver son chauffeur, regagner son bureau, se laver les mains pour se débarrasser de la poussière ambiante. Il marcha jusqu'à la porte qui, cette fois, refusa de s'ouvrir. Alex cogna sur le battant, tourna fiévreusement la poignée, s'efforçant de le débloquer. Il s'arrêta pour souffler. Des gouttes de sueur lui dégoulinaient sur le menton. Il colla l'oreille contre le bois et, à nouveau, entendit qu'on marchait, cette fois dans le couloir. À pas feutrés.

Ceux-ci s'arrêtèrent à sa hauteur. Il entendait respirer. Soudain, la porte fut poussée d'un coup, ce qui le déséquilibra tandis qu'une vive lumière, braquée sur son visage, l'aveuglait.

— On a reçu un appel nous signalant une effraction.

La policière fit glisser le faisceau de sa lampe le long du corps d'Alex. Pour vérifier qu'il n'était pas armé ?

— C'est le propriétaire qui m'a confié la clef, expliqua Alex. J'envisage d'acquérir cet immeuble. Mais quelqu'un d'autre traîne ici. J'en suis certain. Un sans-abri, peut-être ?

La policière lança un regard derrière lui dans la pièce, tenant sa lampe à hauteur d'épaule.

— Joey ? dit-elle.

— Pardon ?

Elle fit un signe de tête vers le mur du fond, alors Alex fit volte-face. Au-dessus de la cigarette qui se consumait encore, le prénom *Joey*, d'une écriture enfantine, avait été peint sur toute la largeur de la paroi en grosses lettres de couleur rouge, si grandes qu'on ne pouvait le lire que de loin. Et la peinture était si fraîche qu'elle dégoulinait encore vers le sol, pareille au sang d'un animal qu'on viendrait de tuer.

12

Il était sous l'eau, battant doucement des jambes, ses bras l'aidant à avancer dans les ténèbres, de longues vrilles lui effleurant le corps dans le silence crépusculaire qui l'entourait. Les derniers éclats du jour ricochaient autour de lui, erratiques, s'effilochant aussi vite qu'un nuage. Soudain se dressa devant lui le corps d'un petit garçon retenu prisonnier par les hautes herbes, bras écartés, yeux écarquillés, orbites vides. Alex voulait nager pour s'en éloigner, mais quelque chose l'en empêchait, le rendait incapable de quitter ces profondeurs, de remonter à la surface, et ce fut lorsque l'enfant saisit Alex à la gorge sans plus vouloir le lâcher qu'il se réveilla, pris de sueurs froidcs.

Il se redressa, le souffle court. *Ce n'était qu'un rêve*, se dit-il. Il lança un coup d'œil vers l'horloge du tableau de bord, vit qu'il ne s'était assoupi qu'une ou deux minutes. Il coupa le moteur et s'efforça de se ressaisir. Voir ce prénom peint sur le mur avait ravivé des souvenirs qu'il s'efforçait d'oublier depuis si longtemps : Joey, le radeau, et cinq heures plus tard, rien. Comment ce gamin l'avait déçu en refusant de dominer sa peur. Les réminiscences s'étaient estompées avec le temps, diluées dans ses études universitaires, les fêtes fortement alcoolisées organisées par sa fraternité, des histoires d'amour, sa vie de couple avec Ashley, et peu à peu la figure de Joey avait cédé la place à des rêves de réussite sociale. De fortune. Puis à leur réalisation, et à ses grands projets.

Il se souvint de l'inscription grossièrement gravée sur le fond de sa piscine.

Ne m'oublie pas.

Désormais, il ne risquait plus.

Joey ne pouvait être encore en vie – et même s'il l'était, si, d'une manière ou d'une autre, il avait réussi à regagner la terre ferme, il n'aurait pu savoir qu'Alex se rendrait dans ce bâtiment abandonné à ce moment-là, ce jour-là. Cela défiait l'entendement. Il avait laissé le gamin loin de la rive et, quelques heures plus tard, celui-ci avait disparu. La police avait fouillé le camp, sondé le lac, poursuivi ses recherches pendant toute une semaine sur un rayon d'une vingtaine de kilomètres, mais pour rien : aucun vêtement retrouvé, aucun témoin qui aurait aperçu l'enfant ou déclaré avoir vu ce qui s'était passé. À la veille de la fin des vacances, Dave Jensen avait réuni tous les garçons ainsi que les moniteurs dans la salle commune. En restant le plus vague possible, il leur avait fait part de ce qu'il était arrivé, leur assurant qu'on finirait bien par retrouver Joey.

Le lendemain matin, il régnait un calme précaire avant l'arrivée des cars prévus pour le retour. Les plus jeunes semblaient sous le choc, beaucoup d'entre eux répétant qu'ils ne retourneraient jamais au camp. Certains parlaient à voix basse de John Otis, comme si le monstre de l'histoire racontée lors de la veillée autour des feux existait vraiment, prédateur habitant dans une grande maison, très haut dans la montagne, au-dessus du lac, qui en cet instant même retenait Joey prisonnier. Ils imaginaient que leur camarade appelait ses parents au secours en entendant cet homme descendre pas à pas l'escalier de la cave. Certains devaient se dire que Joey y avait déjà passé plusieurs nuits, leur imagination se chargeant de combler ces heures vides de toutes les terreurs d'un film d'épouvante. Joey enchaîné au mur. Joey appelant sa mère en vain. Joey agonisant.

Après le départ du dernier car, Dave Jensen, l'air sombre, et son épouse réunirent tout le monde dans le réfectoire. Leur fils, bouleversé, resta dans leur chalet. Dave regarda tour à tour chaque membre de son équipe, puis joignit les mains et commença :

— Je tenais à vous remercier pour tout ce que vous avez fait ces derniers jours. Les enfants, c'est compréhensible, ont été bouleversés par ce drame, et c'est grâce à vous que la semaine s'est déroulée le mieux que nous pouvions l'espérer, en ces circonstances. C'est une tragédie, et il va sans dire que nous partageons tous la douleur de M. et Mme Proctor qui sont rentrés à New York. Ils sont persuadés que Joey se trouve quelque part dans les environs. Peut-être a-t-il tout bonnement fugué, comme d'autres gamins s'enfuient de chez eux. Soit dit entre nous, Nancy et moi-même avons eu la nette impression qu'ils n'étaient pas en très bons termes, ce qui peut expliquer ce qu'il s'est passé.

Les moniteurs évitaient de se regarder. Steve Fenton approuvait de la tête les paroles de Dave. Dès le premier jour du camp, c'était l'impression qu'il avait eue, alors que les familles se séparaient. Il avait remarqué l'air perdu, égaré de Joey qui semblait se demander de quoi son avenir serait fait, avec ses parents qui s'ignoraient.

— Les gamins agissent parfois dans le but d'attirer l'attention sur eux, poursuivit Dave, ou parce qu'ils ont peur. Mais… je ne me risquerai pas à hasarder des hypothèses. En résumé, nous avons un trou de cinq heures au cours duquel Joey a disparu. Entre sa sortie natation et l'extinction des feux, il s'est évanoui dans la nature. Il n'a été signalé la présence d'aucun intrus dans le camp, et les moniteurs ou les camarades de Joey qui partagent son dortoir n'ont pas remarqué de différence dans son comportement. Ça a été une journée comme les autres. De l'avis général. Une journée comme toutes les autres.

— S'il avait fugué, intervint Steve Fenton, il serait parti en plein jour. Disons, avant… dix-neuf heures trente, non ?

Un enfant de huit ans n'aurait sûrement pas pris le risque de s'enfuir après la tombée de la nuit. C'était une certitude. Mais, en dehors de cela, ils n'avaient pas le plus petit indice, pas la moindre piste. Dave leva les mains, geste léger semblant destiné à soupeser l'air ambiant entre son équipe et lui. Mais, comme tout le reste dans cette histoire, l'air ne fit que lui glisser entre les doigts. Steve, à cause de son lien avec Joey qui s'était tant confié à lui au sujet de sa vie familiale, de ses craintes, de ses inquiétudes, espérait avant tout le retrouver sain et sauf. Puis le ramener à New York, chez ses parents, à Manhattan. Il avait cherché à le protéger. Et tout ce qui lui restait à présent, c'était le souvenir de Joey et un lit de dortoir vide.

— Je sais que la plupart d'entre vous partiront dans la journée ou demain, reprit Dave. Certains nous ont demandé s'il leur serait possible de revenir travailler ici l'été prochain mais, en toute franchise, j'ignore ce que va devenir le camp Waukeelo. J'ai contacté notre avocat, nous allons étudier toutes les hypothèses possibles, et notamment ce qui risque d'arriver si, par malheur, on ne retrouvait pas Joey.

Assis dans le fond du réfectoire, Alex leva les yeux au plafond, puis il les ferma, s'efforçant d'anticiper l'avenir – une semaine, un mois, n'importe quand hormis le présent –, comme si dresser des plans pourrait effacer ce drame. En baissant la tête, il sentit peser sur lui le regard de Steve. Et il le vit se détourner.

Alex n'avait jamais apprécié Steve. À présent, tant d'années plus tard, il pensait avoir compris pourquoi. D'emblée, ce gars lui avait été antipathique car il paraissait trop posé, trop réfléchi. Un cérébral, pas un homme d'action. Comme s'il s'attendait à ce qu'Alex commette une erreur. L'avait-il vu abandonner Joey sur le radeau ? Ou quelqu'un d'autre en avait-il été témoin et le lui avait-il rapporté ?

— Veux-tu dire que nous devrons témoigner ? s'inquiéta l'un des moniteurs.

— C'est possible. Au fait, si l'un d'entre vous se rappelle un détail susceptible d'aider la police à localiser l'endroit où se trouve Joey, M. et Mme Proctor lui en seraient, bien sûr, infiniment reconnaissants. Je vous demanderai à tous de bien vouloir me laisser un numéro de téléphone où vous joindre, soit à la fac, soit chez vous, de façon, si jamais quelqu'un signalait avoir vu Joey, à pouvoir vous contacter pour que vous fournissiez les détails de sa dernière journée ici.

Ils approuvèrent de la tête ou par quelques mots.

— Une dernière chose : ceux qui ne partent pas aujourd'hui sont invités à passer une dernière nuit dans leur dortoir attitré. Si j'ai bien compris…

Il jeta un coup d'œil à ses notes.

— … neuf d'entre vous resteront. Nancy et moi organiserons un barbecue et, pour une fois, les boissons alcoolisées seront autorisées.

Il s'accorda le temps de sourire, puis ajouta :

— Histoire de multiplier les convives…

Tous s'esclaffèrent.

Tout à coup, Alex se rappela – cela lui revint quand il se redressa dans sa Bentley, un détail si insignifiant au bout de vingt et un ans – que, en revenant du bord du lac, ce jour-là, il avait croisé un des plus jeunes garçons qui se trouvait être seul. Il ne revoyait pas la tête qu'il avait.

Et maintenant, ça, vingt et un ans plus tard. La piscine. Le nom sur le mur. Quelqu'un savait, quelqu'un n'avait pas oublié, quelqu'un s'en prenait à lui. Il cligna des paupières et vit Ashley s'approcher de la voiture.

— Je t'ai entendu te garer, ça fait au moins cinq minutes. Tu vas bien ?

Longue journée. Dure journée. Mauvaise journée.

Joey. Sur le mur, en lettres si grosses qu'on devait se placer à l'autre bout de la pièce pour lire le prénom en entier.

Non sans mal, il s'extirpa du confort moelleux de la Bentley.

— J'ai dû m'assoupir, dit-il.

— À te voir, on croirait que tu viens de perdre ton meilleur ami.

Ils entrèrent dans la maison, et elle referma la porte derrière eux.

Ils gagnèrent la cuisine où elle fit tomber des glaçons dans un verre qu'elle lui tendit. Il prit la bouteille de Johnnie Black dans le bar et s'en servit une bonne rasade avant de soupirer :

— Quelle journée pourrie.

— Au point de prendre une cuite ?

Il but une longue gorgée et ricana.

— Pourquoi pas ?

— Bon, prêt pour une autre mauvaise nouvelle ? L'inspecteur que nous avons vu…

— Carver ?

— Pour lui, il n'y a pas matière à enquêter au sujet de la piscine. Il estime que ce doit être une mauvaise blague. Des gosses, acheva-t-elle.

— Voyons, rétorqua Alex en s'asseyant sur un des tabourets de bar, il y a eu violation de propriété privée.

— Il n'y a rien qui permette de relier ça à quelqu'un. Il pense que ce sont peut-être les mêmes vauriens qui, l'autre nuit, ont saccagé le green du dix-huit sur le parcours de golf.

— Je ne comprends pas comment on a pu plonger dans le bassin pour en vandaliser le fond. Et ensuite quoi, ajouter du colorant alimentaire ?

— C'est que… ce n'était pas du colorant. C'était du sang.

Alex la dévisagea.

— Le piscinier a fait analyser un échantillon, reprit Ashley. C'est ce qu'ils font, lors de ce genre d'incident, pour savoir comment nettoyer. Il a téléphoné ce matin. En l'occurrence, il s'agit de sang animal. De vache ou de porc. Les filles ne sont pas au courant, et ça vaut mieux.

Elle posa la main sur la sienne.

— Bref, soupira-t-elle, ils repassent demain pour récurer le fond, aseptiser toutes les surfaces et nettoyer le système de filtration. Ce qui devrait leur demander une journée de travail, voire deux. D'après eux, nous pourrons faire jouer notre assurance. C'est aussi ce que le policier nous disait.

— Il faudra tout de même en payer une partie.

— Hé ! s'écria-t-elle en le prenant par les épaules. Je te rappelle que c'est notre piscine, chéri. Remettons-la à neuf et oublions cet incident, tu veux bien ?

Il lui revint que, le lundi, il devait animer une réunion de bureau, prévue à dix-huit heures trente et qui retiendrait tout le monde assez tard. En temps normal, il offrait ensuite un verre à son équipe mais, là, il se disait que, en début de semaine, tout le monde serait pressé de rentrer chez soi.

— Lundi, précisa-t-il, je resterai en ville. Je passerai la nuit dans la suite, à l'hôtel.

— D'accord. Comme tu voudras.

— S'il y a quoi que ce soit d'autre à régler au sujet de la piscine, tu t'en chargeras, ça ne t'ennuie pas ?

— Quelque chose te tracasse, je me trompe ?

— Non, rien.

— Arrête, je le vois sur ta figure. Tu veux en parler ?

Il se força à sourire.

— Tout va bien.

— Il n'y a pas d'autre femme dans ta vie, j'espère ?

Parce que, sinon, je préfère le savoir tout de suite, au lieu de l'apprendre en lisant la rubrique people.

Elle ne plaisantait pas : voilà près de quatre ans, il avait eu une brève liaison – non, le mot juste est *aventure* – avec une femme divorcée rencontrée dans le cadre professionnel, Karen Cain. Ils s'étaient connus lors d'une conférence donnée au Grand Hyatt, étaient sortis en ville pour, d'un commun accord, parler boulot autour d'un cocktail, discussion qui s'était prolongée jusqu'au dîner et, en se quittant, ils s'étaient embrassés. Cela avait duré trois semaines, se terminant le jour où Ashley avait découvert le pot aux roses : le portable d'Alex avait sonné alors qu'il était sous la douche. Il avait pris un jour de repos pour accompagner sa femme à une réunion de parents d'élèves à l'école de leurs filles. Le prénom Karen était apparu sur l'écran de l'appareil et Ashley avait accepté l'appel.

Quand il était ressorti de la salle de bains, elle lui avait lancé :

— Ta maîtresse a téléphoné.

— De quoi parles-tu ?

— De Karen. Je viens de lui raccrocher au nez.

Il avait fait un pas en arrière. Pour une des rares fois de sa vie, il était resté sans voix.

— Elle m'a confondue avec ta secrétaire. Elle me priait de faire une réservation pour un dîner en tête à tête, jeudi prochain.

À l'insistance d'Ashley, après que Karen eut tout divulgué à la presse locale, ils avaient suivi une thérapie de couple. Aucune excuse n'adoucissait Ashley. Elle se sentait humiliée par cette exposition médiatique, les photos embarrassantes, les propos graveleux de la femme en question. Seul le temps permettrait que ces détails, réels ou imaginaires, s'effacent de sa mémoire. Ou peut-être pas.

— Je n'ai aucune autre femme dans ma vie. Tu es la seule et unique. Tout le reste, c'est du passé.

Or, rien ne finissait jamais. Karen Cain relevait de l'histoire ancienne, mais tout portait à croire que Joey Proctor était remonté à la surface du présent.

13

Ashley s'endormit peu après avoir éteint sa lampe de chevet et posé sa tête sur l'oreiller. Fin de la journée ; plus de lumière ; les voix s'étaient tues.

Alex, lui, à deux heures du matin, ne trouvait toujours pas le sommeil, tant et si bien que, n'y tenant plus, il repoussa la couette, se glissa hors du lit, et attrapa son peignoir. La porte du sous-sol se trouvait dans la cuisine et, avant de l'ouvrir, il désactiva le système d'alarme. Il hésita avant de s'engager sur les marches en songeant que c'était comme franchir une frontière. On ouvre la porte sans savoir ce qui nous attend au-delà. Il pouvait ne plus penser à ce qui était arrivé : la piscine, l'incident dans l'immeuble de Brooklyn. Ou bien reconnaître que ce qui rôdait autour de lui, il n'aurait su dire quoi, se trouvait déjà entre ses murs. Ce n'était rien : un acte manqué, un égarement survenu un peu plus de vingt ans auparavant, alors pourquoi ce gamin – adulte aujourd'hui – reviendrait-il dans sa vie ? Alex referma la porte derrière lui et descendit vers ce lieu de mise au rebut et de mémoire où ils rangeaient les anciens jouets préférés des filles, ainsi que les cadeaux dont ils ne voulaient plus sans pouvoir pour autant se résoudre à s'en débarrasser.

Étaient entassés là les maisons de poupées, les jeux de société et les peluches que les enfants avaient délaissés. Une cible à fléchettes pendait de travers sur un mur. Les clubs de golf que son beau-père lui avait offerts pour son mariage – persuadé que tous les promoteurs immobiliers tenaient à pratiquer ce sport –, n'ayant jamais servi, étaient calés dans un coin de la pièce.

Alex attrapa un carton sur une étagère et le posa sur la table de ping-pong éclairée par le plafonnier. Il en sortit les albums de sa promotion du lycée, mit de côté ceux d'Ashley puis, en dernier lieu, se saisit d'une chemise au logo représentant un garçon en canoë sur laquelle était imprimé le nom *Camp Waukeelo*. Il ne l'avait plus ouverte depuis le soir où on la lui avait remise, avec son prix honorifique, lors du dîner de clôture du camp de vacances, ce fameux été. Ensuite, tous étaient descendus sur la rive du lac pour assister au feu de joie : des branches et des brindilles disposées sur un radeau de fortune de façon à former les chiffres de l'année en cours, arrosées d'essence, funérailles vikings d'un été inoubliable de plus. Il s'était tenu à l'écart des autres moniteurs, suivant des yeux ce bûcher qui dérivait lentement devant l'endroit où il avait laissé Joey Proctor, tandis que les flammes crépitaient dans la tranquillité du soir. Il se laissait bercer par l'illusion que le fait de voir l'année partir en fumée et réduite en cendres effacerait tout ce qui s'était mal passé. Certains garçons pleuraient en silence un été perdu à jamais, d'autres pensaient à Joey Proctor qui se trouvait quelque part, on ne savait où mais en tout cas plus parmi eux. À présent, Joey ne vivait que dans leur imaginaire, au gré de scénarios qui frisaient le cauchemar et l'horreur. Le radeau qu'ils avaient fabriqué s'inclina, se renversa et, lorsqu'il s'enfonça dans l'eau, dévoré par les flammes, des acclamations s'élevèrent, puis on entonna l'hymne du camp. Le drapeau fut baissé et replié, puis chacun regagna son dortoir. En chemin, Alex se retourna une dernière fois vers le lac, à la surface toujours aussi paisible. Ce qui s'y était passé avait sombré, avec l'été, dans ses profondeurs.

Et si Joey réapparaissait ? Aurait-il beaucoup changé ? Plus un enfant, mais pas tout à fait un monstre ? L'idée s'attarda dans un coin de l'esprit d'Alex.

À l'intérieur de la chemise cartonnée se trouvait une photo de groupe de tous les participants au camp de cette année-là – les moniteurs et les enfants, le directeur et son épouse. Alex se souvenait qu'elle avait été prise deux semaines après le début des vacances. Il fit glisser son doigt le long de la première rangée de visages, puis de la suivante, du plus jeune au plus âgé. Soudain, son doigt s'immobilisa.

— Joey, murmura-t-il pour lui-même.

Joey avait dû bouger au moment de la prise de vue. Son visage, à la différence de tous les autres, était un peu flou. À croire qu'il existait déjà dans une autre dimension, à mi-chemin entre la vie et la mort. Alex l'observa longuement. Puis il éteignit la lumière.

14

Sept ans après la disparition de Joey Proctor – la première neige venait de tomber –, deux chasseurs, le père et le fils, faisaient l'ouverture de la saison du chevreuil sur les hauteurs du lac Echo. D'habitude, ils n'étaient pas seuls à parcourir le secteur en veste et gilet de chasse orange mais, ce matin-là, Ben et Nick Wheeler ne croisèrent personne. Tout paraissait paisible, comme endormi, la neige était immaculée, la brise légère, si bien qu'il semblait sacrilège de briser ce silence par une détonation suivie de la lourde chute d'un animal gracile. Ils chassaient ensemble depuis que Nick était tout petit et, à présent, il était fiancé. Deux semaines plus tard, au lendemain de Noël, il emménagerait avec sa promise à Santa Barbara où il prendrait un poste de chargé de cours à l'université. Ben préférait ne pas y penser, mais il savait que cette partie de sa vie s'achèverait bientôt. Ce serait leur dernière journée de chasse.

Tout a une fin. Les fins étaient devenues pour lui l'image de la vieillesse. Les gens meurent, les portes se ferment ; on devient invisible pour les autres, fantôme avant l'heure. Il avait perdu sa femme, et voilà qu'il allait perdre son fils. Il resterait seul avec lui-même

– la compagnie la pire, la plus infortunée qui soit. Il pourrait prendre un chien, ce que des amis de son âge ne manquaient pas de lui conseiller mais, ensuite, il mourrait et le pauvre animal serait malheureux. Affreuse perspective. Il se promit de se débarrasser de tous les miroirs de la maison, son visage étant la dernière chose qu'il avait envie de voir l'accueillir chaque matin.

Du bout du doigt, il chassa la larme qu'il n'avait pu retenir, en espérant que Nick ne l'avait pas vue. À nouveau, il engloba le paysage du regard : il avait vécu là toute sa vie, y avait rencontré Helen, l'avait épousée dans une église de Lenox, avait inhumé ses parents dans le cimetière du village, où reposaient ses ancêtres depuis le tout début du dix-huitième siècle. Il y avait aussi enterré Helen.

Seize années durant, il avait été employé comme menuisier par le camp de vacances de la vallée : réparant les bâtiments après les hivers toujours rigoureux, remplaçant telle ou telle porte-moustiquaire déchirée dans les dortoirs, renforçant le ponton avant le début de l'été. Cette activité lui plaisait, et il faisait de son mieux pour éviter les hommes de la ville également embauchés comme main-d'œuvre : des types brutaux, impatients de retourner dans les bars dès leur journée de travail finie. Il ne passait pas ses soirées à tuer le temps en buvant, ne paressait pas tous les après-midi au Little Dee's, contrairement à d'autres, autour d'une tasse à café qui semblait destinée à devoir durer éternellement, préférant rentrer à la maison pour y retrouver Helen et le petit Nick, puis allumer un feu de cheminée en ces soirées de printemps encore fraîches, quand la douceur des soirs d'été n'était plus qu'un lointain souvenir, comme une photo délavée abandonnée trop longtemps sous le soleil.

À la fin août, une fois les enfants et le personnel partis jusqu'à l'année suivante, il lui arrivait de descendre au lac à pied en début de soirée et de s'asseoir sur le ponton pour admirer le coucher de soleil. Puis, un peu courbaturé par son ouvrage quotidien, il reprenait le volant de son pick-up et regagnait son domicile, une journée de plus derrière lui. Parfois, lorsqu'il travaillait dans un des dortoirs, il trouvait des objets oubliés par les garçons : balles de tennis ou chaussettes et même, une fois, sous un lit, un hamburger entamé grouillant de vers.

Quand il devait réparer la pancarte qui signalait l'entrée du camp Waukeelo, il la remplaçait par une autre, taillée à la main, une huitaine de jours avant le début des vacances. Elle représentait un garçon, de dos, qui pagayait à bord d'un canoë, sous ce coucher de soleil dont il profitait en ce moment même dans la solitude du jour finissant, comme si cet enfant partait vers quelque chose d'éternel. À l'époque, Ben avait ouvert sa menuiserie et, jusqu'au jour où il la vendit, trois jeunes compagnons travaillèrent sous ses ordres dans l'atelier derrière chez lui.

— Sacrée belle matinée, hein ? dit-il, le souffle court.

— J'avais oublié combien c'était beau à cette hauteur, répondit Nick.

— Il serait temps que tu t'en rendes compte ! plaisanta Ben. Nous montons ici depuis tes neuf ans. Ce qui fait vingt ans, si mes calculs sont bons.

— Peut-être suis-je désormais assez âgé pour l'apprécier.

— Ça te manquera, n'est-ce pas ?

Nick sourit.

— Oui, sans doute. Pendant que tu chasseras le chevreuil, je ferai du surf.

— Ouais. Sans doute.

Ils partagèrent un rire sans joie.

Ben savait que Nick ne mettait plus tout son cœur dans ce rituel annuel qui était le leur. Pister un chevreuil, espérer le tuer du premier coup – tout cela appartenait à une époque révolue.

Nick lui donna un coup de coude. Ben avait, lui aussi, entendu comme un bruit de sabots sur le tapis de feuilles mortes recouvert de quelques centimètres de poudreuse. Ils scrutèrent les bois et, soudain, Nick se figea et pointa le doigt vers les branches d'un arbre. Sur le coup, son père ne comprit pas, mais Nick s'avança seul, brisant sous ses pas l'épaisseur de neige tombée pendant la nuit, faisant assez de bruit pour mettre tout un troupeau de chevreuils en fuite. Il ne s'arrêta qu'une fois arrivé sous un bouleau et leva la tête.

Un gamin, nœud coulant autour du cou, pendait au bout d'une corde. L'enfant était nu et, en lieu et place du sexe, béait un trou rouge sang aux contours déchiquetés. De là, les traces de pas étaient non pas celles d'un chevreuil, mais celles d'un homme.

15

La réunion débuta à dix-huit heures trente dans la salle de conférences. Alex prit place en bout de table et demanda :

— Tout le monde est là, à part Pete Kellerman ?

— Il va arriver, dit Sandy Merritt.

Elle posa les mains sur la reliure cuir du dossier installé devant elle.

— Je peux commencer ? s'impatienta-t-elle.

Sandy était chargée du développement commercial de la société. Alex appréciait son ambition d'étendre leurs activités à d'autres États, de nouveaux marchés. Il n'était pas toujours d'accord avec ses choix a priori, mais les examinait avec la plus grande attention et, parfois, reconsidérait sa position – ce qui n'était pas dans sa nature – puis négociait des contrats dans ces secteurs qu'elle affectionnait. Elle était aussi une des cadres dirigeantes afro-américaines les plus en vue dans leur milieu professionnel. Il l'avait embauchée alors qu'elle sortait de l'université de New York où elle avait suivi le cursus de la Leonard N. Stern School of Business. Comme toujours, Alex Mason avait eu le nez creux.

— Je t'en prie, répondit Alex.

— Je sais que nous cherchons à diversifier nos activités hors Manhattan, dans les quartiers du…

— Garde-toi de dire Queens, Staten Island ou Bronx, lança Rob Lawrence.

Ce qui provoqua l'hilarité générale.

— Le Queens sera le prochain Brooklyn, soit dit en passant ! rétorqua Sandy. Mais puisque nous avons exploré d'autres possibilités, hors du nord-est et de l'ouest de la ville où nous sommes déjà établis, je pense que, quelle que soit la décision qui sera prise au sujet des quartiers de Brooklyn, la propriété de Detroit que nous avons dénichée vaut la peine d'être vue.

— Ta bonne vieille ville natale, dit Alex avec un large sourire.

— Un secteur que je connais sur le bout des doigts, confirma Sandy gaiement.

— Comment le surnomme-t-on, déjà… « La zone de survol », c'est ça ? répliqua Rob.

Il couvrait les secteurs de Seattle, San Francisco, Palm Desert et Los Angeles, et tout argument lui était bon pour poursuivre sa croisade habituelle contre les opérations dans le Midwest. Cela était dû à une mauvaise expérience dans une fac de là-bas – une part de son côté obscur –, et non au fait qu'il était recherché dans plusieurs États, comme le laissaient entendre certains collègues facétieux.

— Je n'y vois aucun potentiel de développement, ajouta-t-il. Regardez Harvey Laughlin et son hôtel à Indianapolis. Il n'est complet que les jours où se tient en ville une convention politique, et même là il a du mal à concurrencer les grandes chaînes.

Sandy exprima son désaccord, ainsi qu'Alex s'y attendait.

— Je sais que le secteur a traversé une période très difficile, mais des signes m'amènent à penser que la ville de Detroit va redevenir à la mode.

— C'est ce que tu espères, rétorqua Rob.

Il jugea superflu de leur rappeler le pari immobilier qu'ils avaient fait quelques années plus tôt en investissant à Vegas, avant la crise économique, dans un hôtel un peu trop éloigné du Strip. Fort heureusement, Alex avait pu le revendre à un hôtelier plus expérimenté que lui qui, aux dernières nouvelles, parvenait tout juste à équilibrer son bilan.

— Je pense sincèrement que nous allons assister à beaucoup de changements positifs à Detroit, insista Sandy. La ville reçoit un afflux de jeunes cadres qui n'ont pas les moyens de s'installer à San Francisco, New York ou Boston.

— Auquel cas nous renoncerions au projet à La Nouvelle-Orléans ? s'enquit Alex.

— Trop risqué, affirma Rob. De plus, les primes d'assurances nous plomberaient, Alex. Un autre Katrina, et nous ne nous en relèverions pas.

Alex prit un autre document.

— Que se passe-t-il côté du Sturges ? enchaîna-t-il.

Rob indiqua que ce bien était toujours sur le marché et que tout laissait penser que son prix continuerait de grimper.

— Il est situé entre les Septième et Huitième Avenues, un quartier qui végétait depuis des années mais auquel l'engouement pour les environs de Times Square a donné un sacré coup de pouce. Si on y ajoute l'assouplissement des règles d'urbanisme dans le Garment District, et le projet des Hudson Yards, il se présente comme un très bon investissement. Je le placerais en tête de la liste, au même titre que le Mason House.

— C'est carrément géant, conclut Alex, ce qui fit sourire l'assemblée. À combien s'élèverait le coût de cette opération ? Et, surtout, où en est-on côté licence d'exploitation ?

— J'étudie toujours les incidences d'une reconversion. Mais, d'après les infos que j'ai réunies, obtenir la licence ne devrait pas poser de difficulté. Un peu plus loin, dans la 38e Rue ouest, un autre hôtel est en train d'être rénové et tout le monde n'y trouve que des avantages.

— C'est près du quartier des théâtres, remarqua Sandy. Pour nous, ce sera un super argument de marketing.

— Bon, très bien. Rob, Sandy, suivez cette affaire. Faites l'offre dont nous avons discuté. Nous bouclerons le dossier Sturges à mon retour de Floride.

Ellen Siegel, qui avait été nommée directrice administrative et financière peu après l'embauche de Sandy, se renseigna sur l'immeuble de Brooklyn. Celui qu'Alex venait de visiter. Il aurait préféré ne plus y penser, comme si cet endroit lui portait malheur.

— Je n'ai pas encore pris ma décision, répondit-il. La localisation n'est pas mauvaise. Même si nous le démolissions pour tout reconstruire, ça vaudrait le coup.

— Alors, où est le problème, Alex ? intervint Rob. Brooklyn devient très branché. Si on ne se positionne pas sur ce bien, quelqu'un d'autre le fera et transformera cette ruine en pluie de dollars.

— Je sais, mais… je… je découvre le dossier, voyez, j'étudie la question… Cet endroit a quelque chose qui me dérange…

Tous attendirent qu'il clarifie son point de vue.

— … qui me gêne, vous voyez ?

Comment Joey avait-il pu savoir qu'il s'intéressait à cet immeuble ? Avait-il épié Alex pendant toutes ces années ?

— Tu penses qu'il ne vaut pas la peine d'être réhabilité ?

Alex hocha la tête.

— Je me le demande. Le tout est de savoir si je ne vais pas mettre mon nom sur un bien qui, au final, ne donnera rien d'intéressant. Comme toujours, je n'ai pas besoin de vous le rappeler, le plus important, c'est notre image de marque.

Il avait cru que les événements de cet après-midi-là, sur le lac, tant d'années plus tôt, resteraient enfouis dans le passé. Dans la vie, tout le monde commet des erreurs, s'écarte du droit chemin, fait des mauvais choix et voilà que cela revenait le hanter. Mais c'était un homme pragmatique, en phase avec la réalité, qui s'occupait de choses concrètes – les souvenirs, pour lui, équivalaient à des films qu'on aurait vus et oubliés. Parfois, il nous revenait des titres, voire une ou deux scènes et quelques personnages, puis ils s'effaçaient. À jamais.

Sandy avança que, tôt ou tard, ce quartier deviendrait huppé, à l'exemple de Williamsburg. À l'allure où allaient les choses, c'était inévitable.

Pete entra dans la pièce.

— Excusez mon retard, lança-t-il en s'asseyant. J'étais au téléphone avec Chris, du Mason House.

— Pitié, ne nous dis pas que le système d'alarme est encore tombé en rade !

— Il appelait pour nous signaler qu'il n'y avait eu aucun couac depuis la dernière fois. L'hôtel est complet pour Thanksgiving, de Noël au jour de l'an et aussi, avant que je n'oublie, pour le week-end du marathon.

— Ça c'est une bonne nouvelle ! s'exclama Alex.

— Ils sont au courant que vous passerez la nuit chez eux. Tout est réglé.

— Et côté restaurant ?

— Ça, c'est l'excellente nouvelle. Il paraît qu'il va peut-être y avoir un article dans le *Times*.

— Le chef doit être sur des charbons ardents, dit Alex.

— Fidèle à son poste, en tout cas, rétorqua Pete en riant.

— Nous discutions du bien immobilier de Brooklyn. Quelle est ton opinion dessus ?

— Je trouve qu'un hôtel-boutique haut de gamme s'inscrirait parfaitement dans ce projet. Mais pas une tour moderne qui détonnerait dans ce quartier.

— Sans compter qu'elle nous vaudrait pas mal d'ennemis, renchérit Ellen. Vous avez vu celles de Williamsburg ? Franchement !

— Je suis d'accord, intervint Sandy. Garder un volume à dimension humaine… Cent cinquante chambres maxi.

— Et comment est-ce qu'on le remplit ? se récria Alex. On ne peut pas dire que Red Hook soit une destination de rêve.

— Mais ça ne saurait tarder, alors autant ne pas laisser cette affaire nous filer sous le nez, lui opposa

Sandy. Si nous sautons dessus, c'est du gagnant-gagnant. Super restaurant, quartier branché, pas trop frime, un peu funky. Nous le transformons en lieu incontournable. Un point d'ancrage. Pour moi, c'est une évidence.

— Tu es d'accord, Pete ?

— Le seul hic, c'est le stationnement.

— Il y a un parking souterrain deux rues plus loin, indiqua Ellen. Nous devrions pouvoir y négocier un tarif préférentiel pour les clients de l'hôtel. Sans compter la station de métro toute proche, et un bateau-taxi de Manhattan à Red Hook.

— Bon, soupira Alex, j'aurai besoin d'un deuxième avis. Ce projet semble t'intéresser, Pete. Et si tu allais jeter un coup d'œil au bâtiment demain matin avant toute chose ? Je demanderai à Golub un délai supplémentaire d'un ou deux jours avant de lui donner ma réponse définitive. Je lui dirai de te faire parvenir une clef.

Le visage de Pete s'éclaira.

— Super. Je suis ravi.

Ils discutèrent de quatre autres projets, puis Alex posa ses mains à plat sur la table, et dit :

— Très bien. Nous sommes tous fatigués. Alors, rentrez chez vous et passez une bonne soirée. J'ai encore un peu de travail à faire ici. Et n'oubliez pas – Ashley et moi sommes impatients de tous vous recevoir le dimanche après Memorial Day. Venez avec vos maillots de bain et un solide appétit.

Le couple organisait cette petite sauterie chaque année, ce qui donnait au personnel – l'équipe, ainsi qu'Alex les désignait –, et notamment aux nouvelles recrues, l'occasion de rencontrer Ashley et les filles, de se détendre en parlant de tout sauf d'immobilier.

Une heure plus tard, les bureaux désertés, Alex ferma la porte à clef et longea le couloir jusqu'aux ascenseurs. L'un d'eux venait de s'arrêter à son étage. Il se glissa à l'intérieur au moment où les portes se refermaient. Il pressa le bouton du rez-de-chaussée, la cabine entama sa descente et, soudain, s'arrêta net.

La lumière s'éteignit.

— Bon Dieu, qu'est-ce qui… ?

Il prit son téléphone portable dont il alluma la lampe-torche. Il appuya de nouveau sur le bouton sans résultat. De même lorsqu'il essaya l'alarme. Il recommença l'opération, toujours rien. Il était presque vingt heures, il savait que les locaux étaient déserts. Il voulut appeler le 911, mais ne parvint pas à capter de réseau.

Il tenta de forcer l'ouverture des portes, mais celles-ci restaient hermétiquement closes. Il cogna contre les parois et appela à l'aide. Sans effet. Il pressa plusieurs boutons à la suite, encore et encore, puis, tout à coup, la cabine dévala la gaine de l'ascenseur, le précipitant vers le sol.

Soudain, elle s'arrêta net en tanguant au bout des câbles. Alex frissonna quand il entendit une voix d'enfant, très loin, semblant venir de nulle part, renvoyée par l'écho.

À l'aide… S'il vous plaît… À l'aide…

Alex colla sa bouche contre la porte, et cria :

— Il y a quelqu'un ? Aidez-moi ! Appelez les pompiers.

Tendant l'oreille, il entendit l'enfant sangloter doucement.

Je ne sais pas nager… Je ne sais pas nager… S'il vous plaît... Il y a quelqu'un?... S'il vous plaît…

Alex cogna comme un fou sur les portes.

— Il y a quelqu'un ? Est-ce que vous m'entendez ?

Je me noie, dit l'enfant. *Je me noie…*

Alex recula, le souffle court, transpirant à grosses gouttes, quand l'éclairage de la cabine clignota puis se ralluma. Les portes s'ouvrirent et, devant lui, se tenait Pete Kellerman, sacoche d'ordinateur portable en main, prêt à rentrer chez lui.

— Alex. Tout va bien ?

— Tu as une idée de ce qu'il s'est passé ?

— Je viens de terminer mon travail et m'apprêtais à partir.

— Tu as entendu ? Comme un gamin qui appelait au secours ?

— Non. Rien que ta voix venant de la cabine. J'ai compris que tu te trouvais en difficulté.

Alex détailla le panneau de commande de l'ascenseur.

— Attends une seconde, dit-il. Nous ne sommes même pas à notre étage.

— Je sais. Moi aussi, je me suis retrouvé coincé dans l'autre ascenseur, mais j'ai réussi à forcer l'ouverture des portes.

Il se fendit d'un sourire, puis ajouta :

— Bizarre, quand même.

16

Ce jour-là, dans les bois, sept ans après la disparition de Joey, la police s'orienta grâce au signal du téléphone portable de Ben Wheeler et les rejoignit, son fils et lui, une vingtaine de minutes plus tard. Ben imaginait que les animaux sauvages, à présent en lieu sûr dans leur terrier ou leur nid, observaient la scène, amusés. L'ouverture de la chasse? On en reparlerait.

Le policier leva la tête, arrêté net dans son élan, et s'étonna :

— Qu'est-ce que c'est que ce truc?

— Ce n'est pas un enfant, répondit Nick. C'est, je ne sais pas, un genre d'épouvantail?

— Vous nous avez appelés pour ça?

— Il a l'air vrai, vous ne trouvez pas? Jusqu'à la tache de sang.

— Si vous le dites.

Le policier, par radio, demanda à l'un de ses collègues au poste qu'on leur apporte une échelle.

— On en a pour un certain temps, dit-il aux deux hommes.

Ainsi se termina leur partie de chasse, tout cela parce qu'un crétin s'était amusé à accrocher un mannequin à cette branche d'arbre. Ben le regarda encore. Il pendait dans le vide à quatre ou cinq mètres du sol, oscillant sous la brise fraîche qui s'était levée, montant de la surface gelée du lac.

— Vous voulez qu'on reste?

— Non, à moins que vous n'ayez quelque chose à ajouter.

— Ces traces de pas, dit Nick en pointant le doigt vers les empreintes laissées dans la neige.

Le policier s'en approcha, s'accroupit pour les examiner, puis se redressa et les suivit sur une quarantaine de mètres.

— Bizarre, bizarre, bougonna-t-il en revenant vers eux. Je dirais que le bonhomme doit chausser un bon quarante-quatre, comme moi, mais la piste s'arrête net, juste avant l'orée du bois.

— C'est impossible, dit Nick.

— Je ne vous le fais pas dire.

Pourtant, il avait raison; les empreintes stoppaient net. Par-delà, la neige était lisse, immaculée.

L'agent qui apportait l'échelle se gara à la lisière du bois puis marcha jusqu'à eux. La première chose qu'il remarqua en levant les yeux fut qu'il n'y avait pas de traces d'échelle sur le tronc de l'arbre.

— La neige est encore fraîche, dit-il.. Nous avons les empreintes de pas, mais rien d'autre. J'en conclus que cette chose a été placée là avant la chute de neige d'hier après-midi.

— Et ces empreintes?

— Quelqu'un, qui était là ce matin, vous a entendus et a décampé. C'est mon avis. Peut-être un autre chasseur qui aura voulu vous laisser tranquilles.

Il cala l'échelle contre le tronc et grimpa jusqu'à la hauteur du mannequin.

— C'est un vrai nœud coulant, comme autrefois, dit-il après examen.

Il sortit son couteau pour trancher la corde et finit par dégager le pantin qu'il déposa sur une bâche. On avait pris la peine d'assembler des pans de coton rose et de les coudre avant de les bourrer de chiffons. Le visage – dont la bouche fendue donnait l'illusion d'un sourire jusqu'aux oreilles – était dessiné au gros feutre, et des détails stylisaient le torse : tétons cousus main, vague nombril, le tout taillé et rembourré pour faire plus vrai que nature. L'emplacement où aurait dû se trouver le sexe était déchiqueté et maculé de peinture rouge. L'auteur semblait avoir reproduit ce qu'il avait réellement vu : un enfant mutilé.

Les policiers le photographièrent avant de l'envelopper puis de le charger dans leur 4 × 4. Rien ne permettait d'avoir la moindre idée de sa provenance.

Ils rejoignirent Nick et Ben.

— Navrés que votre partie de chasse ait été gâchée. Je mettrais ça sur le compte d'une mauvaise blague, dit l'un d'eux.

Il enfila ses gants.

— On annonce des températures hivernales pour la fin de l'après-midi, ajouta-t-il. Rentrez chez vous, mettez-vous au chaud. J'espère que, demain, vous aurez plus de chance.

Mais c'était la dernière fois qu'ils chasseraient ensemble. Nick ferait ses bagages et se lancerait dans une nouvelle vie en Californie ; quant à Ben, il passerait ce qui se révélerait être l'hiver le plus long, le plus brutal de sa vie, seul comme jamais dans sa maison de

Becket. Six semaines plus tard, Nick lui téléphonerait de Santa Barbara sans obtenir de réponse et lorsque, à la longue, il se déciderait à appeler la police locale pour qu'elle aille jeter un coup d'œil, Ben serait mort depuis près d'un mois, assis dans son fauteuil devant un feu éteint, le journal du jour tombé par terre à côté de lui. Les canalisations de la maison avaient éclaté, ses pieds étaient pris dans la glace. Au moins, ils auraient une date à inscrire sur sa pierre tombale.

Tous ressortirent de la forêt. Aucun ne vit le dessin que quelqu'un avait fait sur l'écorce blanche d'un bouleau : une petite silhouette rouge en bâtons, bras et jambes écartés, le visage tordu de douleur. Et, dans chacun des yeux, on avait planté un vieux clou de cinq centimètres de long.

III

17

Le Mason House Hotel, sur Madison Avenue, constituait le fleuron de la société, tel un premier-né que l'on se devait de chérir, câliner et couvrir de cadeaux luxueux. C'était un immeuble de bureaux réhabilité après qu'une explosion au gaz avait dévasté le local du traiteur du rez-de-chaussée. Trois personnes avaient trouvé la mort, tous les appartements avaient été déclarés inhabitables et les propriétaires ne voulaient pas reconstruire, pas plus qu'ils n'étaient disposés à assumer les frais de nettoyage du site. Alex les avait réunis autour d'une table avec leurs avocats respectifs, puis leur avait fait une offre inférieure au prix du marché. Au bout d'une âpre négociation, un accord fut scellé pour un montant inférieur de quelques millions de dollars au prix initialement demandé. L'emplacement était idéal pour un hôtel. Pendant la remise en état du site, un Starbucks ouvrit ses portes juste à côté, puis, en face, ce fut une antenne de la librairie-boutique du Metropolitan Museum. Alex avait lui-même choisi la décoration intérieure, de la réception aux fauteuils du hall d'entrée, avec l'idée qu'elle rappellerait aussi bien celle des palaces new-yorkais d'autrefois que celle, plus actuelle, de ses concurrents les plus ambitieux.

En cette fin de journée, il faisait bon, l'air embaumait, et Alex n'aurait rien demandé de mieux que de déambuler dans la rue, mais il lui était difficile de se promener en ville sans être reconnu. Certains voulaient lui serrer la main ; d'autres, les parias du business de l'immobilier, aigris par leur existence insignifiante, n'hésitaient pas à l'invectiver. Sans compter que les paparazzis rôdaient toujours dans les parages, espérant immortaliser ces instants peu flatteurs. Alex avait déjà traversé cette épreuve, surtout pendant la période de sa liaison très médiatisée. Les photos parues dans le *New York Post* et le *Daily News* avantageaient toujours sa maîtresse, jamais lui. Le commentaire : *La belle et la bête ?* avait trop souvent été utilisé à son goût.

Le voyant arriver, le directeur de l'hôtel sortit de son bureau pour lui serrer la main.

— Ravi de te revoir, Alex. Ta suite est prête.

— On m'a dit que le système d'alarme ne présentait plus de dysfonctionnement.

— Aucun pour l'instant.

— Parfait. Bravo d'être toujours sur la brèche, Chris. Nous t'en remercions tous.

— Surtout les clients.

Alex lui fit l'honneur de rire.

En cette soirée de lundi où la fréquentation était en général plutôt faible, Alex constata avec plaisir que le bar était bondé. Sur le chemin, il avait commencé à réfléchir à la possibilité d'ouvrir une chaîne hôtelière à l'étranger. En débutant avec la Grande-Bretagne, par exemple à Édimbourg. L'idée de s'installer en famille à Londres pendant un an ou deux lui avait traversé l'esprit. Il n'était plus retourné en Angleterre depuis sa dernière année d'études, quand il avait suivi un semestre à la London School of Economics, où ses matières principales étaient les soirées au pub et les conquêtes féminines. Il avait conscience que cette idée ressemblait à s'y méprendre à une échappatoire. Il se passait trop de choses curieuses depuis quelque temps. La piscine, qui lui laissait le sentiment que sa maison avait été comme souillée. Le nom sur le mur dans l'immeuble de Brooklyn. La panne d'ascenseur et les cris de l'enfant. *Je me noie…*

À présent, assis au bar, sirotant son verre, il se souvenait de Joey. Pas de ses traits, pas de sa voix – aussi indistincts que le visage sur la photo de groupe de fin de vacances. Il se revoyait courir jusqu'au bord du lac à la tombée de la nuit, allumer sa lampe et découvrir que le gamin n'était plus là. Il se rappelait que le vent s'était levé, avait ébouriffé la surface de l'eau et fait danser le radeau sur les vaguelettes. Où se trouvait Joey à cet instant-là ? S'était-il noyé ? Alex n'avait pas réussi à dormir de la nuit, se disant que, à l'aube, le cadavre serait rejeté sur le rivage. Sauf qu'il n'y avait pas eu de cadavre. Ni alors, ni jamais. Joey Proctor avait cessé d'être un enfant pour devenir une absence.

De cette simple négligence – mis à part une sensation d'engourdissement dont il n'avait réussi à se défaire que quelques semaines plus tard, de retour à l'université, en renouant avec ses distractions et ses soirées très alcoolisées –, Alex gardait le souvenir de l'instant où il s'était retrouvé assis face aux parents de Joey. Du silence pesant qui régnait dans le chalet de Dave Jensen. De la souffrance qu'il lisait sur leurs visages. Il songea à l'horrible douleur que son acte avait provoquée. Deux êtres désespérés auxquels il ne restait rien d'autre que leur couple, empêtrés dans les filets d'un ressentiment mutuel. Comment pouvait-on faire face ? Comment parvenait-on à vivre ainsi ?

Il n'avait plus reçu de nouvelles de Dave Jensen concernant l'avenir du camp de vacances et, accaparé par le début de sa deuxième année à l'université de Pennsylvanie et sa vie sociale très active, il avait laissé ce drame glisser hors de sa mémoire.

Mais voici que, maintenant, il semblait que Joey savait où le trouver : là où il vivait et où il travaillait. Et qu'il cherchait à se venger. Le téléphone portable d'Alex vibra. Il prit l'appel à sa manière habituelle :

— J'écoute.

C'était Rob. Les propriétaires du Sturges venaient de lancer un appel d'offres, contrairement à l'engagement qu'ils avaient pris auprès d'Alex d'étudier sa proposition avant toute autre. Alex grimaça, remercia Rob de l'en avoir informé et coupa la communication. *Putain*, songea-t-il. *Je vais*…

— Bel endroit.

Il remarqua alors une femme seule, assise à deux tabourets du sien. Elle souriait, et ses yeux bleus brillaient plus encore que ceux d'Ashley.

— Oui, merci.

— Parce qu'il est à vous ?

— J'en suis le propriétaire.

— C'est vrai ?

— Plus ou moins.

Ils se sourirent.

Elle lui tendit la main.

— Jennifer Ammons.

Son accent haute société du Sud, très *mint julep* et fleurs de magnolia, était agréable à l'oreille.

— Alex Mason.

Elle retint sa main une seconde de trop de sorte que, par réflexe, le regard d'Alex se porta vers son annulaire gauche. Pas d'alliance. Elle passait la soirée au bar de l'hôtel, seule.

— Vous avez fait tout ce chemin pour boire avec la plèbe ? Laissez-moi vous dire que j'en suis extrêmement flattée, cher monsieur.

— Ah, que voulez-vous, on s'ennuie vite, là-haut, sur l'Olympe.

Elle s'esclaffa.

— Je suis ravi de vous rencontrer, Jennifer Ammons.

Alex lui tendit le bol que le barman venait de déposer devant lui.

— D'autres glaçons ?

— Non merci, je suis bien assez givrée comme ça.

Cette fois, ils rirent tous les deux. C'était l'instant dangereux où la moindre action, aussi infime fût-elle, pouvait modifier l'équilibre général et, d'un coup, l'existence basculait dans la catastrophe.

Jennifer vint s'asseoir sur le tabouret à côté de celui d'Alex, qui ne remarqua pas, en se tournant pour lui faire face, l'inconnu assis derrière eux, seul devant son verre dans un box au centre de la salle, et qui les observait.

— Je reconnais, reprit-elle, que vous me sembliez être l'homme le plus triste du monde.

— J'étais un peu contrarié, dirons-nous.

— Dure journée ?

— Ce n'est rien de le dire.

— Moi aussi, j'ai eu des hauts et des bas aujourd'hui.

— Je l'aurais parié.

Leurs regards se croisèrent puis, d'une manière qui semblait fortuite, elle lui effleura la cuisse.

Alex ne se sentait jamais mal à l'aise lorsqu'il bavardait avec une femme. Il éprouvait la sensation de chercher à entrer dans un lieu par effraction, à s'imposer dans un lit, à découvrir un nouveau corps, à se laisser bercer par une voix jusqu'alors inconnue. Cette sale habitude avait bien failli lui coûter son mariage, sa réputation, son image de marque mais, il avait beau faire, une part de lui-même était toujours prête à craquer pour un joli visage et un sourire engageant. Tout se résumait à un accord qu'il fallait conclure ; tout se résumait à une victoire potentielle.

— À part ça, que faites-vous dans la vie, Jennifer Ammons ?

Elle agita les glaçons dans son verre.

— En deux mots, je suis en train de divorcer d'un homme très riche, ce qui est très compliqué et extrêmement difficile à vivre.

— Ici ?

— Pas tout à fait. Je suis venue habiter à New York après notre séparation. Mon mari est non seulement riche, mais aussi très dangereux. Vous devriez voir les bleus que je récolte après trois rounds contre ce salaud.

Elle toucha, sur ses côtes, un souvenir récent.

— Mettre des kilomètres de distance entre nous est la chose la plus intelligente que je puisse faire, décréta-t-elle.

Elle précisa qu'elle était originaire de Charleston.

— Estampillée Caroline du Sud. Et vous-même êtes… ?

— De New York. J'ai grandi ici, à Manhattan.

— Et votre business, c'est les grands hôtels, je présume ?

— En effet. Comment sont ceux de Charleston ?

— Charmants, bien sûr, tout comme la ville. Rien de comparable à ces hautes tours tape-à-l'œil qu'on voit par ici. Je ne parle pas de la vôtre, évidemment.

— Je m'efforce d'y faire régner le bon goût.

Elle finit de boire son cocktail. Aussitôt, Alex lui en offrit un autre.

— Je ne sais pas si c'est raisonnable. Je tiens à rentrer chez moi en un seul morceau.

— Et où est ce chez-vous ?

— Là où je suspends ma robe, Alex Mason.

Ils rirent ensemble, elle lui toucha le poignet. Il se dit que, grâce à cette femme, il terminait sa dure journée en beauté.

— Je vais demander au concierge de vous appeler un taxi, proposa-t-il.

— Pour que je monte à mon appartement sans plus me tenir sur mes gardes ni sur mes jambes ?

— Prenez donc une chambre ici. Je me ferais un plaisir de vous inviter.

— Vous m'étonnez, vous savez, monsieur Mason ? Mais je n'abuserai pas de votre générosité, comme nous disons là d'où je viens. Cela étant…

Elle leva le verre qui venait de lui être servi.

— … je dois reconnaître que votre générosité est pour le moins exceptionnelle.

Alex la trouvait irrésistible malgré la kyrielle de clichés qu'elle alignait, et s'il se sentait dangereusement attiré par elle, la dernière chose dont il avait besoin était de s'écarter à nouveau du droit chemin. Avant sa liaison avec Karen Cain, il avait commis d'autres incartades, pour la plupart des aventures d'une nuit quand il quittait la ville pour faire la tournée de ses hôtels, encore qu'une de ces liaisons, avec une serveuse à temps partiel de l'établissement du lac Tahoe, ait duré trois nuits inoubliables. Et chaque fois qu'il se réveillait au matin, il s'en voulait, ses remords lui causant une sensation aussi brûlante et non moins satisfaisante que son plaisir sexuel de la veille au soir. Comme si, pendant la nuit, il avait acheté un objet de valeur et savait qu'il ne devrait jamais s'en séparer. Mais, depuis lors, il respectait sa promesse à Ashley. Cette fois, il savait que s'il succombait à ses démons, il la perdrait définitivement. Il termina son verre, puis sourit.

— Jennifer, je dois vous souhaiter une bonne nuit.

— Oh, déjà. Non, ce n'est pas vrai ?

— J'ai l'intention de dîner dans ma suite, après quoi je dormirai. J'ai eu une rude journée. Je vais passer par le bureau du concierge et demander une voiture pour vous. Nous nous ferons une joie vous offrir la course. Merci pour cet agréable moment. Ce fut un réel plaisir.

Elle lui tendit la main qu'il serra un instant dans la sienne et, quand l'homme qui les observait se leva et quitta le bar, ni l'un ni l'autre n'y prêta attention.

18

— Qui est-ce ?

Il venait de descendre de la Bentley quand Ashley, qui l'attendait sur les marches du perron, lui tendit son téléphone portable pour dévoiler une photo de Jennifer Ammons, tout sourire, une main posée sur la cuisse d'Alex.

— De quoi parles-tu ?

Sur l'image suivante, on la voyait, la main sur son bras. Puis la main sur son épaule. Une autre encore : sa main à lui sur un genou recouvert d'un bas.

— Nous pouvons en parler ici ou à l'étage, dit Ashley. Je ne veux pas que les filles nous entendent. Et je te conseille de ne même pas envisager de hausser le ton.

Ils montèrent dans leur chambre, dont elle referma la porte.

— Tu m'avais promis de ne plus t'amuser à ça.

— D'où les tiens-tu ?

— Qui est cette femme ?

— Comment t'es-tu procuré ces images ?

— Je les ai reçus par MMS, voilà une heure.

— Qui te les a envoyées ?

— Le numéro était masqué.

Bras croisés, elle le défiait du regard.

— Alors, à qui le tour maintenant ? lança-t-elle.

— Bon. Elle se trouvait au bar de l'hôtel. Elle a engagé la conversation, c'est tout. Je ne l'avais jamais vue de ma vie.

— Et tu poses la main sur son genou ? Tu la laisses te tripoter la cuisse ? C'est tout de même assez intime pour une rencontre fortuite, tu ne trouves pas ?

— Tu veux bien m'écouter ? Je sortais d'une journée harassante. Il venait de se passer un truc dingue dans l'ascenseur qui m'avait carrément fait flipper. La cabine ne répondait plus à aucune commande, j'ai cru mourir. Alors, oui, c'est vrai, j'ai bu quelques verres, elle était assise sur le tabouret voisin, nous avons bavardé, puis je suis monté dans ma suite. Seul, je te le promets. J'ai commandé un plateau-repas, ensuite je me suis couché. Toujours seul. Demande au personnel de l'hôtel.

— Je vais te dire ce qu'il s'est passé. Oui, je veux bien croire que tu aies eu une rude journée. Je sais comment tu deviens après quelques verres. Tu es un peu charmeur, un brin provoc, beau-parleur, et tout à coup une belle inconnue s'assoit à côté de toi et tu es fasciné par cette apparition. Exactement comme la dernière fois. Je parie qu'elle riait au moindre de tes traits d'humour.

— Il ne s'est rien passé, Ashley.

— Jure-le sur ma tête. Mieux : sur celle de nos enfants.

— Voyons, est-ce qu'on doit vraiment en arriver là ?

— J'attends.

— Si tu veux. Je le jure sur la tête des filles.

— Je n'en ai pas terminé.

Elle fit glisser son doigt sur l'écran du portable, faisant apparaître l'image suivante : celle de Jennifer Ammons nue, faisant l'amour avec un homme dont le visage se trouvait hors champ. Puis une autre : la même scène sous un autre angle. Une troisième, encore une autre et, enfin, la dernière : Jennifer Ammons étendue sur un lit sans rien sur elle sauf son sourire.

— Ce n'est pas moi qui suis avec elle, affirma Alex.

— Le lien est pourtant facile à établir entre vous deux au bar et les mêmes au lit. C'est horodaté. Tout s'est passé en moins d'une demi-heure depuis la première photo.

— Je ne figure pas sur ces images-là.

— C'est curieux, j'ai du mal à te croire.

Ashley remit le portable dans sa poche et scruta son époux.

— Une seconde, dit alors Alex. On te les a envoyées. Comment a-t-on obtenu ton numéro ?

Il s'assit au bord du lit, tendit la main vers elle, mais elle eut un mouvement de recul.

— On cherche à me piéger. J'ai bavardé avec cette femme. J'ai fini de boire mon verre, commandé un service d'étage, je suis monté dans ma chambre, j'ai allumé la télé et attendu qu'on m'apporte mon dîner. J'ai mangé, me suis douché et puis couché. Ça, c'est la stricte vérité, Ash.

Elle posa la main sur la poignée de la porte. La conversation en resterait là.

Pourtant, il savait que cet incident subsisterait toujours entre eux, inexprimé, inexpliqué, et que, une nouvelle fois, l'ombre du doute s'étendait sur leur couple. Ashley quitta la pièce.

De son portable, il téléphona à l'hôtel.

— C'est toujours Eric qui tient le bar ? Passe-le-moi, veux-tu, Chris ?

Quand le barman prit l'appel, les bruits d'ambiance indiquèrent à Alex que la soirée battait son plein.

— Eric, c'est Alex Mason. Brièvement… Hier soir, auriez-vous vu, dans la salle, quelqu'un en train de prendre des photos de moi ? N'importe qui, j'insiste, qui aurait pointé son téléphone portable dans ma direction ?

— Je n'y ai pas prêté attention, monsieur.

— Personne qui vous aurait paru bizarre, même juste un peu ?

— Je suis navré, je n'en ai aucun souvenir.

— La femme assise à côté de moi… l'aviez-vous déjà vue ?

— Non. Pourtant j'ai la mémoire des visages. C'était la première fois qu'elle venait. J'en suis certain.

Alex demanda à être mis en communication avec la réception et s'enquit si une certaine Jennifer Ammons était inscrite sur le registre des clients. Il apprit qu'il n'y avait personne sous ce nom.

— Une femme est-elle passée commander une voiture ? J'avais demandé que la course lui soit offerte.

Or, personne ne s'était présenté. Cette inconnue était venue de nulle part, puis s'était volatilisée.

19

Mike Farrelli travaillait pour la police locale depuis qu'il avait vingt-deux ans, un flic en tenue comme tant d'autres, qui verbalisait les chauffards, intervenait sur les querelles domestiques fortement alcoolisées et enquêtait sur les cambriolages à la basse saison, des résidences secondaires prétendument sécurisées. L'arrivée en masse des touristes pour le festival de Tanglewood coïncidait avec celle de conducteurs en état d'ivresse, éméchés au prosecco ou au chardonnay bas de gamme consommé sur la pelouse pendant un concert Mahler. Puis, avec l'automne et ses nuits fraîches, revenait la tranquillité. Ceux du camp de vacances rentraient chez eux et la population locale retrouvait ses proportions normales et parfaitement gérables. La police connaissait les fauteurs de troubles habituels : les ados dans leurs bagnoles customisées, les ivrognes, les déséquilibrés mentaux qui hurlaient après les arbres, sans oublier le cas de celui qui avait la sale manie de déposer, à un rythme dont la régularité forçait l'admiration, le produit de son prolifique transit intestinal au rayon fiction de la bibliothèque municipale.

Quinze jours après la disparition de Joey, par un

calme après-midi pluvieux, Farrelli, au poste de police, parcourait les rapports rédigés lors de l'enquête préliminaire. Il avait le sentiment que les faits rapportés ne tenaient pas la route. Peu de gens s'évanouissent dans la nature sans laisser de trace. De plus, s'il devait en croire les archives, il n'y avait eu qu'un seul signalement de personne disparue dans leur juridiction, une vingtaine d'années plus tôt, celui d'un gamin du coin, des mois après la fin des vacances. On ne l'avait jamais retrouvé.

Un enfant en camp de vacances, encadré par une surveillance stricte et un emploi du temps quotidien millimétré, ne pouvait s'être aventuré très loin. Pas à huit ans. Or, le jeune Proctor avait carrément disparu. On n'avait pas retrouvé son corps dans le lac et, à moins d'avoir été enterré, il n'était nulle part dans le périmètre de la propriété ni aux alentours. On avait passé deux fois la zone au peigne fin, aucune trace fraîche signalant que la terre aurait été retournée n'avait été remarquée et, dès lors, l'enquête glissait doucement mais sûrement vers le mode « affaire classée ». Malgré tout, Farrelli ne pouvait s'empêcher de penser que, au-dessus du lac, la forêt s'étendait sur de longues distances, par endroits impénétrable. Impossible de ratisser de telles surfaces. Des pans entiers resteraient inexplorés. Sauf découverte d'une preuve matérielle, cette affaire ne serait jamais résolue.

Le facteur humain : on en revenait toujours là. Pas des fibres textiles ou des mèches de cheveux, mais une personne qui aurait pu, passant par là, voir ou entendre quelque chose et qui, un jour, éprouverait le besoin de tout raconter. Le temps n'était jamais du côté des enquêteurs dans des affaires comme celle-là. Les fenêtres d'opportunité se refermaient très vite, oblitérant la lumière du jour, obscurcissant la vérité. Une affaire non élucidée devenait un mystère en sommeil de plus qui attendait qu'un individu ou un événement survienne pour lui insuffler de la chaleur, le ressusciter.

Alors, il se souvint d'avoir entendu un enquêteur mentionner le nom de John Otis. Il remonta vingt ans en arrière dans les archives policières, mais ne découvrit rien. Il se rendit dans une autre salle du poste où Jeff Hooper, un de ses collègues ayant quelques années d'ancienneté de plus que lui, lisait la rubrique sportive d'un journal en buvant son café. Farrelli tapota sur le battant de la porte.

— Tu es dispo ?

— D'ici une dizaine de minutes. Là, je suis en pause.

— Accorde-moi juste trente secondes, tu veux bien ? Un truc ne t'aurait pas paru étrange dans l'affaire Proctor ?

— Un truc ? Plutôt dix mille. Par exemple, que personne n'ait contacté les parents pour exiger une rançon. Et cela, bien après le délai habituel de quarante-huit heures.

— Ce gamin n'a pas été kidnappé pour l'argent.

— Comment le sais-tu, Mike ?

— Je le suppose, je n'en suis pas sûr. Nous devons envisager qu'il ait pu être enlevé pour la gloire. Autre chose m'intrigue : qui est, ou qu'est-ce qu'est, John Otis ?

— Tu es au courant de ça ?

— Il n'y a rien dans nos rapports. Ni rien dans les données de recensement indiquant qu'un nommé John Otis habite dans la région.

Hooper avait entendu parler de cette légende par l'un des gamins qui avait partagé le dortoir de Joey. Ce gosse mourait de peur à l'idée que son camarade ait pu se faire enlever par ce mystérieux bonhomme.

— J'avais interrogé les monos là-dessus, précisa-t-il.

Mike parcourut les documents qu'il tenait en main.

— Alex Mason, le maître-nageur ?

— Non, celui responsable du dortoir de Joey.

Mike passa à une autre feuille.

— C'est-à-dire... Steve Fenton ?

— Oui, tout juste. Pour lui, c'est la faute de cette légende à la noix qu'ils racontaient aux garçons, selon laquelle un cinglé nommé John Otis descend des collines et emporte l'un d'eux tous les sept ans.

Farrelli sourit.

— Sept ans. Un peu bizarre, non ?

— Tu sais ce qu'on dit, Mike. Ajoutez un détail curieux, et c'est cela qui rendra le tout encore plus crédible.

Mike se rendit dans la salle de pause. Il regarda la pendule murale : bientôt quatorze heures. Il prit son déjeuner dans le réfrigérateur et regagna son bureau. Il se disait qu'il était possible qu'un certain John Otis habite assez loin de là, à l'écart de tout, pour glisser entre les mailles d'un recensement et que son existence passe inaperçue. Et sans casier judiciaire, il n'existait aucun moyen de le localiser. Pourtant, rien dans les rapports de police ne laissait penser que des gamins participant à un camp de vacances disparaissaient tous les sept ans.

Il remballa la moitié de son sandwich qu'il remit au frais. Il gravit l'escalier de la mairie et pria la documentaliste de bien vouloir vérifier l'identité des propriétaires actuels et passés du site du camp, en remontant, disons, sur une trentaine d'années.

Ils étaient au nombre de trois : Frank Parent, qui avait dirigé Waukeelo pendant vingt-quatre ans et était décédé depuis ; ensuite, M. et Mme Leonard Kelvin ; et, pour finir, ceux qui occupaient ce poste au moment du drame, David et Nancy Jensen. Les Kelvin étaient restés propriétaires des lieux pendant douze ans et, à la mort du mari, sa veuve avait vendu la propriété. On ignorait ce que cette femme était devenue, car elle n'avait pas laissé de nouvelle adresse.

Joey Proctor demeurait un mystère. De ceux que l'inspecteur Mike Farrelli ne parvenait pas à se sortir de l'esprit.

20

Ce dernier vendredi d'août, le jet d'Alex, qu'un tabloïd new-yorkais s'ingéniait à appeler la Navette Mason, fit le plein de carburant et se prépara pour le décollage à l'aéroport du comté de Westchester. Ce matin-là, il faisait sombre, les nuages étaient rasants et il commençait de pleuvoir quand ils descendirent de la Bentley pendant qu'on sortait leurs bagages du coffre pour les charger en soute. Le vol, qui devait durer un peu plus de quatre heures, les arracherait à ce temps déplorable pour les mener vers le soleil, au bord de l'océan, sur les plages de la côte du Golfe. Ils possédaient une résidence d'été à Amagansett, mais celle-ci faisait l'objet de travaux de rénovation et ne redeviendrait habitable qu'à partir du printemps suivant.

Alex se réjouissait de ce changement de décor qui leur donnerait l'occasion de se retrouver, enfin, en tête à tête. Depuis qu'Ashley avait reçu les photos de Jennifer Ammons, elle ne lui adressait plus la parole. Elle dormait dans la chambre d'amis au bout du couloir, dont elle sortait en catimini à l'aube pour que leurs filles ne s'aperçoivent de rien. Il se rendait compte que, plus que jamais, il risquait de la perdre. Il remarquait que des hommes lui lançaient ces regards gourmands qu'il ne connaissait que trop bien et, parfois, il se surprenait à lorgner un homme à l'autre extrémité d'une salle de restaurant ou lors d'une soirée. Il se jurait que, si leur couple surmontait cette épreuve, il ne se hasarderait jamais plus à donner l'impression d'avoir une liaison. Il avait déjà négocié ça avec lui-même la fois précédente. Après tout, les négociations, c'était son truc.

D'abord la piscine, puis la pièce dans l'immeuble de Brooklyn et maintenant ça. Jamais deux sans trois, comme disait sa grand-mère. Cette femme, qui n'avait jamais manqué de rien, avait légué au père d'Alex une fortune assez considérable pour lui permettre de soutenir son fils quand celui-ci s'était lancé dans la carrière de promoteur immobilier. Cet héritage était assorti d'un intérêt malsain du grand public pour sa vie privée, grâce aux chroniqueuses de potins mondains et aux fouineurs de tout poil sur Internet. Il se dit que l'un d'eux aurait pu envoyer les photos de lui sur le téléphone d'Ashley. L'avait-on piégé ? Auquel cas, pourquoi ? Une dispute conjugale ne risquait pas de mettre ses affaires en péril. Par ailleurs, qui était cette Jennifer Ammons ? Sans doute personne en particulier. En tout cas, elle avait disparu, corps et biens.

Tout comme, avait-il toujours pensé, Joey.

Le matin de leur départ, Ashley lui avait tout de même souri en lui touchant le bras comme ils s'apprêtaient à partir. Il savait que le bungalow qu'il avait loué dans la station balnéaire ne disposait que de deux chambres, ce qui impliquait qu'ils devraient partager le même lit. S'il la couvrait d'attentions, elle s'imaginerait qu'il culpabilisait d'avoir attiré cette femme dans son lit. Il devait jouer serré, selon sa propre tactique, ainsi qu'il le faisait toujours en affaires, étape par étape, en ayant un coup d'avance sur tout le monde. N'admettre aucune faiblesse et ne jamais être sur la défensive. Mais il ferait de son mieux, pour leurs filles, pour leur couple.

Ils arrivèrent sur l'île de Captiva environ une heure après leur atterrissage à Fort Myers. Après que leurs bagages eurent été portés dans leur chambre, ils déjeunèrent en terrasse au restaurant The Pointe et, ensuite, descendirent à la piscine. Les filles s'assirent sur le rebord, les pieds dans l'eau, tandis qu'Alex et Ashley prenaient place sur des transats voisins. Elle portait un de ses maillots deux pièces blancs, un de ceux qu'il préférait et qui, semblait-il, ne déplaisait pas non plus aux autres hommes présents.

— Becca devient une excellente nageuse, remarqua Ashley.

La piscine n'étant pas bondée, Becca faisait des longueurs, exactement comme son père le lui avait appris, en restant concentrée et avec énergie. Lyndsey, assise au bord du bassin, battait des pieds dans l'eau. Becca était la plus jolie des deux et Lyndsey enviait la façon dont les garçons lui lançaient des coups d'œil. Personne ne prêtait attention à elle, qui était encore potelée comme un bébé.

Alex l'observa quelques instants.

— Contrairement à Lyndsey, répondit-il.

— Elle a un peu peur de l'eau. Laisse faire le temps.

Il posa son bloody mary, puis se dirigea vers la plus jeune de ses filles.

— Hé, Lyn ? J'ai envie d'essayer un petit quelque chose avec toi.

Il s'accroupit à côté d'elle.

— Hop !

Elle l'interrogea du regard, interloquée.

— Quoi ?

— Saute dans l'eau. Tu verras, tu nageras.

— Non, papa, j'ai peur, protesta-t-elle en frissonnant.

Il la prit par les épaules.

— Je resterai à côté de toi. Je te promets qu'il ne t'arrivera rien.

— Mais c'est profond, j'ai peur. Très, très peur.

Elle se retenait de pleurer, ce qui ne donna que plus envie à son père de l'aider à surmonter sa phobie. Si vous laissez une peur vous dominer, vous la trouverez toujours sur vos talons, tel un chien galeux, couvert de puces et boiteux qui vous suit comme votre ombre. Personne ne méritait de vivre ainsi. En tout cas, pas lui.

D'une voix douce, il poursuivit :

— Fais-le pour moi. Pour maman. Tout se passera bien, je te le promets.

Ashley reposa son verre. Quelque chose clochait, une menace planait, elle n'aurait su dire laquelle, mais c'était imminent. Elle voyait sa fille, de dos, qui se recroquevillait devant son père.

— Fais-le une bonne fois, reprit Alex. Ce n'est pas sorcier. Essaie, au moins. Pour moi ? Pour maman ? Tu sais, elle sera très fière de toi si, hop, tu te jettes à l'eau. Bientôt, tu nageras aussi bien que ta sœur. Regarde comme elle se débrouille bien.

En l'occurrence, Becca faisait du sur-place près

d'un garçon de son âge arborant une coupe mulet ridicule et un diamant de pacotille à l'oreille.

— Essaie ! insista Alex.

Cette fois, il avait parlé assez fort pour attirer l'attention des clients autour d'eux.

Ashley se leva de son transat.

— Alex ? Que se passe-t-il ?

— Je ne laisserai rien t'arriver de mal, Lyn, je te le promets. Essaie au moins une fois. Essaie, pour l'amour du ciel !

Il aurait dû s'y attendre : pleurnicheries, propos incohérents, sa réaction habituelle. Voilà que toutes les personnes présentes en étaient témoins.

— Laisse-la tranquille, s'il te plaît, lança Ashley.

Comme si on venait de débrancher une prise, il s'arrêta net.

— Tu as raison, tu as raison. Je ne sais pas ce qui m'a pris. Pardon, Lyndsey. Je te prie de m'excuser.

Il passa le bras autour d'elle mais sentit qu'elle l'excluait déjà de sa vie, le considérait comme un étranger. Le genre d'individus contre lesquels les parents mettent en garde leurs enfants. Comme John Otis, aurait pu penser Alex, s'il avait eu les idées plus claires.

Ashley les avait rejoints.

— Fiche-lui la paix, Alex.

Elle s'était exprimée sur un ton posé, très calme afin de n'être entendue que de lui.

Il faillit se tourner vers elle pour expliquer ce qu'il ressentait mais, au lieu de cela, il se laissa glisser dans la piscine et nagea lentement jusqu'au bord opposé. Là, il se hissa hors de l'eau puis redressa la tête et regarda Lyndsey.

Mais ce n'était pas sa fille qu'il voyait. C'était le petit Joey Proctor. Il observa l'enfant qui le scrutait, sans ciller. Simplement assis là, les yeux braqués sur lui. Il attendait. Alex plongea de nouveau et nagea rageusement vers Joey. Plus il s'en approchait, plus Joey semblait s'éloigner, comme s'il se trouvait encore sur ce radeau qui tanguait doucement sur le lac Echo vingt et un ans plus tôt.

Lorsque Alex atteignit l'autre côté du bassin, Joey ne s'y trouvait pas. Le ciel se couvrait, des coups de tonnerre résonnaient dans le lointain : la pluie menaçait. Il ne restait plus personne autour de lui. Pas âme qui vive.

21

À vingt et une heures, après l'orage, ayant bu plusieurs cocktails pendant que les filles dînaient dans leur chambre d'un plateau-repas en regardant un film à la télévision, Alex ne pensait plus à l'incident survenu à la piscine. Il ne lui restait en mémoire que le visage de Joey Proctor. Cette fois, ce n'était pas le petit garçon pleurnichard qui le suppliait de ne pas le forcer à plonger, mais celui d'un revenant décidé à lui tenir tête.

Alex et Ashley trouvèrent deux places libres près d'un brasero. Des groupes de clients bavardaient, riant, buvant et commandant des tapas aux barmaids attentives qui sillonnaient la terrasse.

Ashley posa la tête dans le creux de l'épaule d'Alex.

— Ce numéro que tu as fait à Lyndsey l'a vraiment effrayée, tu sais, murmura-t-elle.

— Je sais. C'est juste que… comment dire… disons que j'ai perdu mon sang-froid. Je suis navré, chérie. Vraiment navré.

Elle se redressa.

— Je connais tes sautes d'humeur, Alex. Je dois faire avec depuis longtemps.

Il l'enlaça.

— Je ne suis plus comme ça, tu sais ?

— Ah bon ?

— Aujourd'hui, ce n'était pas un accès de colère. Je voulais juste l'aider à vaincre sa peur de l'eau.

— Contre sa volonté. C'est ainsi qu'on traite une enfant de huit ans ? Franchement ? Elle y viendra, laisse-lui le temps, Alex. Laisse-la vivre à son rythme.

Ashley consulta sa montre.

— Je vais voir comment vont les filles, dit-elle en se levant.

La serveuse apporta des margaritas. Alex s'apprêtait à en boire une gorgée quand une voix arrêta son geste :

— On se connaît.

Alex leva les yeux vers un homme d'environ son âge, un verre de scotch à la main.

— Pardon ?

— Ouais, c'est sûr, on se connaît même très bien. Alex Mason, c'est ça ?

— Oui, c'est cela.

Alex détourna la tête. Il n'avait pas du tout envie d'engager la conversation avec ce type dont le ventre rebondi étirait au maximum le T-shirt *Captiva* acheté à la boutique de l'île.

— Tu te souviens de l'immeuble du West Side que tu as visité dernièrement ?

— J'en visite beaucoup. Duquel parlez-vous et en quoi cela vous concerne-t-il ?

— Le Sturges. Dans la 37e Rue.

À présent, il le remettait. Ils s'étaient déjà croisés, à des conférences et lors de cocktails.

— Pearson, c'est ça ? Mark Pearson, du groupe Goodman ?

L'homme acquiesça.

— Oui, je pense qu'il serait possible d'en faire un bel hôtel, reprit Alex. En comptant, évidemment, une réhabilitation d'une trentaine de millions de dollars. Bref, j'ai fait une offre qui a de grandes chances d'être acceptée, ça devrait se confirmer la semaine prochaine. Assieds-toi, au lieu de rester planté là, Mark. Tu bois autre chose ?

Alex voulut lui prendre son verre des mains, mais Pearson recula d'un pas.

— Je préférerais rester debout, si ça ne t'ennuie pas, comme ça je te vois à ta vraie hauteur : un tout petit bonhomme avec une très grande gueule, qui a écrasé tout le monde pour arriver au sommet.

— Tu veux que je te dise ? rétorqua Alex en reposant son verre. Je n'aime pas perdre. Alors, désolé que tu désapprouves mon attitude et mes méthodes, mais elles sont depuis toujours irréprochables. Et efficaces. Très efficaces.

— Alors, peut-être que j'aime gagner un peu plus que toi.

Alex se leva. Un peu plus grand que Pearson, il redressa le menton pour le dominer.

— De quoi tu parles exactement ?

— Le Sturges m'appartient, Mason. J'ai signé le contrat hier après-midi. Et j'ai beaucoup d'autres sites dans le collimateur. Surveille tes arrières, désormais. Ma boîte va couler la tienne.

Alex planta son index dans le torse de Mark tandis que les autres clients autour du brasero cessaient de parler pour les observer. L'un d'eux leur cria :

— Vous voulez pas aller faire ça ailleurs, les gars ?

Ce fut Ashley qui mit un terme au débat. Elle marchait vers Alex, la mine sombre, tenant le téléphone portable qu'il avait volontairement laissé dans leur suite pour ne pas être dérangé.

— Alex… ?

— Que se passe-t-il ?

— Il faut que tu repartes demain matin à la première heure.

22

Mike Farrelli n'était jamais à l'aise dans la forêt. Il avait grandi à Hartford et y avait passé l'essentiel de sa vie avant d'être muté dans les monts Berkshire. Eleanor s'était tout de suite adaptée à la région, prouvant ce qu'elle avait toujours dit : dans le fond, elle était une fille de la campagne, bien que native de Washington, un lieu plus sauvage que pastoral.

Mike ne se sentait pas dans son élément car il ne savait pas déchiffrer ce qui l'entourait, contrairement aux gens d'ici, qui possédaient les instincts nécessaires à cette vie au beau milieu de nulle part : ces terres entre-deux, ainsi qu'il les surnommait, ces lieux où tout pouvait arriver. Pourtant, au fil des années, il avait trouvé un modus vivendi confortable. Il s'était fait des amis dans la région, mais pas autant que son épouse ; les siens, il les avait connus au poste de police où il travaillait, ou dans ceux des villes et villages environnants, et il en était venu à apprécier ces gens qui vivaient autour d'eux. Désormais, quand ils allaient passer le week-end à New York, ou bien le jour où ils étaient retournés à Hartford pour enterrer sa tante de cent deux ans, il faisait de son mieux pour dissimuler le fait qu'il avait envie de rentrer chez lui.

Aujourd'hui, sept ans après la disparition de Joey Proctor, alors que Mike était sur le point de partir à la retraite, on lui avait demandé de réexaminer cette affaire. La semaine précédente, deux chasseurs avaient vu des choses curieuses – en tout cas, au moins une. Le dessin sur le bouleau n'avait été repéré que plus tard par Mike lui-même alors que, immobile dans la neige, il avait touché l'un des clous fichés dans l'écorce.

La réplique d'un enfant mutilé pendu ; le tracé grossier du visage avec des clous plantés dans les yeux. C'était ça, ce que les gens du coin, qui connaissaient ces forêts comme leur poche, appelaient « savoir regarder » : repérer un chevreuil, un chasseur ou toute autre chose qui n'était pas à sa place.

Mike examina l'arbre où avait été accroché le mannequin. Il restait encore quelques filaments des liens, et il en déduisit que l'auteur des faits n'avait pas lésiné. Ce n'était pas de la simple corde à linge ; c'était bel et bien celle dont les bourreaux se servaient avant qu'on ne décide qu'il serait plus humain d'injecter un cocktail de produits chimiques douteux dans les veines des condamnés.

Il pensa à la légende de John Otis et sut, au fond de lui-même, que par là dans les bois on pouvait rencontrer toutes sortes de personnes – d'un sans-abri à un fou en passant par un universitaire en balade. Scrutant la nature autour de lui, il se fraya un chemin entre les arbres. Il s'arrêta et se retourna vers l'endroit par où il était entré dans la forêt, prenant ses repères pour retrouver sa route au retour. Il n'avait pas neigé depuis plus de huit jours et, avec le froid glacial des dernières nuits, il s'était formé des plaques de verglas. Incapable de voir ce qui se trouvait dessous, il avançait à pas prudents, prenant son temps. Son téléphone sonna. Il s'immobilisa pour répondre.

— Tu n'es pas au poste, lui dit Eleanor.

— Je suis monté au-dessus du lac. Pour jeter un coup d'œil dans le secteur.

— Si tu te casses une jambe, tu seras bien avancé.

— Tu crois ?

— Fais bien attention, d'accord ?

— Je serai rentré dans moins d'une heure.

Il fit un pas et, aussitôt, s'enfonça jusqu'au genou. Il dégagea son pied en grimaçant. Il se rendit compte alors qu'il avait marché dans un trou. Il alluma sa lampe électrique et, quand son faisceau balaya ce qui ressemblait à une cage thoracique, il appela le poste.

Il ne rentrerait pas dans moins d'une heure. Il ne passerait la porte du foyer que tard dans la nuit.

Le soleil affleurait encore au bout de l'horizon quand ils arrivèrent tous sur les lieux : deux coéquipiers de Farrelli, et la camionnette des experts forensiques de Pittsfield. Ils devraient travailler vite car la lumière du jour s'estompait. Il leur fallut une quarantaine de minutes pour dégager, à gestes lents et précis, une sorte de fosse, tout en laissant intact ce qui gisait au fond – tels les archéologues que Mike se souvenait d'avoir vus travailler dans un documentaire, à genoux, brosses et outils de précision en main. Un photographe de l'équipe scientifique captura des images de la scène sous tous les angles : un squelette humain avec des morceaux de chair putréfiée encore attachés aux os, les poignets et les chevilles ligotés au moyen de fil de cuivre ; la touffe de cheveux roux qui subsistait sur la peau du crâne. Le corps se trouvait en position accroupie, comme si la victime avait reçu l'ordre de s'agenouiller pour prier selon le rituel de quelque messe noire.

— Cette personne a dû se débattre longtemps, dit l'un des policiers. Regardez ses poignets. Les fils de cuivre ont attaqué la chair jusqu'aux os. Creusé un sillon, on dirait bien.

L'expert venu de Pittsfield s'était accroupi près des restes, mains posées sur les genoux.

— Pour commencer, il s'agit là d'un squelette féminin.

— Vous en êtes sûr ?

— Vous voyez le bassin ? C'est celui d'une femme en âge de procréer, je dirais entre quinze et vingt-cinq ans.

Il se redressa et frotta ses cuisses endolories.

— Je pense qu'elle a pu être enterrée vivante après avoir été torturée.

Mon Dieu, songea Mike, qui, pourtant, n'avait jamais été du genre à prier ou invoquer le ciel.

— Ce corps est là depuis un bon bout de temps, murmura-t-il.

— Entre dix et cinquante ans, impossible d'être plus précis, répondit le légiste. Je pourrai affiner mon évaluation une fois que j'aurai examiné ces restes au labo. Que croyiez-vous ? Qu'il s'agissait de ce jeune garçon qui a disparu il y a quelques années ?

Il retira ses gants en latex.

— Dans le coin, reprit-il, les gens disent que cet enfant ne sera jamais retrouvé.

— Pourquoi en est-on aussi certain ?

— Nous avons envisagé toutes sortes de scénarios, plus fous les uns que les autres, mais celui auquel personne n'a pensé est que cette affaire a pu être un coup monté. Il serait toujours vivant, ici ou là. En attendant, ce squelette…

Il secoua la tête.

— Ce n'est pas lui.

Mike retournait cela dans sa tête tandis qu'il roulait jusqu'au poste. Il envisagea de téléphoner aux parents du gamin, pour essayer de démêler le vrai du faux. Un coup monté ? Par qui ?

Et dans quel but ? Ce n'était pas uniquement pour obtenir une rançon qu'on enlevait des enfants, mais aussi pour se servir d'eux, en faire son jouet puis, une fois qu'ils n'amusaient plus, qu'on en avait tiré tout ce qu'on désirait, on s'en débarrassait. À moins que le ravisseur, dans ce qu'il lui restait de cœur, ne soit ému par l'enfant et décide de le préserver en guise de repentir, le nourrissant, l'élevant. Ici, dans ces collines où il y avait peu d'habitants, tout semblait possible.

Il finit par renoncer à téléphoner aux Proctor, craignant que cela ne serve qu'à raviver leur douleur. Et quel serait l'intérêt de rouvrir une affaire classée ? Dans quelques mois, il ne ferait plus partie de la police et il avait promis à Eleanor de fêter l'événement en prenant des vacances au soleil. En Floride, peut-être. N'importe où, mais ailleurs.

23

Alex, qui avait atterri à l'aéroport du comté de Westchester peu après treize heures, se fit déposer au Mason House Hotel. Ashley avait insisté pour que toute la famille rentre, ce qui mettait Becca de mauvaise humeur mais réjouissait Lyndsey. À la maison, elle était à l'abri des scènes de son père. Leur mère leur promit que, pour les prochaines vacances scolaires, ils séjourneraient en Floride plus longtemps.

Ellen et Rob l'attendaient sur le seuil de l'établissement. Comme il faisait chaud en cette journée de septembre, Rob tenait sa veste sur son épaule et avait roulé les manches de sa chemise jusqu'aux coudes. Il faisait une drôle de tête.

— Quelle est l'ampleur des dégâts? s'inquiéta Alex.

— Tu verras par toi-même. L'inspecteur de l'hygiène ne devrait plus tarder.

— Nous pouvons toujours commencer sans lui.

Personne ne prêta attention à l'homme qui, tout en faisant mine d'attendre sur le seuil de la Citibank sur le trottoir d'en face, n'en perdait pas une miette. Il riait sous cape.

Le hall était désert. Chris quitta le comptoir de la réception pour venir à la rencontre d'Alex. À le voir, on aurait pu penser qu'il n'avait pas dormi depuis plusieurs jours.

— Tous nos clients ont quitté l'hôtel, annonça-t-il.

— Comment ça s'est passé ?

— Aussi bien que tu peux l'imaginer. La plupart d'entre eux ont dit qu'ils ne remettraient plus jamais les pieds dans un hôtel Mason. D'abord, les alarmes, et maintenant ça. Pas de quoi les mettre en joie.

C'était la première fois que ce genre d'incident se produisait dans un établissement d'Alex. On lui avait décrit la situation dans les grandes lignes par téléphone, la veille au soir, après quoi il était resté dans la suite, s'efforçant de comprendre ce qu'il avait bien pu se passer.

— Brosse-moi le tableau complet avant l'arrivée de l'inspecteur.

— Tu jugeras par toi-même, je pense que ça vaut mieux. Nous commencerons par une des chambres standard.

Alors qu'ils pénétraient dans l'ascenseur, Alex l'arrêta par le bras.

— Combien sont concernées ?

— Pour l'instant, trente-quatre. Mais nous pouvons être sûrs qu'il y en aura d'autres.

Lorsque Chris ouvrit la porte de la 237, un gros rat se dandina jusque sous le lit.

— Nous en avons trouvé au moins dix rien que dans cette chambre.

Des crottes parsemaient la moquette, une odeur âcre imprégnait l'air.

Alex braqua le faisceau de sa lampe électrique sur

un angle de la pièce où trois de ces animaux, blottis les uns contre les autres, les toisèrent tels des gangsters hargneux.

— Va dans la salle de bains, et tu en verras même dans le bac de douche. Maintenant, il faut que tu fasses un tour dans les cuisines.

Celles-ci semblaient impeccables. Reg Dwyer, le chef étoilé, originaire de Londres, avait cette semaine-là décroché une critique dithyrambique de Pete Wells dans le *Times*, si bien que les réservations s'échelonnaient sur les deux mois à venir. Enfin, c'était le cas jusqu'à présent.

— Où est-il ?

— Reg ? Il consulte ses avocats. C'est ton hôtel, mais c'est son image de marque, il doit la protéger. Voire déposer plainte contre le Mason House pour négligence grave. C'est parti en vrille le jour où les services de l'hygiène ont fait une visite surprise dans les cuisines, comme chaque année. C'était avant que les clients n'alertent la réception. Ils ont découvert un monceau de déjections de rats. Et ensuite, ça.

Il ouvrit la porte d'un four. À l'intérieur, un rat mort.

— Cette pièce est nettoyée chaque soir du sol au plafond. C'est le restaurant le plus rentable du chef. Plus que celui de Londres, plus que celui de Vegas.

— Il est toujours classé dans le top des lieux incontournables de la ville, leur rappela Ellen.

— Le plus curieux, reprit Chris, c'est que, vous voyez ce rat dans le four ? Il n'y a aucune crotte. Ce qui signifie qu'il était déjà mort quand on l'a déposé là. Quelqu'un est derrière tout ça, Alex.

— Tu as vérifié l'identité de tous nos clients ?

— Il faudrait les interroger, ce qui pourrait nous prendre une semaine ou deux, voire plus, le temps que nous retrouvions leurs adresses à tous. Et il faudrait encore qu'ils acceptent de nous parler. Et que le responsable reconnaisse les faits. Je pense qu'on cherche à te couler. Qu'on ait agi par l'intermédiaire d'un client de l'hôtel ou en personne, ça ne change rien. Le mal est fait.

Aussitôt, le nom de Mark Pearson vint à l'esprit d'Alex. Certes, l'homme était méprisable, mais Alex savait qu'il était avant tout paresseux. Semer ce genre de pagaille dans son hôtel impliquait un investissement considérable de temps et de stratégie. Ce qui laissait tous les autres promoteurs comme suspects potentiels. Il secoua la tête tandis qu'ils sortaient des cuisines.

— Il y en a partout, reprit Chris. Dans les chambres, dans les zones de service… Tout l'hôtel doit être infesté.

— La salle de restaurant ?

— Et le bar.

Un employé franchit la porte des cuisines et annonça :

— L'inspecteur de l'hygiène est arrivé, monsieur.

— Merci, Miguel.

L'homme patientait dans le hall. Il faisait une tête de six pieds de long, mais c'était son habitude, même quand il était porteur de bonnes nouvelles.

— Vous avez le choix entre deux solutions, lança-t-il. Fermer l'établissement, faire intervenir une entreprise de dératisation, tout désinfecter du haut en bas, puis nous rappeler pour une nouvelle visite de contrôle.

— Ça prendrait une ou deux semaines, rétorqua Alex. Ce serait une perte colossale pour moi.

— Ou bien, vous faites purement et simplement condamner les lieux, ce qui pourrait causer un préjudice plus grave encore à votre enseigne, monsieur. Tous vos clients sont-ils partis ?

— C'est ce qu'on m'a dit.

L'inspecteur ouvrit sa mallette et en sortit un document.

— Signez, gardez le double, et fermez votre établissement à dix-huit heures ce soir au plus tard. Autrement dit… dans une heure et demie.

Bloqué dans la circulation, Alex donna des coups de poing sur le volant en criant à pleins poumons, de plus en plus fort.

— Merde merde merde *merde merde* !

Soudain, il prit conscience que sa vitre était baissée et que les autres automobilistes le regardaient. Il se dit que sa vie en était arrivée là : incontrôlable, minable et vulgaire.

Il se gara devant chez lui vers sept heures. Sa colère était déjà passée et il se creusait les méninges pour deviner qui pouvait bien être derrière tout ça. Certains concurrents lui vinrent à l'esprit, mais il les raya l'un après l'autre de sa liste de suspects. Si un promoteur immobilier se faisait prendre la main dans le sac, il n'aurait plus qu'à mettre la clef sous la porte. Le jeu n'en valait pas la chandelle. Il coupa le moteur et vit Ashley assise sur une marche du perron, deux whiskys posés à côté d'elle.

— Tu es tout rouge, dit-elle en lui tendant son verre. Ça va ?

— Oui, bah, tu sais. La journée a été longue. Là-dessus, les bouchons à cause de cet accident sur la Saw Mill River Road, et…

— C'est grave ?

— L'hôtel est toujours nickel. À huit cents dollars la nuit, il vaut mieux qu'il le soit. Il semblerait que ces rongeurs aient été apportés de l'extérieur, autrement dit quelqu'un cherche à me nuire. Il y a un mode opératoire. D'abord, notre piscine. Ensuite, ces photos prises au bar. Et maintenant, ça. Oh, et je ne te l'ai pas dit, il s'est passé quelque chose de bizarre pendant que je visitais l'immeuble à Brooklyn. Mais je n'arrive toujours pas à comprendre le sens de tout ça.

— Restons dehors.

Les flamboiements du coucher de soleil les laissaient indifférents.

— Dis-moi tout, insista Ashley en posant son verre.

Alex s'assit à côté d'elle.

— Quelqu'un essaie de couler ma boîte. De me ruiner.

— Quelqu'un.

— J'ignore qui.

— Combien d'ennemis te serais-tu faits au fil des années ? Enfin, voyons, tu as toujours été droit en affaires. Tu n'as jamais rien fait d'illégal, ni menacé personne.

Il ne répondit pas.

— Si ? insista-t-elle.

Une fois encore, il se revit s'éloigner du radeau, livrant un petit garçon à lui-même. *Tu nages ou tu meurs*. Et le gamin avait disparu. Du moins, en apparence.

— C'est impossible, souffla-t-il. Cela ne se peut pas.

— Quoi ? Dis-moi.

— Bon. Mais c'est insensé. C'était… il y a longtemps, plus de vingt ans, on m'avait embauché comme maître-nageur dans un camp de vacances des Berkshire. Il y avait là ce gosse de huit ans, Joey Proctor, qui avait peur de l'eau et ne savait pas nager. Je l'ai emmené sur un radeau au milieu d'un lac et je l'ai laissé dessus. En lui disant de rentrer tout seul à la nage.

— Alors qu'il avait peur de l'eau ? Et ne savait pas nager ? Huit ans… c'est l'âge de Lyndsey. Tu l'abandonnerais comme ça ?

Alex ménagea un silence.

— Sans doute que non, répondit-il.

— Sans doute ? s'offusqua Ashley.

— C'est comme ça qu'on apprend, Ash. On saute là où on n'a pas pied, et on se lance. C'est la méthode que mon père a utilisée avec moi, et j'ai fini capitaine de l'équipe de natation au lycée.

Il secoua la tête, comme pour en chasser les vestiges d'un mauvais souvenir.

— Que veux-tu que je te dise ? Quand j'étais mono, j'étais jeune et bête. J'ai fait une grosse erreur. Je pensais qu'elle était derrière moi.

— C'était stupide, Alex, mais pas fatal. Pourquoi t'imagines-tu qu'il y a un rapport avec ce qui se passe ?

Il fit tourner le glaçon dans son verre, puis abaissa le regard sur son whisky.

— Justement, murmura-t-il. J'ai oublié ce gamin.

— Comment ça, oublié ?

— J'ai pensé qu'il réussirait à revenir tout seul.

— Mais il ne savait pas nager !

Ashley secoua la tête.

— Ensuite, reprit-elle, qu'est-il arrivé ?

Alex se prit la tête entre les mains, à peine capable d'articuler.

— On ne l'a jamais retrouvé. Il n'était pas dans le lac. Il n'était pas rentré. Il n'était nulle part.

Il inspira à fond.

— Et maintenant, il est revenu.

Ashley le dévisagea comme si elle avait affaire à un parfait inconnu.

— Ce n'est pas moi qui l'ai fait disparaître, s'écria Alex.

— Non, tu as juste tout fait pour que ça puisse se produire. Quand est-ce qu'on l'a retrouvé ?

— Justement. Jamais. Les gamins ont cru qu'il s'était fait enlever par le fou de cette légende locale qu'on leur racontait.

— Et toi, tu es reparti et tu as continué à vivre en mettant ça derrière toi ? En rejetant la faute sur… je ne sais quel déséquilibré ?

— Ce gosse avait disparu, Ash. Il s'était évanoui dans la nature. Je n'y étais pour rien.

Plus en colère contre lui-même que contre elle, il serrait et desserrait les poings. Ashley se leva pour s'adosser à l'une des colonnes du portique. Il ne l'avait giflée qu'une fois, au cours d'une dispute, alors qu'il avait trop bu. Aussitôt, il lui avait demandé pardon, juré que cela ne se reproduirait plus puis, quelques mois plus tard, il avait eu cette liaison. Après avoir failli le quitter, elle avait finalement été heureuse qu'ils se réconcilient. Depuis, il parvenait à mieux contrôler ses pulsions, encore que son coup de sang avec Lyndsey à Captiva Island prouvait que ses emportements couvaient toujours sous la surface.

— Donc, cet enfant a pu grandir et te retrouver, suggéra-t-elle. Il fait peut-être partie de ton entourage depuis longtemps. Si ça se trouve, il travaille avec toi.

— C'est insensé, Ash.

— Tout est possible. Rends-toi compte… Tu l'as abandonné au beau milieu d'un lac. Ce n'est pas une chose qu'on oublie facilement.

Il voulut lui prendre la main, mais elle se déroba, s'éloignant vers la porte.

— Ne m'en veux pas, Ash. Ça fait une éternité.

C'était trop tard. Dorénavant, cette faute se dressait entre eux, au grand jour. Dorénavant, elle faisait partie de leur vie.

Et portait un nom.

IV

24

Finalement, Mike Farrelli et son épouse choisirent de se rendre à St Petersburg : après une recherche sur le Net, Eleanor avait trouvé un hôtel, non loin de la plage, qui proposait des prix raisonnables et – toujours un plus – un bar. Elle n'eut qu'une exigence : que Mike ne parle pas de son travail pendant tout leur séjour. Pas de policiers, pas de meurtres, pas d'hypothèses. Plus d'investigations. Plus de cadavres. Ce devaient être des vacances, et il devait laisser sa vie d'enquêteur au vestiaire. Il promit de ne plus y penser. Mais Joey Proctor le taraudait, allant et venant à l'intérieur de son crâne, suppliant d'être libéré de son mystère.

Le premier soir, Mike et Eleanor dînèrent dans un restaurant local qui se révéla parfait : un bon martini, un excellent poisson, et une bouteille de vin, après laquelle Mike repoussa l'idée d'un single malt hors de prix. Ce ne fut qu'au milieu de la nuit qu'il fit un rapprochement.

Il se glissa sans bruit hors du lit, sortit sur le balcon, où il resta assis à réfléchir dans les parfums de l'aube naissante. Ce n'était qu'une possibilité parmi d'autres, mais il s'interrogeait sur le fait qu'un moniteur pouvait se cacher derrière la disparition de cet enfant. Un accident fatal aurait pu se produire à l'insu des autres, et la personne qui en était à l'origine aurait pu enterrer le corps à l'extérieur du camp de vacances.

Il avait appris, en discutant avec les inspecteurs chargés de l'enquête, que les moniteurs avaient leur véhicule personnel. Lors de leurs soirées libres, ils se rendaient en ville pour un hamburger, une bière ou aller au cinéma. Si l'un d'eux était sorti seul ce jour-là, il aurait facilement pu faire un détour, se débarrasser du cadavre et laisser les policiers se triturer les méninges jusqu'à ce que l'affaire soit classée. Il avait lu en intégralité les interrogatoires des membres du personnel du camp et y avait appris que le référent de Joey, un certain Steve, était allé en ville ce jour-là pour consulter un dentiste. Voilà ce qui l'avait réveillé. C'était pendant l'absence de ce Steve que Joey avait disparu.

Creuser cette piste impliquait qu'un policier interroge de nouveau toute l'équipe de Waukeelo de l'époque. Sept ans s'étaient écoulés depuis la disparition de Joey et, pour sa part, Mike ne pouvait rien faire pour l'instant. Mais il savait que cette idée serait suivie d'une autre idée, puis encore une autre, et que bientôt émergerait une solution à laquelle personne n'avait encore songé.

Sept années que le petit Proctor avait disparu. Les moniteurs de l'époque avaient fini leurs études et s'étaient lancés dans de nouvelles vies personnelle et professionnelle, ce qui donnait à penser que les souvenirs s'étaient sans doute estompés et que toute culpabilité s'était réduite en poussière.

Ou peut-être pas. Parfois, on se trahissait. Quelques verres de trop, un samedi soir, et tout sortait : comment l'enfant s'était noyé ou avait fait une chute mortelle, et comment, paniqué, on s'était débarrassé du corps. Sinon, cet acte aurait eu des répercussions sur la vie entière du responsable. Un étudiant brillant, par exemple, bien parti pour réussir une magnifique carrière : la dernière chose dont il aurait envie serait qu'on l'accuse de la mort d'un enfant et d'une dissimulation de cadavre, ce qui pouvait se traduire pour lui par des dizaines d'années d'emprisonnement.

Alors que Mike était assis là, la brise qui soufflait du golfe lui caressant le visage, une autre possibilité lui vint à l'esprit. Si cela n'avait rien à voir avec un accident ? Si le moniteur était colérique et qu'il ne se soit plus contrôlé au point de battre l'enfant à mort ?

Il se leva et retourna se coucher. Il ne ferma pas l'œil du restant de la nuit.

25

La soirée chez les Mason était une réussite. À cette période, les collaborateurs partaient en vacances, ou allaient chercher leurs enfants à l'université. Mais cette année, l'ensemble des cadres supérieurs avaient pu y assister, de même que les secrétaires.

Un barman servait du vin et de la bière près de la piscine pendant que les traiteurs disposaient les plats sur de longues tables. Des baffles diffusaient la musique d'ambiance. Plusieurs membres de l'équipe se baignaient déjà, tandis que Becca et Lyndsey bavardaient avec Pete Kellerman, le seul à ne pas s'être mis en maillot de bain. Alex l'observait, l'air de rien : ce type semblait très à l'aise avec les enfants, comme s'il ne se résignait pas à renoncer à sa jeunesse. Ashley rejoignit Alex et lui prit la main. Elle portait un jean et un chemisier d'un blanc étincelant noué à la taille, avait attaché ses cheveux en queue-de-cheval et calé ses lunettes de soleil sur sa tête.

— Tout ce monde, c'est chouette, dit-elle.

Puis, suivant le regard de son époux et s'apercevant qu'il observait Pete, elle lança :

— Qu'est-ce qu'il y a ?

— Qu'est-ce que tu penses de lui ?

— Becca et Lyndsey semblent le trouver très sympathique.

Alex se remémora l'hypothèse émise par Ashley, selon laquelle tous ces incidents – la piscine, l'immeuble de Brooklyn, l'ascenseur, et même les rats au Mason House Hotel – auraient pu être causés par un de ses collègues de travail. Il continua d'observer Pete, le tout nouveau membre de son équipe.

Dans son souvenir, Joey était plutôt petit et c'était le cas de Pete. Son âge aussi correspondrait puisqu'il avait une vingtaine d'années de plus que Joey à l'époque. Pete pouvait très bien empoisonner la vie d'Alex. Mais s'il était réellement Joey Proctor, alors aucun crime n'avait été commis. Joey n'était pas mort et Alex n'avait rien fait de pire que d'oublier ce gosse.

Dans ce cas, sa carrière ne serait pas entachée par cette affaire. À moins que Pete – s'il s'agissait bel et bien de Joey – le fasse chanter en échange de son silence. En cas d'inculpation pour mise en danger de la vie d'autrui, un homme dans la position d'Alex écoperait tout au plus d'une ou deux semaines d'incarcération, les faits remontant à plus de vingt ans. Mais si cet incident avait bouleversé la vie de ce gamin, Alex en serait tenu pour responsable.

Peut-être Pete voulait-il de l'argent. Ou de l'influence. Alex ne voyait vraiment pas ce qu'il pourrait exiger d'autre.

Le barman s'approcha et lui parla à voix basse.

— Évidemment, aucun problème, ouvrez une autre caisse, répondit Alex.

Il se tourna ensuite vers Ashley et ajouta à son intention :

— Le prosecco a du succès !

— Il fait chaud. Les invités le boivent lentement. Tant mieux.

Soudain, Pete adressa à Alex un sourire que ce dernier jugea pour le moins ambigu. Ashley lança un coup d'œil à son époux.

— Tu penses qu'il pourrait être l'enfant du lac ?

— Je reviens.

— Tu ne vas quand même pas aller le lui demander ?

— Je vais juste le sonder. Ne t'en fais pas. Je garderai mon sang-froid.

Il détestait lorsqu'elle s'adressait à lui de cette façon. Elle lui donnait l'impression de penser qu'il ne savait pas contrôler ses émotions.

Pete et lui se serrèrent la main.

— Tu t'amuses bien ? lança Alex.

— Absolument. De toi à moi, vos filles sont formidables.

— Elles ont de qui tenir, répondit Alex pour plaisanter. Tu ne te baignes pas ?

— Pour tout t'avouer, je ne sais pas nager.

Cette réponse prit Alex de court.

— Je n'en ai jamais eu envie, c'est tout.

— C'est… plutôt rare de nos jours.

— J'ai peur dès que je n'ai pas pied, avoua Pete en riant. Ne me dis pas que tu vas me pousser dans la flotte, hein ?

Alex rit lui aussi, mais un peu trop fort.

— Pourquoi est-ce que je ferais ça ?

— On m'a joué ce tour-là quand j'étais enfant.

— Tu as eu peur ?

— Suffisamment pour ne plus avoir envie de m'approcher de l'eau.

Alex attarda son regard sur lui. Il n'avait bu que deux bières, mais il se sentait glisser en zone dangereuse et imprévisible. Il inspira à fond. Sourit. *Calme-toi*, s'intima-t-il. *Reste cool.*

— Ces choses-là, ça peut marquer pour la vie, hein ? poursuivit-il.

— Depuis, je préfère garder les deux pieds sur terre.

Certains de leurs collègues passèrent à côté d'eux. Carol, la secrétaire d'Alex, les salua de la main depuis le bord du petit bain où elle s'était assise au côté de son époux. Alex lui sourit, puis reporta son attention sur Pete.

— Écoute, je n'aime pas parler boulot un jour comme celui-ci, mais comme Pearson a signé un contrat pour le Sturges, je voudrais que, toute la semaine prochaine, tu te concentres sur cet immeuble de Brooklyn, celui dans le quartier de Red Hook. J'en ai discuté avec Milt Golub qui est tout à fait disposé à attendre que nous lui fassions une offre.

— Tu es déjà allé sur place, je crois ?

Alex s'efforçait d'oublier que quelqu'un d'autre s'était trouvé dans les locaux en même temps que lui, quelqu'un qui avait peint *Joey* sur le mur. Il ne retournerait pas là-bas tant que les négociations n'auraient pas abouti et que les contrats ne seraient pas signés, comme si ces étapes juridiques et ces documents administratifs représentaient une forme d'exorcisme.

— Nous avons déjà conclu des accords avec Milt et il a de nouveau accepté de mettre les autres acheteurs potentiels en attente. Appelle nos partenaires habituels. Demande-leur d'évaluer le site. J'ai besoin de savoir si l'ossature de cette construction est bonne. Si jamais il y avait des résidus d'infiltration d'eau, des fuites venant de la toiture ou des fondations, nous devrons y réfléchir à deux fois. Va voir sur place avec eux, d'accord ? Tu seras absent du bureau, mais c'est important.

Pete parut agréablement surpris.

— J'en serais ravi, Alex. À mon avis, ce bien est très intéressant. Il a un très fort potentiel.

Alex s'efforçait de retrouver les traits de Joey dans ceux de Pete, mais trop de temps s'était écoulé et, dans son souvenir, le visage de l'enfant était devenu aussi flou que sur la photo du camp de vacances. Malgré tout, il était troublé par la façon dont Alex le dévisageait ; comme s'il reconnaissait en son patron l'homme qui l'avait abandonné au milieu du lac.

— J'aime bien la façon dont tu gères les choses, Pete. De plus, j'apprécie ton attitude. Fais en sorte que ce projet aboutisse. Et tiens-moi informé. Au jour le jour, d'accord ?

— Merci de m'accorder ta confiance, Alex. C'est très sympa de ta part.

— Je t'en prie. Oh, et ce n'est pas grave que tu ne saches pas nager. Du coup, tu es le buveur tout désigné. Va donc te servir une autre bière.

Il le suivit des yeux tandis qu'il se dirigeait vers le buffet. Ashley, qui l'avait rejoint, lui murmura à l'oreille :

— C'est lui ?

C'est lui, songeait Alex.

26

À deux heures moins le quart du matin, pendant qu'Ashley et les filles dormaient, Alex était assis dans son bureau, les lueurs de son écran d'ordinateur lançant des reflets sur son visage. Il tapa *Joey Proctor* dans Google. Parmi plusieurs liens concernant des homonymes de ce nom, il en repéra un qui renvoyait à un article du *Berkshire Eagle*, remontant à vingt et un ans, au sujet d'un enfant qui avait disparu d'un camp de vacances. Il n'était fait mention d'aucun détail sur ce drame, ce qui devait signifier que le corps n'avait jamais été retrouvé.

Alex bascula sur Facebook, tapa le nom *Pete Kellerman* et le trouva en quatorzième position sur une liste d'homonymes, dont certains vivaient en Grande-Bretagne, un autre à Belfast, un à Sydney, le reste aux États-Unis. Mais celui-là était bien le Pete qu'il connaissait. L'homme qui ne savait pas nager.

Les photos habituelles : Pete avec des amis à lui en pleine *tailgate party** ; Pete en compagnie d'une

* Rassemblement festif d'avant-match de foot, les futurs spectateurs mangeant des plats cuisinés au barbecue derrière leur voiture, sur le parking.

jolie blonde ; une assiette de spaghettis sur la table d'un restaurant ; la photo d'un chien ; Pete et un ami attendant, billets en main, l'ouverture d'un concert de Springsteen ; Pete lors d'un enterrement de vie de garçon. Alex secoua la tête : rien sur l'enfance de cet homme.

Avant de retourner se coucher, il effectua une dernière recherche. Revenant sur la page Google, il tapa *John Otis*. Il se souvenait que c'était la grande histoire que les moniteurs racontaient aux garçons : celle d'un type qui en enlèverait régulièrement un à quelques années d'intervalle. Rien qu'une légende, un conte horrifique.

Un site attira son attention. Un documentaire sur ce fait divers avait été réalisé pour une chaîne du câble, dans le cadre d'une série intitulée *Sombres échos : légendes rurales et urbaines*. Alex nota le nom du réalisateur : Marty Pollock. Puis il éteignit son ordinateur.

Voyant que le bureau plongeait de nouveau dans l'obscurité, l'homme qui se tenait à l'extérieur s'assit sur la pelouse et attendit qu'Alex eût regagné sa chambre.

27

Cette nuit-là, en Floride, allongé sur son lit, Mike Farrelli songeait : si ça se trouve, on a sacrifié ce gamin pour apaiser la colère d'un dieu. Ou d'un démon insatiable.

Il repoussa cette idée en souriant. C'était le genre de théorie qui aurait fait mourir de rire ses collègues. Dans le monde étroit de cette juridiction particulière de l'ouest du Massachusetts, c'était plutôt quand on embarquait un type en train de faire un mauvais trip sous LSD, ou un vieillard qui se prenait pour Satan et menaçait de vous transformer en bouc, qu'on entendait des choses comme ça. Mais depuis qu'il était à la retraite, Farrelli pouvait laisser son imagination partir en roue libre. Tant qu'il ne partageait pas ses pensées avec Eleanor.

Le lendemain, profitant que sa femme était partie se promener, il téléphona à un des inspecteurs qui avait travaillé sur l'affaire Joey Proctor et commença de lui expliquer sa théorie sur Steve Fenton. Son ancien collègue, Paul Casey, devança son raisonnement.

— Nous aussi l'avions envisagé.

— Donc, vous l'aviez interrogé ?

— Nous sommes allés voir le dentiste avec qui Fenton affirmait avoir eu rendez-vous. Le moniteur s'y était bel et bien rendu et sa consultation avait duré près de trois quarts d'heure. Pour le trajet entre le camp et le cabinet dentaire, il fallait compter une demi-heure à l'aller et autant au retour, l'homme s'était donc absenté pendant près de deux heures. Ce qui ne lui laissait pas le temps de dissimuler un cadavre.

— Malgré tout, il reste une possibilité.

— Qui ne te mènera nulle part, Mike. Steve Fenton est mort.

Farrelli accusa le coup.

— C'est-à- dire… ?

Paul eut un petit rire.

— Difficile d'être plus explicite, Mike.

— Je veux dire… comment est-il mort ?

— Il a été assassiné. À New York, dans son quartier. Pas loin du Riverside Park. Apparemment, on l'a agressé, il s'est défendu et a été lardé de coups de couteau.

— On a interpellé l'auteur des faits ?

— Je n'en sais rien.

— Ça s'est passé quand ?

— Quelques mois après la fin des vacances. L'année de la disparition du gosse.

Mike se rendit compte que trop de questions restaient sans réponse.

— Y a-t-il eu un autre moniteur dont le témoignage t'aurait paru un peu suspect ?

Paul eut à nouveau un petit rire.

— Mike, tous pouvaient mentir. De toute façon, quelle importance, aujourd'hui ?

Farrelli pensa que, s'il s'agissait de son fils, Casey trouverait probablement ça plus important.

— Plus aucune, je suppose, répondit-il.

Ils parlèrent quelques minutes encore de la manière dont Mike occupait sa retraite, puis mirent un terme à leur conversation.

Mike continua à réfléchir sur cette affaire en l'envisageant sous différents angles, du plus improbable au plus banal. Et il trouva une autre approche. Le lendemain, Eleanor, qui avait besoin d'une valise, proposa qu'ils aillent au Wallmart, ouvert en continu et situé à quelques rues de leur hôtel. La laissant s'aventurer parmi les rayons, il l'attendit à l'entrée du magasin, remarquant un mur de photos de visages d'enfants, une cinquantaine, signalés disparus. Des portraits retouchés par Photoshop, censés les représenter tels qu'ils seraient devenus aujourd'hui, étaient placardés à côté de ceux qui dataient de l'époque des faits. Certains de ces enfants avaient sans doute été enlevés par un des deux parents lors de leur séparation, d'autres par un prédateur sexuel : les jolies fillettes blondes au regard étrangement lucide, les garçonnets mignons à l'âme innocente et pure. Quant au reste, certains avaient dû fuguer, ou bien sombrer dans les bas-fonds d'une ville lointaine, vendant leur corps pour satisfaire leur addiction. Ils étaient originaires des quatre coins des États-Unis : le Midwest, les Grandes Plaines, mais surtout des États du Sud, à croire que se glisser hors du monde était une épidémie locale.

Quand Eleanor revint, faisant rouler sa nouvelle valise bordeaux à trente-sept dollars, elle vit tout de suite que quelque chose préoccupait son mari.

— Que se passe-t-il ?

— Ça vient de me venir à l'esprit, répondit-il. Joey Proctor…

Elle le saisit par le bras.

— Bon, je vais conduire, mon cher. Tu n'es visiblement pas en mesure de te concentrer sur autre chose que cette affaire oubliée de tous.

Elle n'avait pas tort. Plus personne ne pensait à élucider cette histoire, et pourtant il se disait que, dans quelques années peut-être, un indice apparaîtrait, on trouverait les restes d'un cadavre d'enfant, mais il n'y aurait plus personne pour le pleurer. Ou peut-être que, surgissant des brumes du futur, un Joey Proctor s'avancerait en titubant, blessé, brisé, meurtri, se demandant s'il avait toujours sa place en ce monde.

Le facteur humain, se dit Mike. Il se rappela avoir lu les rapports des premiers interrogatoires menés sur le site du camp de vacances en présence des époux Proctor qui, manifestement, ne s'entendaient pas. Et comme un inspecteur de police, fût-il à la retraite, devait examiner les faits sous tous les angles, même les plus improbables, il en vint à penser que ces deux-là avaient pu vouloir que leur fils disparaisse de leur vie. Un enfant de huit ans devient un enfant de neuf ans qui devient un enfant de seize ans, et soudain tout bascule. Possible qu'ils aient été tellement absorbés par leurs problèmes que leur gamin n'était plus qu'un objet obsolète, comme la valise usagée dont Eleanor avait, du jour au lendemain, décidé de se débarrasser.

28

Clic – et le monde passe du noir au verdâtre : la maison, les pelouses impeccables, les plantations symétriques, la piscine, le court de tennis. Un univers veiné, scintillant où tout devient possible. Au clair de lune, sa montre indiquait trois heures vingt-deux. Il faisait plus frais que les nuits précédentes et il savait que dans le froid sec et vif, les bruits résonneraient davantage. Un faux pas, le craquement d'un rameau sec, trahirait sa présence, une des gamines se réveillerait, ou le maître des lieux lui-même se lèverait, pendant que son épouse reposerait dans les limbes d'un sommeil probablement pharmaceutique.

Il soupçonnait Alex Mason de garder une arme chez lui, à portée de main dans un tiroir de sa table de chevet, mais n'en était pas sûr. Il avait également l'intuition que cet homme était un lâche, un être qui vivait dans un univers d'étapes planifiées et d'issues prévisibles. Ce qui allait se produire lui ferait perdre cette illusion, tout comme l'incident du sang dans la piscine l'avait laissé pantois pendant plusieurs jours. Quant au numéro dans l'immeuble de Brooklyn ?

Tout juste digne d'un film d'horreur de fin de soirée dans un cinéma de quartier.

Il n'entendait que le bruit de sa respiration : inspirer expirer, inspirer expirer. Il s'était introduit dans la propriété en passant non par le portail principal, fermé à clef et surveillé par une caméra, mais par un trou dans la clôture d'enceinte, derrière les broussailles au-delà de la piscine et du court de tennis. Il progressa en catimini vers l'entrée de la maison, longeant le côté de la façade pour éviter d'être vu des fenêtres. Une fois sous le portique, il se trouva à l'abri de tout regard.

Les Mason avaient un abonnement auprès d'une compagnie de sécurité parmi les plus onéreuses, mais dont les systèmes d'alarme n'avaient pour lui aucun secret. Crocheter le verrou de la porte d'entrée, un Schlage haut de gamme à pêne dormant, et désactiver le code électronique ne lui prendrait qu'une quarantaine de secondes avec la clef de déblocage, ce qui lui laisserait deux minutes avant que la sonnerie retentisse dans la maison, ainsi qu'au poste de police local. Une fois qu'il aurait glissé les crochets dans la serrure, le problème serait de bien identifier le cliquetis signalant qu'ils se trouvaient à la bonne place. Il essaya deux fois encore, puis le verrou céda. Quatorze secondes en tout.

Il trouva le boîtier là où il s'y attendait, juste à l'entrée, à gauche de la porte. Il sortit un petit appareil de sa poche et le maintint à quelques centimètres de l'installation les quelques instants nécessaires pour faire le job. Il eut envie de rire : le milliardaire Alex Mason avait choisi la combinaison la plus évidente de toutes, à savoir la date d'anniversaire de sa chère épouse, qu'une rapide recherche sur Internet lui avait fournie sans difficulté. Série de crépitements, alarme coupée. La maison était à lui. Il s'en délectait autant que si elle lui appartenait.

Le salon était empli de trésors : un Warhol sur un mur, un Morandi au-dessus de la cheminée, plusieurs pièces anciennes provenant sans doute de cambriolages de musées et de riches tombeaux, en Europe et de par le monde. Mais il n'était pas venu pour admirer les œuvres d'art, pas plus que les photos sous verre joliment disposées sur une table : la famille Mason en tenue de ski, sans doute à Aspen ; la famille Mason sur un voilier, sans doute dans les Hamptons ; les filles Mason dans un parc aquatique.

La cuisine, le bureau d'Alex, un salon où des fauteuils disposés en demi-lune face à un écran géant permettaient de regarder la télévision en tendant la main vers la machine à pop-corn – tous inoccupés. Alex Mason dormait. Sa belle épouse dormait. Ses enfants aussi. Donc, l'heure était venue de leur rendre à tous une petite visite.

29

Les portes des filles étaient entrebâillées, ainsi qu'il l'avait espéré. Il se faufila chez la première, sur la droite, s'immobilisa le temps de s'assurer qu'il ne l'avait pas réveillée, jeta un coup d'œil à la benjamine, celle qui avait huit ans. Fût-elle sortie du sommeil qu'elle aurait vu au-dessus de sa tête un insecte géant dont les yeux, au bout de deux tiges, étaient fixés sur elle, avec des tubes qui sortaient de sa bouche. Alors elle aurait hurlé, hurlé, hurlé puis, le temps que papa surgisse, encore tout ensommeillé, dans le couloir, il serait déjà ressorti, aurait traversé la moitié de la pelouse et le mal serait fait. Mais cela ne se produirait pas. Il était venu uniquement dans le but de tourner un petit film familial, pour commencer. *Voici Lyndsey entourée de ses animaux en peluche et de ses poupées, puis ressortons dans le couloir et à côté se trouve… Becca. Jolie Becca, fillette provocante qui, sous peu, sera une adolescente dévergondée, je vous en prie, admirez-la. Elle aussi a un animal en peluche, un ours éborgné.* « Bonsoir, nounours à moitié aveugle », eut-il envie de dire à cette créature qui semblait provenir d'un film d'horreur.

Il ressortit dans le couloir. Passa devant la salle de bains des deux sœurs, d'où émanait la lueur réconfortante d'une veilleuse. Ah, là, d'autres photos – *Bon Dieu, toutes ces photos,* songea-t-il – s'alignaient sur les murs du couloir, comme si les Mason craignaient d'oublier à quoi ils ressemblaient. Cette pensée le fit sourire. Après tout, une photo n'est rien que le miroir renvoyant l'image de ce qu'on a été. De ce qu'on a perdu. De ce qu'on ne reverra peut-être jamais.

Oh, tiens : la porte de la chambre des parents elle aussi est entrouverte, c'était son jour de chance. Poussons-la avec précaution. Et les voilà tous deux, étalés sur leur lit king size. Alex ronfle, bête hibernant enroulée dans son duvet, gros cochon rose prêt pour l'abattoir. Il ne voit que le haut de son crâne, et il tend les doigts en forme de pistolet puis le vise à la tête, prenant plaisir à s'imaginer qu'il lui fait exploser la cervelle.

Par terre, à côté de Mason, il y a comme une flaque blanche qui n'est autre qu'un peignoir. Ashley est étendue sur le dos, les yeux dissimulés sous son masque de sommeil en satin, et le drap descendu expose sa poitrine. Un 90 C, suppose-t-il en se fiant à son expérience.

Il s'approche d'elle pour filmer ses seins en gros plan, d'abord le gauche, puis le droit qui porte la petite marque de naissance évoquant la forme de l'Australie, contre le mamelon bronzé, au repos. Jolie poitrine, non reconstruite, à la courbure d'origine, rien à redire. Au-dessus de laquelle il fait glisser sa main gantée. Puis il filme le sourire de la jeune femme. À quoi rêve-t-elle donc ? se demande-t-il. À son mari ? Non, pas avec ce sourire ravi. Il ne doute pas qu'elle possède autant de secrets que lui. Qui sait si, un jour, il n'aura pas le privilège de connaître l'un d'eux ?

Il était temps de partir. Il en avait assez vu. Assez fait. Encore que, après cela, il n'y aurait pas de retour en arrière possible. Ni pour Ashley Mason. Ni pour son mari.

Ni, à coup sûr, pour lui.

30

Le jour ne s'était pas encore levé quand, dans le salon, l'homme commença à chanter si fort que sa voix se déversa dans toute la maison, réveillant Alex en sursaut. Il dévala l'escalier en se débattant avec son peignoir, notant au passage que les paroles décrivaient les états d'âme d'un homme qui, assis sur un ponton, regardait le reflux de la marée. Encore tout ensommeillé, il ne s'expliquait pas ce qu'il se passait.

Quand il finit par le comprendre, il coupa le son du lecteur de CD. L'affichage indiquait 4 : 08. Il entendit dans le couloir de l'étage les filles traîner les pieds, pas tout à fait réveillées elles non plus, puis Ashley descendre, son déshabillé fermement noué autour de la taille. Alex éjecta le CD.

— Qui a trouvé drôle de faire ça ? dit-il en allumant une lampe pour examiner l'objet. Attendez… ce disque n'est pas à nous.

À mi-hauteur de l'escalier, Lyndsey semblait sous le choc.

— Maman ? geignit-elle.

— Tout va bien, mon cœur. Retourne te coucher.

— J'ai peur.

— Tout va bien. Remonte dans ta chambre.

Elle se tourna vers Alex qui examinait toujours le disque.

— C'est toi qui as fait ça ?

— Ça va pas ? Je viens de dire que ce n'était même pas un de nos disques.

Elle le lui prit des mains.

— Tu en es sûr ?

— Certain.

— Pourquoi la porte d'entrée est-elle ouverte ? lança Becca en haut des marches.

31

Pendant que les deux policiers en uniforme, qui venaient de fouiller le voisinage, arpentaient le terrain autour de la villa, Carver et Ettinger, dans le salon, interrogeaient les Mason. Ashley s'était assise sur le canapé, ses mains tremblaient, l'une d'elles serrant un mouchoir en papier. Alex n'avait même pas pris de temps de se doucher. Les cheveux ébouriffés, il portait son vieux sweat-shirt de la fac, un pantalon de jogging et des mocassins Gucci. La piscine, c'était une chose – il considérait cela comme une mauvaise plaisanterie qu'il valait mieux décider d'oublier. Mais ce qui s'était produit pendant la nuit, c'était différent. On s'était introduit chez eux par effraction, on avait coupé le système d'alarme et inséré un CD dans le lecteur. Autrement dit, leur lieu de vie n'était plus une forteresse inexpugnable, contrairement à ce qu'il pensait depuis toujours. On y avait ouvert une brèche, ce qui signifiait que sa famille était potentiellement en danger. C'était Lyndsey qui avait le plus mal réagi. Elle restait cloîtrée dans sa chambre depuis qu'ils avaient entendu cette musique, trop intimidée pour se montrer.

Carver sortit, parlementa avec un de ses hommes puis revint.

— Nous n'avons aucune trace d'effraction, ni même de la présence d'un intrus chez vous.

— Vous plaisantez ?

— Je vais être plus clair, monsieur. Personne n'est venu dans votre propriété. Votre portail dispose d'une caméra de vidéosurveillance, et sa serrure s'actionne grâce à… quoi… une télécommande qui se trouve dans votre voiture, c'est ça ?

— Nous en possédons une autre, intervint Ashley. Si l'un de nous est là, il peut communiquer par l'interphone. Nous la laissons dans la cuisine. Un écran nous permet de voir les visiteurs.

— Les images vidéo sont enregistrées ?

— Non, répondit Alex. C'est une simple télécommande. En général, la grille n'est pas verrouillée pendant la journée quand nous sommes à la maison. Elle ne l'est que la nuit ou si nous nous absentons.

Le même policier, à l'entrée, déclara :

— Le portail ne présente ni anomalie, ni trace d'effraction. Personne n'aurait pu le franchir.

Carver lui adressa un signe de tête pour indiquer qu'il prenait acte de ses paroles, et l'homme s'éloigna vers son véhicule.

— Cela voudrait dire que quelqu'un a pu s'introduire dans votre jardin puis votre domicile sans déclencher votre alarme. Sauf que…

Il tourna la tête vers le panneau mural.

— … ce système est du dernier cri. Je sais que toute installation électronique peut tomber en panne. Cela nous est arrivé à tous. Quand l'avez-vous fait vérifier pour la dernière fois ?

Alex se tourna vers Ashley.

— Il y a environ un mois et demi, dit-elle.

— Hier soir, vous l'aviez branchée avant d'aller vous coucher ?

— Bien sûr que oui, je l'ai fait moi-même, répondit Alex. Je n'arrive pas à comprendre comment ça a pu arriver.

Carver tenait le CD dans sa main gantée. *The Very Best of Otis Redding*.

— Ça vous parle ?

— Ce n'est pas de ma génération, répondit Alex.

— Moi, j'aime bien. *Try a Little Tenderness. Respect.* Aretha aussi l'a chantée. Dommage qu'il soit mort si jeune… et dommage que vous ayez retiré ce disque du lecteur, monsieur. Il devait certainement y avoir des empreintes dessus. Les vôtres les auront souillées, du coup cet objet devient un élément de preuve inutilisable. Vous êtes sûr qu'il n'est pas à vous ?

— Sûr et certain.

— C'est que… parfois, insista Carver, on achète un disque, puis on l'oublie et, des années plus tard, boum, il réapparaît.

— Comme l'album des Nickleback que j'avais acheté un jour où j'étais pété, intervint Ettinger avec un sourire gêné. Enfin, je n'avais que dix-sept ans.

— Je ne connais même pas la chanson qui passait, indiqua Alex.

— Donc, vous êtes formel : ce n'est pas vous qui avez fait ça, insista Carver.

— Dans quel but je l'aurais fait, lieutenant ?

Carver examina une fois encore le disque.

— *The Dock of the Bay*. Le ponton dans la baie. Ce titre vous évoque-t-il quelque chose ?

Il remarqua le changement d'expression d'Ashley.

— D'accord, reprit-il. Bon, pour nous, il s'agit d'un de vos CD et l'un d'entre vous l'a glissé dans le lecteur. Ce qui, en soi, ne constitue pas un délit. Nous n'avons trouvé aucune trace d'effraction ou de détérioration. Ni du moindre méfait.

— Sauf que quelqu'un a laissé la porte d'entrée ouverte.

— Là encore, il pourrait s'agir de l'un d'entre vous.

— Notre alarme a été désactivée.

— Vous connaissez le code ?

— Oui, nous tous, dit Alex.

— Votre femme et vous ?

— Ainsi que nos filles, bien entendu, précisa Ashley.

Carver se tourna vers elle.

— Vous comprendrez donc que je doive vous poser la question : c'est vous qui avez fait ça ?

— Pourquoi est-ce que je ferais une chose pareille ?

— Vous seule pouvez répondre.

— Non, s'agaça-t-elle. Votre idée est ridicule.

Carver se fendit d'un léger sourire.

— Dans ce cas, affaire classée, monsieur. À moins, bien sûr, que vous m'annonciez qu'on vous a volé du matériel. Des bijoux, un téléviseur, des ordinateurs... ? Je ne vous l'avais pas encore demandé car j'ai supposé que vous me l'auriez déjà dit, non ?

Alex se massa le front.

— Mon épouse et moi-même avons fait le tour de toutes les pièces. Tout est en ordre.

— Vous en êtes certains ? On a tellement l'habitude

de voir les choses à la même place que, quand elles disparaissent, on croit encore les voir.

Il remarqua la mine déconcertée d'Alex.

— Oubliez ce que je viens de dire.

— Nous avons tout vérifié, dans chaque pièce, glissa Ashley.

— L'un de vous est peut-être somnambule, suggéra Carver.

— Je vous en prie, protesta Alex. D'abord l'incident de la piscine, maintenant celui-là. À l'évidence, il se passe quelque chose de bizarre.

Carver s'appuya contre l'encadrement de la porte.

— Vous pensez qu'ils sont liés ?

— Ça me paraît évident.

— Lors du premier, quelqu'un a versé du sang animal dans le bassin.

— Et gravé des mots sur le fond.

— Cette fois – si c'est réellement ainsi que les choses se sont déroulées –, quelqu'un s'est introduit chez vous et a glissé ce CD dans votre lecteur. Pourquoi s'amuserait-on à faire ça sans voler aucune de vos jolies œuvres d'art ? Quel plaisir y prendrait-on ? Quel serait le rapport avec la piscine ? À supposer qu'il y en ait un. Avez-vous du personnel de maison ?

Ashley l'informa qu'une femme de ménage venait deux fois par semaine.

— Mais elle ne ferait jamais une chose pareille, ajouta-t-elle. Elle travaille pour nous depuis que les filles sont toutes petites.

— Des jardiniers ? Des agents d'entretien de la piscine ?

— Pourquoi s'embêteraient-ils à souiller l'eau puis,

plus tard, à s'introduire chez nous en pleine nuit pour diffuser de la musique ? Ça n'a aucun sens.

— Quelque chose vous reviendra à l'esprit, je n'en doute pas. En attendant, je vous suggère d'améliorer votre système d'alarme et, au moins, de changer le code de sécurité.

— J'ai déjà appelé l'installateur. Un technicien doit passer dans l'après-midi.

— Appelez-nous si ce genre d'incident se reproduit.

Alex, sur le seuil de la villa, regarda les voitures de patrouille repartir, suivies de Carver et Ettinger dans leur Crown Victoria.

Il rentra, referma la porte et gagna la cuisine. Il était debout depuis des heures et n'avait encore rien mangé ; soudain, il avait une faim de loup. Ashley avait préparé du café. Il s'assit sur un des tabourets du comptoir et attrapa un bol de myrtilles. Sa femme s'assit en face de lui, serrant un mug de café entre ses mains.

— Partons pour le week-end, suggéra-t-elle. L'incident de ce matin a effrayé les enfants. Moi aussi, d'ailleurs. Je crois que ça nous fera, à tous, le plus grand bien.

— Vas-y, toi. Emmène les filles. Demande à ta sœur si vous pouvez aller chez elle.

— Sans blague ? Tu comptes vraiment rester ?

— Pour surveiller la maison.

Elle serra sa main dans la sienne.

— Dis-moi la vérité, murmura-t-elle. C'est toi qui l'as fait ? C'est toi ou pas ? Si oui, tu as sûrement une bonne raison. Je te demande juste de m'aider à essayer de comprendre, d'accord ?

— Tu te méfies de moi, c'est ça ?

— Après ces photos prises au bar ? Et que tu m'as raconté que tu avais abandonné un petit garçon au beau milieu d'un lac ? Disons que ces révélations ont écorné la confiance que j'avais en toi.

Il avait cru, à tort, que la question était réglée : la femme, à l'hôtel, était une parfaite inconnue et quelqu'un s'était amusé à prendre des photos d'eux pour le discréditer. Il connaissait les journalistes des tabloïds de New York et les croyait capables de monter un coup pareil. Mais il envisageait aussi que cela fasse partie d'un plan plus vaste lié à la disparition de Joey Proctor. Et il se demandait pourquoi la personne qui était derrière tout cela n'avait toujours pas exigé de lui une contrepartie financière.

Il inspira à fond et regarda sa femme en face.

— Ash, écoute… Nous formons une belle famille, ma boîte est un succès, alors si quelqu'un essaie de me détruire ou d'anéantir ce que nous avons bâti, il échouera. Tant que nous nous soutenons l'un l'autre. D'accord ?

Elle sourit, d'un air un peu cafardeux.

— Très bien, Alex.

— Emmène les filles à Old Saybrook demain, après l'école.

Susan, la sœur d'Ashley, et Ted, son mari, y possédaient une résidence secondaire et passer quelques jours au bord de l'océan compenserait en partie le fait d'avoir dû écourter leur séjour à Captiva.

— J'ai un tas de projets en souffrance, reprit-il, ça me donnera l'occasion de les étudier hors du bureau.

Il prit son café et descendit du tabouret.

— Une seconde, Alex… Tout ce qui est arrivé depuis quelque temps…

Elle fit une pause, car cela représentait une possibilité terrifiante.

— … c'est à cause de cet enfant, n'est-ce pas ? Celui que tu as abandonné à son sort.

Il se retourna vers elle et posa son mug sur le comptoir, se promettant de ne pas oublier de téléphoner à son avocat.

— C'est tout simplement impossible. Il est sûrement mort, Ash. Mort depuis longtemps.

— S'il est mort, alors ce qui se passe depuis quelques jours est de ta faute, Alex. Tu en es à l'origine. Et tu le sais.

— Je voudrais pouvoir revenir en arrière.

— Tu as donc des remords, tout de même.

— Tu sais, Joey ne se souviendrait même pas de moi.

Ashley entreprit de remplir le lave-vaisselle.

— Comment peux-tu en être certain ? rétorqua-t-elle en disposant les couverts. Ça ne s'oublie pas, une chose pareille. Il sait où nous habitons, il sait où tu travailles. Il sait qui nous sommes. La piscine pleine de sang. Les mots gravés sur le fond du bassin. Cette chanson qui parle d'un ponton. Un *ponton*, juste ciel, ça ne te rappelle rien ? *Assis sur le ponton dans la baie.* Tu penses que c'est une coïncidence ? Un ponton ? Sur l'eau ? Quoi qu'il en soit, désormais, il est entré dans notre maison. Il est entré dans notre vie.

Elle se tourna vers Alex.

— Il est entré dans notre tête.

V

32

Les mots n'avaient plus d'importance, plus de sens, plus de poids. Ces deux personnes n'avaient plus rien à se dire désormais. Un drame était survenu, et eux qui la veille encore avaient un fils n'en avaient plus : il ne se trouvait ni dans leur voiture ni dans leur appartement, mais il errait sur les terres perdues de l'imaginaire de sa mère.

Après leur rencontre avec les Jensen et leur équipe, les parents de Joey avaient rassemblé les affaires de leur fils – les T-shirts et les shorts que sa mère lui avait achetés pour les vacances, conformes aux couleurs et logos du camp. La journée s'était déroulée dans le flou. Les autres enfants du dortoir avaient été envoyés à une activité afin qu'ils puissent faire la valise dans le calme. Diane retrouva les cartes qu'elle avait adressées à Joey tous les deux ou trois jours, celle de Snoopy, et celle de Batman, car Joey était un grand fan du justicier masqué, ainsi qu'il aimait l'appeler. Au début, il écrivait à ses parents tous les jours, les suppliant de revenir le chercher. Ensuite, ses lettres s'étaient faites plus rares. Il était occupé, il aimait bien les travaux manuels, jouer au tennis, participer à la chorale. Il s'entendait bien avec son moniteur qui bavardait avec lui très souvent, et appréciait aussi les repas du vendredi soir qui se terminaient toujours par un dessert spécial.

Elle glissa les cartes dans son sac, puis elle en eut terminé. Le matelas était nu. Elle se garda de le plier comme celui du lit voisin. Le père de Joey s'assit sur celui du moniteur, fait au carré, comme Steve l'avait montré à Joey le jour de son arrivée. Diane jeta un coup d'œil sous celui de son fils et trouva un de ses T-shirts du camp. Il était froissé, poussiéreux et, quand elle le prit dans ses mains, elle se rendit compte à quel point Joey était petit, en réalité. Seul, elle ne savait où. Ce fut alors qu'elle vit la tache rouge sur le côté.

— Qu'y a-t-il ? s'enquit Alan.

— C'est du sang.

Il lui prit le vêtement des mains.

— Ce n'est que de la peinture, Diane, fit-il, exaspéré.

— Tu en es sûr ?

— Bon Dieu, qu'est-ce que tu essaies de prouver ? Qu'il lui est arrivé quelque chose de grave, que quelqu'un lui a fait du mal ? Qu'il y aurait une foutue conspiration, que tout le camp tenterait d'étouffer je ne sais quel drame ? Voyons, ressaisis-toi. C'est du délire.

Il disait vrai ; c'était de la peinture. Joey aimait les travaux manuels. Il s'était fait ces taches sur son T-shirt qu'il avait fourré sous son lit. À moins qu'il n'ait cherché à le dissimuler. Elle s'assit à côté de son mari.

— Partons, dit-il.

Elle ne lui répondit pas.

— Tu m'as entendu, au moins, nom de Dieu ?

— Tu veux que nous nous disputions ? Pour que tout le monde en profite ?

Elle plia le T-shirt. Avec soin. Pourquoi, pour qui, sans doute pour le jour où Joey réapparaîtrait à leur porte sur Park Avenue ? Que dit-on, déjà… tourner la page. Elle se moquait de cette expression qui, pour elle, relevait des émissions de téléréalité, des mauvais feuilletons en prime time ou de familles dans le malheur vivant à des milliers de kilomètres d'elle. Mais, à présent, ces mots prenaient tout leur sens, voilà que elle aussi voulait à tout prix tourner la page, même si c'était pour découvrir le pire. Qu'on en finisse, songeait-elle. Qu'on en finisse une bonne fois.

Mon Dieu, je Vous en prie, rendez-moi ce service.

Elle porta les mains à son visage, car c'est ainsi que les gens dans leur situation sont censés penser et agir. Les parents en détresse. Un homme et une femme minés par le chagrin et l'incertitude qui devaient reprendre une vie que tous deux abhorraient. Elle en était déjà arrivée à haïr son mari ; voilà qu'elle commençait à se détester elle aussi.

Elle récupéra la boîte de balles de tennis et les raquettes de Joey, qu'ils avaient achetées ensemble dans un magasin de sport de la Troisième Avenue la semaine précédant les vacances, ainsi que ses livres, des romans de fantasy qui parlaient de magiciens et de jeunes garçons comme lui qui se sentaient trop petits pour le monde réel. Soudain, elle vit Steve Fenton devant elle, flou parce qu'elle pleurait, et elle sursauta.

D'une voix calme, il lui dit :

— Je venais voir comment vous alliez. Si vous aviez besoin d'aide.

— C'est réglé, répondit Alan. Mais merci. Vous disiez que Joey et vous bavardiez souvent. Vous aurait-il dit quelque chose qui vous ait marqué ?

Steve parut décontenancé.

— Juste… un détail qui vous aurait fait craindre qu'il fugue. Ou qu'il était si malheureux qu'il pourrait chercher à se faire du mal.

— Non, pas du tout. Ses angoisses étaient les mêmes que celles des autres enfants de son âge. Vous les connaissez : ils s'ennuient de leurs parents, parfois ils ne s'entendent pas avec leurs petits camarades…

— Il se faisait chahuter par certains d'entre eux ? dit Diane. C'est ça ?

— Au début du séjour, il s'en trouve toujours pour asticoter les plus jeunes. Ça m'est arrivé quand j'avais son âge. C'est tout à fait normal.

— Mais c'est dur à vivre quand on n'a que huit ans, rétorqua-t-elle.

— C'est pourquoi je lui portais plus d'attention qu'aux autres. Et tout semblait très bien se passer pour lui.

Il se retint de ne pas ajouter *sur la fin*.

— Je tenais à vous dire que j'avais beaucoup d'affection pour Joey. Ce n'était pas un enfant comme les autres. J'espère qu'il reviendra.

— Il ne reviendra pas, dit le père de Joey. Il ne reviendra jamais.

Sur le trajet de retour, au début, ils n'échangèrent pas une parole. Quand ils quittèrent la route principale, elle murmura :

— Qu'avons-nous fait, Alan ?

C'était la première fois depuis plusieurs semaines, plusieurs mois, qu'elle l'appelait par son prénom. Tous deux avaient renoncé à cette familiarité, comme s'ils anticipaient l'inévitable fin de leur couple.

— Où sommes-nous ? reprit-elle, lançant des coups d'œil paniqués autour d'elle. Où me conduis-tu ?

Un instant, elle s'imagina qu'il serait capable de s'enfoncer dans la campagne, rouler jusqu'à un chemin de terre et l'assassiner.

— Nous devons manger, répondit-il. Le *diner* où nous nous sommes arrêtés en venant est par là.

— Celui où nous avons dîné avec Joey ?

— C'est exactement ce que…

— Tu veux que nous retournions là-bas, en tête à tête ? Sans Joey ? Comme si tout était normal ?

— Nous devons agir normalement. Sinon, nous ne vivrons plus.

Elle le regarda, intriguée.

— Qu'entends-tu par « agir normalement » ? Que veux-tu dire, au juste ?

Il se gara à côté d'un pick-up, devant le Little Dee's. Ce véhicule était sale, comme s'il avait roulé dans la boue. Sur le hayon, une trace ressemblait à du sang séché, et Alan se félicita que Diane ne la remarque pas. C'était une région de chasseurs ; des hommes qui sortaient pour tuer.

— Ce Steve Fenton ne m'inspire pas confiance, déclara-t-il. Loin de là.

— Il m'a paru très bien. Plutôt sympathique.

Son mari coupa le contact.

— Ça reste à voir, dit-il.

Il remarqua qu'une larme coulait sur la joue de sa

femme. Quand il lui effleura le dos de la main, elle se tourna vers lui.

— Il n'y a rien que nous puissions faire, Diane.

Il ouvrit les paumes, soupesant l'air aussi dénué de substance que ses paroles.

— Nous pouvons garder espoir.

— Garder espoir ?

— Nous devons garder espoir, Alan.

— Quel espoir ?

Ils s'installèrent, muets, à une table. Le coup de feu du déjeuner était passé. Les clients ne se bousculaient pas. Elle reconnut l'homme négligé en casquette John Deere, celui-là même qu'elle avait remarqué pendant qu'elle téléphonait à Eli, cinq semaines plus tôt. Ce type lui avait lancé une grossièreté en passant, mais elle ne l'avait pas relevée car Eli lui disait alors ce qu'il lui tardait de faire la prochaine fois qu'ils se verraient. Son amant, Eli, et puis cet énergumène qui lui avait fait des avances : les deux facettes d'une même médaille, songea-t-elle.

Eli's Comin'… Lorsqu'elle avait fait la connaissance du sculpteur, elle s'était acheté le CD de Laura Nyro sur lequel ce titre figurait, et l'écoutait sans cesse sur son baladeur, casque sur les oreilles, quand elle s'entraînait en salle de sport. Cette chanson la faisait sourire. Lui redonnait espoir. La comblait plus que tout, comme si on l'avait écrite et on l'interprétait spécialement pour elle. *Cache ce que ton cœur ressent, ma jolie.*

À présent, elle n'avait même plus envie de voir Eli. Elle ne voulait plus restaurer aucun meuble de sa vie, jamais. Le plaisir appartenait au passé, de même que la passion, l'orgasme et les minutes d'oubli qui s'ensuivaient. Elle voulait divorcer, reprendre son nom de jeune fille, déménager, se perdre dans un endroit où tout lui serait étranger – la langue, les usages, les aspirations – et où, un beau jour, il se pourrait qu'elle retrouve Joey qui, l'air égaré, l'attendrait.

Ils passèrent leur commande, puis Alan se rendit aux toilettes, sans même la prier de l'excuser car, ces derniers temps, il était ainsi, un homme dont la vie partait à vau-l'eau, qui en rejetait la faute sur les autres. Ses affaires périclitaient. Ses dettes s'accumulaient. Il avait échoué sur tous les plans.

Elle examina la photo de Theodore Roosevelt. Il était là lorsqu'ils étaient venus la première fois, il y était toujours mais parce qu'il était mort, il n'avait jamais entendu parler de Joey, n'avait pas la moindre idée de ce qui avait pu lui arriver. Elle revit son fils, très nerveux, assis là, en face d'elle. Agité, le regard fuyant comme s'il essayait, en vain, de trouver sur quoi se concentrer. Elle prit conscience qu'ils occupaient la même table que la fois précédente. Sauf que, là, tout était différent.

— C'est vous la mère du gosse?

Elle releva la tête et vit, devant elle, l'homme à la casquette qui la dévisageait. Il serrait la note de son repas entre ses doigts crasseux, tachés d'huile de vidange. Une plaie profonde, pas encore cicatrisée, fendait sa paume, barbouillée de sang frais.

— Celui qui a disparu?

— Oui.

Elle le regardait comme si elle s'attendait à ce qu'il l'éclaire, qu'il lui livre une piste, un indice.

— J'ai perdu ma fille, elle avait cinq ans. J'ai perdu ma femme, à la même époque. Ça fait longtemps.

— C'est très triste.
— Elle était belle, ma femme, vous savez.
— Laissez-moi tranquille, s'il vous plaît.
— J'aimerais vous inviter chez moi. Vous redonner le sourire.
— Où est mon fils ?
— Parce que vous ne le savez pas ?

Elle fixait toujours l'endroit où cet homme s'était tenu quand Alex regagna leur table.

— Que voulait ce plouc ?

Il lança un coup d'œil par la vitre vers le pick-up qui reculait puis s'éloignait.

— Il me disait juste qu'il était désolé pour… pour tout.

Elle suivait du regard le véhicule dont les roues soulevaient la poussière de cette étouffante soirée d'août.

Ils arrivèrent à New York sous une chaleur accablante à la tombée du soir. Leur appartement sentait le renfermé, l'odeur de la mort flottait dans l'air. Une nouvelle souris avait rendu l'âme sous l'évier où le piège avait été posé. Elles mangent, elles boivent, elles souffrent, elles meurent. C'était une lente agonie, comme s'il fallait les torturer, les punir avant qu'elles aient la chance d'expirer, la gueule ouverte, cherchant l'air en vain. On dépense des fortunes pour acheter un bien immobilier dans Manhattan, et à peine a-t-on le dos tourné que rats, souris et cafards réinvestissent les lieux car, en vérité, ce sont eux qui en sont les réels propriétaires et, le jour de l'Apocalypse, lorsque tout ne sera plus que cendres, ils seront toujours là, moustaches, queue et petits yeux inexpressifs frétillant à tout-va.

Alan brancha l'air conditionné pendant que Diane déposait le sac marin contenant les affaires de Joey près de la porte d'entrée. Elle marcha jusqu'à la chambre de son fils et, sans attendre, en ferma la porte. Ce n'était pas fini. Ce ne le serait jamais.

Une fois encore, elle songea : *Qu'avons-nous fait ?*

33

Le vendredi, lorsque Alex arriva au bureau, tous les regards se tournèrent vers lui. Il savait qu'il avait les traits tirés. Et il se rendait compte que, depuis quelque temps, il devait paraître absorbé, avoir la tête ailleurs. Il avait l'air perdu. À la dérive.

— Où est Pete ?

— Ce n'est pas son projet, répondit Sandy. Il se charge du site dans Brooklyn, tu ne l'as pas oublié ?

— C'est juste, c'est juste. Je ne sais pas où j'ai la tête ce matin.

Comme chaque jour, il consulta l'emploi du temps que sa secrétaire lui avait imprimé.

— Il viendra plus tard, dit-il. Donc, tu penses que Detroit vaut toujours une visite ?

— Milwaukee Junction sera le prochain quartier branché de la ville.

— Ou plutôt, intervint Rob, son *premier* quartier branché.

Tous s'esclaffèrent.

— Beaucoup de réhabilitations et d'investissements sont en cours dans ce secteur. Les lofts ont le vent en poupe, les artistes locaux s'en portent déjà acquéreurs. On vient de partout pour vivre là – de Chicago, de Chapel Hill, et même de New York. Le loyer d'un studio de quarante-cinq mètres carrés à Park Slope permet de louer là une maison individuelle. Sans compter que de nouveaux restaurants n'arrêtent pas d'ouvrir dans le secteur.

— Des fast-foods ?

— Même pas. Je pense à un barbecue grill très select… Tiens, juges-en par toi-même, je l'ai pris en photo…

L'endroit semblait tout à fait haut de gamme. Bar en bois lustré, mobilier actuel. Cuisine open space. Photos de bluesmen célèbres aux murs. Jusqu'au chef cuisinier qui ressemblait à Buddy Guy à l'apogée de sa carrière – cheveux décrêpés et large sourire si engageant que vous mangeriez une de ses chaussures s'il vous la servait.

— C'est un des chefs les plus branchés de La Nouvelle-Orléans. Il a de la famille à Detroit et voulait revenir dans le Nord. Les deux autres sont un resto de cuisine fusion asiatique et un grill.

Rob tendit à Alex une photographie des locaux susceptibles de devenir l'hôtel de luxe : des entrepôts aux portes murées. Alex l'examina puis hocha la tête.

— Qu'en est-il du zonage ?

— Nous l'avons étudié sous tous les angles. Il ne présente aucun problème. Le quartier a besoin d'un bon lifting et d'attirer de hauts revenus. Nous pouvons prévoir un hôtel-restaurant de cent cinquante chambres. La scène jazz est active et on pourrait même organiser des concerts live les week-ends.

— Pourquoi ne pas simplement lancer un restaurant ?

— Parce que, dans dix ans, quelqu'un ouvrira un hôtel, et nous le regretterons.

— Tu t'exprimes comme un nabab de l'immobilier, Rob, dit Alex en souriant pour la première fois depuis son arrivée. Bon. Allons faire un tour là-bas, la semaine prochaine. À vrai dire, je suis intrigué. Je n'arrive pas à imaginer que d'autres promoteurs puissent envisager d'investir à Detroit.

— Sauf Mark Pearson, glissa Sandy.

Alex se tourna vers elle.

— Je le connais, dit-il. Je l'ai croisé ce week-end, alors que nous séjournions à Captiva. C'est un sacré numéro, hein ?

— C'est un vrai fumier, trancha Rob. Pour le Sturges, il nous a coupé l'herbe sous le pied.

— Raison de plus pour que nous ne lâchions pas l'affaire. Trouvons un jour où nous sommes tous disponibles. Nous nous rendrons sur place dans mon avion, puis nous déciderons. Que se passe-t-il du côté du Mason House ?

— Les exterminateurs ont confirmé que les rats et les souris ne sont pas venus tout seuls. Le four dans lequel on en a trouvé un, c'est du matériel industriel, hermétique en diable. Les seules choses qui y entrent, ce sont les plats de Reg.

Alex s'enfonça dans son siège et contempla le plafond.

— Et nous ne voyons toujours pas qui aurait pu faire ça, soupira-t-il.

— Mon conseil ? lança Rob. Après la dératisation, offrons des forfaits week-end et séjours spéciaux. Demandons au chef de changer la carte. Donnons l'impression que nous proposons une nouvelle formule. Les gens seront passés à autre chose. Et la critique de Pete Wells, dans le *New York Times Magazine*, est toujours en ligne.

— Suis ça de près, tu veux bien, Rob ? Sinon, autre chose ? lança Alex à la ronde.

Tous secouèrent la tête.

— C'était génial chez vous, l'autre jour, dit alors Sandy. Merci. On s'est super bien amusés.

— Transmets mes amitiés à Ashley, renchérit Rob. C'était un plaisir de la revoir.

— Ce sera fait.

Peu après, Carol introduisit Pete dans le bureau. Alex, à la fenêtre, vit le reflet du jeune homme venir vers lui.

— Cette vue, lui dit-il. Je ne m'en lasse pas. Bon, parle-moi de Brooklyn.

— J'ai comparé l'évaluation de la valeur de la propriété aux rapports des services de l'hygiène et à l'analyse prévisionnelle des coûts. J'ai refait un tour dans le quartier. Je me suis promené, j'ai parlé avec quelques personnes qui vivent et travaillent dans le secteur. Tous verraient d'un bon œil l'ouverture d'un hôtel à proximité de chez eux. L'immeuble, en l'état, est une horreur et dévalorise les commerces de la rue. Depuis le début de l'année, la moyenne des prix des résidences privées a plus ou moins stagné, voire légèrement augmenté. Ce qui indique que c'est un quartier assez stable.

— Tu as la documentation avec toi ?

Pete fit la moue.

— J'ai eu une panne d'oreiller, si bien que je l'ai oubliée en partant. Je peux retourner la chercher si tu…

— Oh, j'ai une idée. Viens chez moi ce week-end, disons samedi, nous pourrions tout revoir ensemble. Ma femme emmène les filles chez sa sœur, dans le Connecticut, j'aurai tout mon temps pour travailler avec toi. Nous pourrons même dîner rapidement avant que tu repartes.

— Tu es sûr ?

— Sinon, je ne te le proposerais pas. Nous boirons tranquillement un verre ou deux en étudiant ce dossier. Apporte tous les documents et les photos que tu as. Oh, et aussi les rapports des inspecteurs de l'hygiène. Lundi, nous devrons les enregistrer ici.

— J'ai tout en PDF.

— Imprime-les. Je préfère bosser sur papier.

— Sans problème. Donc, demain, d'accord ?

— Parfait. Nous étalerons tout sur la table de la salle à manger et examinerons ça calmement. Si tu me convaincs, ce sera ton projet, ton premier pour la société immobilière Mason. Et on arrosera ça.

Pete semblait flatté. Nouveau venu dans la société, il était sur le point d'apporter son premier contrat, son premier bien immobilier. Il en rosit de fierté, ce qui trahissait sa jeunesse, songea Alex, pas nécessairement son innocence.

— Envoie un mail pour me dire à quelle heure tu arrives, je viendrai te chercher à la gare.

Après le départ de Pete, Alex appela Carol et lui indiqua qu'il ne voulait être dérangé sous aucun prétexte jusqu'à nouvel ordre. Il ouvrit son tiroir et prit le bout de papier sur lequel était écrit le nom *Marty Pollock*. Il le chercha dans Google, et le premier lien qui apparut fut celui d'une liste IMDb dans laquelle il figurait au générique d'un documentaire *Sombres échos : légendes rurales et urbaines,* pour l'épisode intitulé « Le retour de John Otis ». Alex repéra ensuite un lien avec la Tisch School of the Arts de l'université de New York. Quand il cliqua dessus, il tomba sur la photographie d'un jeune homme arborant un bouc, aux lèvres minces, au sourire figé, sous laquelle figuraient son adresse e-mail et son numéro de téléphone professionnel. Sans attendre, Alex le composa sur son portable. On décrocha dès la première sonnerie.

— Marty Pollock.

— Bonjour monsieur. Vous ne me connaissez pas, mais je viens de lire que vous avez réalisé un film sur…

— Je reçois un étudiant et donne un cours dans dix minutes. M'appelez-vous au sujet d'un travail de recherche en particulier ou bien…

— À vrai dire, oui. Auriez-vous la possibilité de m'accorder un rendez-vous, disons, la semaine prochaine ? Je m'appelle Alex Mason, au fait.

Il y eut un silence.

— Mason, répéta Pollock. Celui du camp Waukeelo ?

Alex se redressa sur son siège.

— Vous me connaissez ?

— Disons que je sais qui vous êtes.

34

Kurt Garland était l'avocat des Mason depuis plus de dix ans, mais comme il était rare qu'on engage un procès contre Alex, ils n'avaient pas souvent l'occasion de se voir. Alex avait prié Carol de leur réserver une table au 21 Club et, installés dans un coin calme de la salle, ils savouraient leurs filets de sole. En digne héritier de Melvin Belli*, Kurt sirotait le énième martini d'une longue série tandis qu'Alex en restait à l'eau minérale gazeuse. Cet après-midi-là serait consacré à la remise en marche du Mason House Hotel et à s'assurer que l'inspecteur de l'hygiène serait disponible pour faire un état des lieux la semaine suivante. Rester sobre était primordial.

Sans mentionner le nom de Joey Proctor, Alex décrivit ce que sa famille et lui subissaient.

— À quelles conséquences dois-je m'attendre si je découvre qui se cache derrière tout ça et décide d'agir seul ? C'est que… j'ai toutes les raisons de penser que nous sommes en danger.

---

* Célèbre avocat des stars américaines et, accessoirement, de Jack Ruby.

— Tu me demandes ce qu'il se passerait si, quoi, tu te faisais justice toi-même ? C'est une blague, j'espère.

— Je te signale que ma famille se sent menacée et…

— Tu as déjà entendu parler de la police ? Eux, ils sont payés pour tuer des gens et ils font ça tout le temps. Et toi, tu es prêt à le faire pour rien. Mais si tu ne peux pas prouver la légitime défense, tu es bon pour un procès. Et n'espère même pas… Ici, nous n'avons pas la possibilité d'arguer de la « défense des biens ». Nous ne sommes pas en Floride.

Alex se pencha en avant et, baissant la voix, dit :

— Je veux seulement savoir ce que je risque.

— Si tu tuais un intrus entré par effraction chez toi ?

— Par exemple.

Kurt reposa son verre.

— Tu te sens réellement en danger ? Parce que, je le répète : en pareil cas, les policiers sont de ton côté.

Alex secoua la tête.

— Pas de flics. C'est une affaire privée. Je ne veux aucune retombée médiatique.

— Dans ce cas, moi, à ta place, je louerais les services d'une société de sécurité privée vingt-quatre heures sur vingt-quatre. Tu en as les moyens.

Alex y avait déjà pensé, mais cela ne résoudrait pas ses problèmes. Des vigiles feraient fuir un importun, mais cet inconnu serait toujours présent, ici ou là, attendant le moment propice. Tourmenter Alex avec ces canulars semblait ne mener nulle part. Sauf si on cherchait à le faire craquer ou à couler sa boîte. Sur ces deux plans, il était seul maître à bord et devait éviter les risques de surmenage et de faute professionnelle.

Jusqu'alors, il s'était montré un homme d'affaires avisé et responsable.

— Pas de vigiles. Je ne me vois pas imposer ça à ma famille.

— Dis-moi, Alex. De quoi s'agit-il, exactement ?

— Le secret professionnel couvre les conversations privées autour d'un déjeuner au 21 ?

Kurt s'esclaffa.

— Même ce que nous nous dirions, plantés chacun devant son urinoir, serait protégé.

Néanmoins, Alex restait sur ses gardes. Évoquer l'incident survenu tant d'années plus tôt dans ce camp de vacances ouvrait la voie à toutes sortes de pensées qu'il valait mieux ne pas revisiter. Le passé était passé, sauf que le passé ne passait jamais. Le passé restait étroitement lié à sa vie quotidienne. Le passé, se rendait-il compte, pourrait bien composer son avenir. À moins qu'il n'y mette un terme, une bonne fois.

— Permets-moi de te poser une autre question. Quelle sanction pénale encourt-on pour non-assistance à personne en danger ?

Kurt le dévisagea longuement.

— Il faut être plus précis, Alex.

Le serveur apparut à leur hauteur.

— Monsieur souhaite un autre martini ?

Alex ne put s'empêcher de sourire car, bien entendu, Kurt ne disait jamais non.

Une fois le serveur hors de portée de voix, Kurt le relança :

— De quoi parles-tu, au juste ?

Alex inspira à fond. Il se rendait compte qu'il ne pourrait pas éviter de parler de Joey Proctor.

— Quelque chose est arrivé quand j'étais en fac.

— Surtout, ne m'annonce pas que tu as commis un viol.

— Je t'en prie, Kurt. J'étais moniteur dans un camp, et j'ai laissé un gamin sur un radeau au beau milieu d'un lac.

— D'accord… et alors ?

— Il m'est complètement sorti de l'esprit.

Kurt recula le buste le temps que son verre soit déposé devant lui. Il tira une olive du bâtonnet et la mâcha, l'air songeur.

— On est loin de la non-assistance à personne en danger.

— Plus personne ne l'a jamais revu.

— Il faut que tu m'en dises plus, Alex.

— Je suis retourné sur place pour récupérer le gosse, mais il avait disparu. Son corps n'a jamais été retrouvé.

— Il devait bien être quelque part.

— Le camp a été fouillé de fond en comble. Ainsi que les propriétés environnantes. Je me demande ce qui se passerait si, tu sais, on finissait par retrouver un cadavre.

— Dans quel État cela s'est-il produit ?

— Le Massachusetts.

— Je vérifierai, mais je pense que le délai de prescription pour une affaire de négligence criminelle doit être de trois ans. Ici, dans l'État de New York, c'est deux. Tu ne risques plus rien, Alex. Et, à moins que l'ADN ne puisse parler, faire le lien entre une personne disparue, et sans doute morte voilà des années, et quelqu'un de nos jours, ça n'ira pas chercher loin devant les tribunaux. Bref, de toute façon, qu'est-ce que ça a à voir avec les menaces dont tu fais l'objet ?

— Je crois que ce gamin que j'ai abandonné à son sort, là-bas, est revenu pour me pourrir la vie. Pour briser mon couple. Pour terroriser ma famille.

Le serveur vint desservir, puis leur laissa la carte des desserts. Il s'apprêtait à s'éloigner quand Alex l'arrêta d'un geste.

— Pour moi, ce sera un Macallan. Sec.

Au diable la sobriété.

— De dix-huit ans d'âge, cela vous conviendra-t-il ?

— Comme vous voulez.

— Ça ne va vraiment pas fort, lança Kurt. En temps normal, rien ne t'atteint.

— Oui, eh bien là, c'est différent.

— D'accord, je vérifierai ce que tu risques. Tu penses que si ce gars réapparaît – si tu reconnais en lui le gamin que tu as abandonné, ce dont tu me permettras de douter – et tente une action contre toi, tu pourrais l'abattre et invoquer l'état de légitime défense. Tu devras avoir bien plus à lui reprocher que de se présenter chez toi pour te sonner les cloches. Il faudrait qu'il exerce sur toi une menace réelle.

— Le simple fait qu'il me contacte n'en constitue pas une ?

— Seulement s'il y a intention criminelle – s'il vous menace, toi ou les membres de ta famille. Mais s'il ne fait que venir te rendre visite, ce n'est pas considéré comme de l'intimidation.

L'avocat tripota le pied de son verre.

— Tu te trimballes un max de culpabilité, dis-moi.

— J'ai été stupide, c'est tout. Mais je n'ai pas fait de mal à ce garçon.

— Non. Tu l'as abandonné. Tu as supposé qu'il s'en sortirait. Quelqu'un qui passait a dû le tirer de là. Ou l'enlever. Depuis, il a disparu. Non-assistance à personne en danger est le pire délit pénal que tu encoures. Mais, comme je te le disais, la prescription…

— Dis-moi juste ce qui pourrait arriver si je réglais cette affaire par moi-même.

— Si tu le tuais, c'est ce que tu veux dire ? chuchota Kurt.

Alex l'admit d'un signe de tête.

— Pour commencer, je ne veux rien entendre de plus sur tes intentions. Nous n'avons jamais eu cette conversation et pas une fois je ne t'ai encouragé à enfreindre la loi, nous sommes d'accord ?

— Bien entendu.

— Parce que tu n'as strictement aucun moyen de t'en sortir si tu le supprimes ou même si tu lui fais seulement du mal. À moins que tu ne puisses prouver qu'il t'agressait ou que tu es privé de discernement. Ce qui semble être le cas aujourd'hui, si tu veux mon avis. Pour moi, ce sera un riz au lait, lança-t-il vers l'ombre du serveur qui s'avançait.

— Très bien, monsieur, dit celui-ci en posant le digestif devant Alex.

— Et un autre martini.

VI

35

Alex patientait, assis dans son pick-up, garé devant le petit bâtiment rouge des bords de l'Hudson qui faisait office de gare régionale. Il avait acheté ce véhicule pour trancher avec sa Bentley à deux cent mille dollars, pour les jours où il désirait être assimilé à ceux qu'il n'était pas et ne serait jamais : les travailleurs manuels, qui portaient du matériel et crachaient sur le trottoir, n'avaient peur ni de la poussière, ni de la boue, ni du gravier, ignoraient comment ils gagneraient leur prochain dollar, bref, se contentaient de peu – une condition qu'il n'avait jamais connue de sa vie. Il savait que ceux-là n'auraient jamais les moyens de s'offrir une nuit dans un de ses hôtels, et seraient même horrifiés par le prix d'un verre dans un de leurs bars.

À la mort de son père, Alex avait hérité de la fortune et des affaires familiales et avait su les faire prospérer, de même que son nom et sa renommée. Pourtant, en s'installant au volant, il éprouvait le sentiment que sa réussite résultait d'un combat colossal, comme s'il lui suffisait de s'asseoir dans ce pick-up pour devenir un marxiste pur et dur que l'existence aurait ballotté en lui faisant affronter des tempêtes et des glissements de terrains, pulvériser les obstacles qui se dressaient sur sa route alors que, en vérité, le véhicule passait le plus clair de son temps au garage. Sa carrosserie n'était ni éraflée ni cabossée, la stéréo déversait entre les sièges capitonnés la programmation musicale ou les débats de son choix, et les finitions étaient toujours aussi éclatantes et immaculées que le jour où il était sorti de chez le concessionnaire de Mount Kisco, voilà quelques années. Mais son avantage était que, lorsqu'il le conduisait pour se rendre au magasin de vins et spiritueux ou au bureau de poste, les piétons ne lui lançaient pas de regards hargneux, contrairement aux fois où il roulait en Bentley.

Quelques autres voitures étaient stationnées autour de lui, leurs chauffeurs attendant, eux aussi, l'arrivée du train de 16 h 20 en provenance de Grand Central Station, mais Alex n'en reconnut aucun. La gare appartenait au passé, à l'époque où Ash et lui vivaient non loin de là dans une maison jumelée, reconvertie en deux appartements, à dix minutes à pied. Cette propriété ayant, dans les années 1920, appartenu à une famille bourgeoise, la plupart des aménagements d'époque avaient été conservés, dont le jardin à l'italienne où se dressaient d'élégantes colonnes et de hautes vasques en pierre, éléments de décoration signés du paysagiste Frederick Law Olmsted. La piscine, un fleuron de l'architecture en vogue durant les Roaring Twenties, semblait tout droit sortie d'un roman de John Cheever, tout comme la plupart des couples qui habitaient dans ce quartier à la même période que les Mason, tous les maris en pantalon et polo pastel, tous ventripotents, tous farcis de problèmes conjugaux qu'ils évoquaient à voix basse en buvant des bourbons et des *dirty martinis* (comme un dry mais avec un trait de jus d'olives en plus). Ashley et lui avaient été les nouveaux venus, le couple jeune et beau sans enfant, plus blonds que les blés, plus légers que l'air. Désormais, Alex surpassait tout le monde : ces gens qu'il avait connus à l'époque, ces voisins qui dissimulaient à peine leur mépris, n'étaient plus des corps célestes de son univers et ne se plaçaient plus que très rarement sur son orbite. On s'étonnait souvent que sa famille et lui ne vivent pas à Manhattan, mais il appréciait l'intimité qu'ils gagnaient à habiter en dehors, et prenait plaisir à se rendre en voiture en ville, même les jours où les bouchons le retardaient. Sa Bentley était aussi silencieuse et bien équipée que ses suites d'hôtel les plus luxueuses, si bien que, à l'intérieur, il pouvait décrocher de la réalité.

Le train arriva. Alex vit des passagers sortir de la gare. Une femme d'un certain âge monta dans le vieux break Volvo qu'il avait aperçu un peu plus tôt en ville orné d'autocollants usés de Barack Obama et d'Hillary Clinton, au côté de stickers de lycées et d'universités un peu trop nombreux, sous-entendant renvois et échecs cuisants. Une femme, parlant au téléphone portable, s'engagea dans la côte à pied. Un jeune couple afro-américain prenait place à bord de leur Audi dans laquelle ils avaient déposé leurs sacs de courses. Mais pas de Pete.

Le train repartit vers le nord à destination d'Ossining. Alex descendit de son pick-up et se dirigea vers le quai désert, jetant de nouveau un coup d'œil à sa montre. Il craignit que Pete ne se soit endormi et ne se rende compte qu'il avait manqué son arrêt en se réveillant à Peekskill, voire au terminus de la ligne, à Poughkeepsie. S'il avait raté son train, il aurait certainement passé un coup de fil à Alex. Ce dernier patienta quelques minutes, puis regagna son véhicule. Ce fut là, quand il ouvrit la portière, qu'il trouva Pete, déjà assis sur le siège passager, ceinture de sécurité bouclée.

Alex éprouva la sensation d'avoir été trompé par le narrateur d'une histoire qui n'était pas la sienne.

— Je suis arrivé en avance à Grand Central, du coup, j'ai pris le train de 15 h 20.

—Tu es là depuis combien de temps ?

— Une petite heure. J'ai fait le tour du quartier, j'ai marché le long de la rivière. C'est une journée splendide.

— Tu aurais dû me téléphoner.

— Tu as raison, j'aurais dû le faire.

Alex mit le contact.

— Mais tu ne l'as pas fait.

— Je vois rarement des paysages pareils. Tu sais, j'habite dans un studio, à Bushwick.

— Comment savais-tu que c'était mon pick-up ?

Pete sourit comme si un secret lui brûlait les lèvres.

— Lors de la soirée que vous avez organisée pour l'équipe… Votre garage était ouvert, et je me suis souvenu de ton immatriculation.

MASON2. Comme si Alex était un homme qui n'avait rien à cacher. Il effectua sa marche arrière.

Dès qu'ils arrivèrent à la villa, ils se mirent au travail. Plus Pete développait ses arguments favorables à ce projet, plus Alex se disait qu'il avait fait du bon boulot. Si les rapports d'inspection étaient mitigés – l'immeuble était très délabré, ce qui conduirait certainement à devoir le démolir et à reconstruire sur les anciennes fondations –, la localisation restait l'argument d'achat principal. Un ami de Pete, qui préparait un master à l'école supérieure d'architecture de Columbia, avait dessiné ce que pourrait devenir un tel investissement dans ce quartier. Alex devait reconnaître que c'était prometteur.

Ensuite, s'installant sur des transats au bord de la piscine, ils discutèrent du futur rôle de Pete dans cette négociation si Alex y donnait suite.

— Tu sais, dit Alex, je consultais de nouveau ton C.V., au bureau, l'autre jour. Je dois dire qu'il est très impressionnant. Université de Chicago, puis diplômé de la Harvard Business School. Tu vas finir par me donner des complexes.

Pete leva sa bière, hocha la tête pour signifier qu'il appréciait le compliment.

— La Wharton School, ce n'est pas mal non plus, Alex.

— C'est sûr. D'où es-tu originaire, Pete ?

— New York.

— Ah, donc tu as grandi en ville.

Tout comme Joey Proctor. Alex se souvint que les parents du garçon, lorsqu'ils étaient venus au camp au lendemain de sa disparition, arrivaient en voiture de New York.

— Dans le quartier de Riverdale, pour être précis. Je suis allé à la Collegiate School. Et j'ai enchaîné avec la prépa, forcément.

— Et l'été ?

— Dans un camp. Comme la plupart des enfants de mon âge.

— Comment ça se passait ?

— Bien.

Alex s'avisa du niveau de sa boisson. Il devrait bientôt se resservir.

— Pas ravi d'y être, je parie ? relança-t-il.

— Disons que je m'y amusais rarement.

Alex se dirigea vers le chariot à alcools, fit tomber des glaçons dans son verre et se servit trois doigts de whisky.

— C'est là-bas que tu as eu cette mauvaise expérience avec la natation ? Celle dont tu m'as parlé ?

— Oui. Elle a mis fin à mon séjour, d'ailleurs.

— Attends. Laisse-moi te resservir.

Alex se sentait gagné par l'ivresse. Soudain, il trébucha, ce qu'il dissimula d'un mouvement habile en tendant à son invité une nouvelle Corona.

— Ça va ? demanda Pete.

— Nous avons eu quelques petits problèmes ici, à la maison, ça a été un peu stressant. Ça me fait du bien de me détendre, ce soir.

Alex but une gorgée de scotch et posa son verre sur la table basse.

— Nous sommes harcelés, mais nous ne savons ni par qui ni pourquoi. C'est surtout dur pour les filles.

— Mon Dieu, désolé d'apprendre ça. Vous avez prévenu la police ?

Alex expliqua qu'elle ne pouvait pas faire grand-chose à ce stade, sans qu'il ne se soit rien passé de plus grave.

— Nous sommes, en deux mots, livrés à nous-mêmes. Tout ce que nous espérons, c'est que ça cesse.

— Tu ne penses pas qu'un concurrent est derrière tout ça ?

— C'est possible. Bref, voilà pourquoi Ashley et les

enfants sont partis dans le Connecticut. Pour échapper à cette histoire de dingue.

Pete attendit avec lui que le barbecue chauffe. Alex avait acheté de beaux steaks et du maïs ainsi qu'une salade chez un traiteur du coin. En prenant son verre, il se dit qu'il aurait mieux fait de ne pas se resservir. Trop d'alcool, et il ne contrôlerait plus ses propos. Voilà l'effet que Joey a sur moi, songea-t-il. Puis il se dit qu'il ferait mieux d'arrêter définitivement l'alcool.

— Avant que nous soyons tous deux trop éméchés, termine donc ton exposé. Ensuite, j'irai mettre l'eau à chauffer pour le maïs, puis nous ferons griller les steaks.

— Tout vient du fait que Brooklyn devient très couru et qu'il reste très peu de quartiers qui n'aient pas été réhabilités comme l'ont été Park Slope ou Williamsburg. Donc, le temps nous est compté, Alex. Nous pourrions appeler l'établissement le Mason Red, en référence à Red Hook. Un hôtel-boutique, mais très personnalisé. Nous en ferons un lieu incontournable. Les clients auront envie de revenir, et souvent. Créer un restaurant hyper branché en recrutant un chef cuisinier de Brooklyn, un type qui monte et nous vaudrait un bon bouche-à-oreille. Spa de grand luxe, super salle de gym.

— Pas de piscine ?

Pete se fendit d'un sourire.

— Hors de question.

Alex s'esclaffa.

— Les taxis rechignent à faire le trajet entre Manhattan et Brooklyn. Ce pourrait poser problème.

— C'est compter sans Uber et Lyft. La plupart des gens de ma génération passent par eux, de nos jours.

Pete suivit Alex à l'intérieur de la villa et admira la vaste cuisine.

— Très joli, commenta-t-il.

— Tu n'étais pas entré quand tu es venu à la soirée ?

— Nous sommes presque tous restés dehors.

Alex alluma l'éclairage de la piscine et la chaîne hi-fi posée sur le comptoir, puis pressa le bouton *play*. La musique se répandit au-dehors, déversant au-dessus du bassin la chanson même qui les avait réveillés en pleine nuit, sa famille et lui.

I'm sitting on the dock of the bay…

— Qui chante ?

— Tu ne reconnais pas la chanson, Pete ?

— Je ne l'ai jamais entendue.

— Otis Redding. Un vieux tube, mais j'aime beaucoup. Pas toi ?

— Oui, c'est très mélodieux, sympa, j'aime bien sa voix.

Pete suivit Alex qui retourna au bord de la piscine, tout éclairée en cette soirée chaude et paisible. Alex ouvrit le barbecue et déposa les steaks sur la plaque. Aussitôt, ils se mirent à grésiller.

— Je trouve que tu as fait un excellent travail de recherche sur ce bien, et ton pitch est, tu peux me croire, un des meilleurs qu'il m'ait été donné d'entendre. Cela dit, je t'ai proposé de venir pour une tout autre raison, Pete. J'ai besoin de savoir, je veux tirer les choses au clair une bonne fois. Et ne me mens pas, d'accord ?

Le sourire de Pete s'estompa. Il surveilla du coin de l'œil Alex qui but son whisky d'un trait avant de reposer le verre, mais rata la table et celui-ci tomba par terre. Alex parut ne pas s'en apercevoir.

— Avant que je ne t'embauche, nous étions-nous déjà rencontrés ?

Pete parut déconcerté.

— Je savais qui tu étais, bien sûr, répondit-il, mais nous n'avions jamais été présentés.

— Parce que… j'ai l'impression que tu as voulu entrer dans ma société dans un but précis.

Alex vacilla sur ses jambes au point que Pete tendit le bras pour le retenir, alors que les quelques bières que lui-même avait bues lui étaient déjà montées à la tête.

— Réponds franchement, Pete.

— Le fait que j'aime travailler avec toi ne te paraît pas une raison suffisante ?

— Joey, souffla Alex. Ce prénom t'est-il familier ? C'est celui qui était peint sur le mur de l'immeuble de Brooklyn.

Pete semblait ne plus savoir que penser.

— Je ne vois pas où tu veux en venir, Alex.

— Oh, allez, tu en sais aussi long que moi, hein ? Je te demande simplement de tout me dire, et après, on passera l'éponge. Le sang dans la piscine ? La panne d'ascenseur ? Et cette chanson ? Ça te parle ? Non ? Oui ? Les photos que tu as prises au bar du Mason House ?

— Pourquoi est-ce que je…

— Disons que je ne me trompe pas, bafouilla Alex. Non, non, non, écoute-moi jusqu'au bout. Que veux-tu, au juste… que je te fasse des excuses ? Du fric ? De l'avancement ?

Pete posa sa bière.

— Je ferais sans doute mieux de rentrer chez moi, souffla-t-il.

Alex tituba jusqu'au chariot à alcools et se resservit un whisky. Il en avala la moitié, reposa son verre. Son visage s'était empourpré et il transpirait à grosses gouttes.

— J'ai relu ton dossier perso, bafouilla-t-il. Tu écris dans ta lettre de candidature que tu sollicites un emploi uniquement auprès d'une société : la mienne.

— Tu diriges une des entreprises les plus florissantes du…

— Ce n'était pas pour cette raison, Pete. Tu t'es trahi quand tu m'as dit que tu ne savais pas nager. Qu'un moniteur t'avait traumatisé. Oui, je te comprends. Je sais que je me suis mal comporté. Mais le temps a passé, hein ? Alors, dis-moi, quand as-tu changé de nom ?

— Écoute, je ne vois p…

Alex lui planta l'index dans la poitrine.

— Tu briguais ce poste pour te rapprocher de moi, bien sûr. Pour t'immiscer dans ma vie. Voir ma villa, connaître ma femme, c'est bien ça, Joey ? Ces rats et ces souris au Mason House… Ils n'y sont pas arrivés tout seuls. Alors, raconte-moi, que s'est-il passé, en réalité, après que je t'ai laissé sur le radeau ?

Il avait posé la main sur l'épaule de Pete qu'il serrait si fort que le jeune homme grimaçait.

— Quelqu'un qui passait par là en barque t'a secouru ? On t'a kidnappé ? Pas John Otis, c'est impossible. Ça, c'est juste l'histoire que les monos racontent depuis des lustres.

Pete se libéra de la poigne d'Alex et fit un bond arrière, se rapprochant du bord de la piscine.

— Il vaut mieux que je rentre, dit-il. J'irai à la gare à pied. Tu n'es pas en état de conduire.

— Allez, dis-le. Mais dis-le, que c'est toi qui es derrière tout ça. Ensuite, nous trouverons bien le moyen de tout arranger entre nous.

Alex empoigna Pete et le secoua violemment.

— Mais dis-le, bordel ! Putain, qu'est-ce que t'attends, reconnais-le !

— D'accord, d'accord, oui, c'est bon, je dirai ce que tu veux, bredouilla Pete, se libérant d'un mouvement brusque et tendant les mains devant lui, l'air effaré. J'ai fait ce que tu crois que j'ai fait, et je te présente mes excuses. Ça va, tu te sens mieux ?

— Tu as tout manigancé, alors, hein ? Le sang, le nom sur le mur, les photos, les rats, la…

— Tu veux bien me laisser passer, s'il te plaît ?

Par-delà l'ivresse, Alex eut un sourire en coin et tapota l'épaule de Pete.

— Brave garçon. C'est terminé, maintenant, hein. C'est enfin terminé.

Il lui donna une bourrade amicale, comme pour dire qu'il tirait un trait sur toute cette histoire. Mais Pete perdit l'équilibre, trébucha et bascula dans le grand bain. Il agita les bras et les jambes de manière désordonnée et se débattit, créant des remous et s'éloignant du bord malgré lui. L'homme se noyait, tentant frénétiquement et vainement de s'accrocher à n'importe quoi qui serait susceptible de le sauver, et son expression de terreur semblait refléter, tel un miroir, celle du visage de Joey vingt et un ans plus tôt sur les bords du lac Echo. Alex plongea, sentant que le poids de ses vêtements l'attirait vers le fond, et enserra fermement le torse de Pete.

— Ne résiste pas… laisse-moi t'aider… laisse-moi te sortir de là… allez, calme-toi… je ne te laisserai pas te noyer, je te promets… détends-toi… fais-moi confiance…

Mais Pete continuait de se débattre, de le repousser tandis que ses poumons se remplissaient d'eau. Pendant une fraction de seconde, Alex détesta Pete autant qu'il avait haï Joey à le voir si désemparé, en victime désignée. Or, cette fois, il n'avait pas le choix. Il lui sauverait la vie, et réglerait son cas ensuite. De l'argent changerait de mains. Le silence serait acheté.

Quand Alex voulut tirer Pete hors de l'eau, celui-ci prit une inspiration, cherchant l'air, et se débattit de plus belle si bien qu'il coula encore et encore puis, finalement, ne bougea plus, les bras en croix, le corps inerte. Il fallut quelques instants à Alex pour comprendre ce qui venait de se produire. Il agrippa Pete et, lentement, non sans mal, le hissa jusqu'à l'échelle.

La chanson passait en boucle pendant qu'il traînait le corps le long de la piscine. Il fit un massage cardiaque, du bouche-à-bouche, sans résultat, et s'écria :

— Pete, reste avec moi !

Les méthodes qu'on lui avait inculquées quand il passait son diplôme de maître-nageur ne servaient à rien.

Pete Kellerman était mort. Ses yeux exorbités, inexpressifs, semblaient fixer Alex.

— Oh, mon Dieu, murmura Alex, toujours à genoux. Qu'est-ce que j'ai fait ?

Il lui fallut près d'une heure pour envelopper le cadavre dans une bâche et le charger à l'arrière de son pick-up, Pete étant devenu un poids, et un volume, rien de plus. Alex ferma le hayon, s'assit au volant et resta là, hébété, au bout de l'allée. Pourtant, il se sentait gagné par une sensation de paix intérieure qu'il ne connaissait plus depuis des semaines. Enfin, c'en était terminé. Joey était mort.

Dès lors, la vie pouvait reprendre son cours normal.

36

Un grand héron bleu solitaire volait au ras du lac, ses larges ailes fendant l'air de leurs mouvements languides dans les premières lueurs de l'aube quand, soudain, le plouf sonore qui troubla la tranquillité de l'eau fit s'envoler une nuée d'hirondelles vers le ciel. L'objet dériva quelques secondes, créant des ondulations qui, bientôt, caressèrent les rives. Ensuite, le calme revint.

Alex était allongé sur son lit, portant encore ses vêtements de la veille. Il essayait toujours de se convaincre que tout était bel et bien derrière lui, que l'épreuve subie par sa famille avait pris fin. Joey avait survécu et consacré un peu trop de temps à préparer sa vengeance, alors qu'il aurait pu se contenter de demander des comptes à Alex, reconnaître sa réussite sociale, voire obtenir une compensation : de l'argent ou une plus haute fonction dans l'entreprise. Dans le monde qui était le sien et où tout se négociait, Alex l'aurait parfaitement compris : Pete-Joey s'était fait recruter non seulement pour se rapprocher de lui, mais aussi pour en tirer un bénéfice personnel. À sa place, Alex en aurait sûrement fait autant. Et maintenant, c'était terminé. C'était un accident. Alex avait réellement tenté de le sauver, en vain. Il avait fait de son mieux, et ce qui était arrivé ne devait en aucun cas lui rester sur la conscience. Un accident, se répéta-t-il. Désormais, rien ne pourrait le mettre en danger.

Lorsqu'il se réveilla, au matin, dessoûlé, épuisé, les muscles endoloris, il se rendit compte qu'il était allé trop loin. Il pourrait prévenir la police en déclarant une noyade accidentelle – Pete avait trop bu, Alex était rentré pour aller chercher des amuse-gueules et, à son retour, Pete était mort. *Ce sont des choses qui arrivent,* songea-t-il. *Une enquête de routine pour la police locale.* Alex serait vite innocenté. Mais à présent, il était trop tard. Désormais, il ne s'agissait plus d'un accident. Et personne ne saurait jamais ce qui s'était réellement joué ici.

Où était Pete ? Question dont lui seul connaissait la réponse.

Alex se leva et descendit au rez-de-chaussée où il se rendit compte que, la veille au soir, il avait oublié de brancher l'alarme. La porte d'entrée n'était pas fermée à clef, et celle de la cuisine, qui donnait accès à la piscine et au court de tennis, non plus. Aucune d'elles n'était entrebâillée. Tout était à sa place : les œuvres d'art, les appareils électroniques – on ne les avait pas touchés, on ne les avait pas volés, personne ne s'était introduit dans la maison pendant la nuit. Et maintenant, Joey n'était plus.

Voyant son pick-up sous le portique, Alex prit ses clefs et le recula sur une des quatre places de stationnement. Il abaissa le hayon et ne vit rien qui pourrait le trahir, hormis quelques gouttes d'eau. Il grimpa sur le plateau, ôta son T-shirt et ne repartit qu'après avoir séché toutes les taches.

Comme toujours, le *Times* du dimanche attendait au bout de l'allée, jeté par-dessus le portail dans son film plastique bleu transparent. Tout en buvant son café et en avalant quelques comprimés d'Advil, Alex parcourut les annonces commerciales et immobilières. Il alla ensuite se doucher puis se fit griller du pain et se resservit du café. Il n'éprouvait rien. Il avait les idées claires, comme si le sommeil l'avait nettoyé, vidé de toute trace de culpabilité susceptible de revenir le hanter. Vers midi, il entendit une voiture se garer et les voix de ses filles lui arrachèrent un sourire, l'emplirent d'un sentiment de reconnaissance. À présent, ils pouvaient redémarrer de zéro. À présent, l'avenir leur souriait.

Sa femme et ses filles semblaient avoir été revigorées par leur escapade du week-end. Becca et Lyndsey le saluèrent à peine, montant aussitôt dans leur chambre tandis qu'Ashley cherchait un vase pour les fleurs que sa sœur avait cueillies à son intention. Elle y versa de l'eau, puis le plaça sur le comptoir où les rayons du soleil pénétraient de biais par les fenêtres de la cuisine.

Il lui demanda comment leur week-end s'était passé.

— Formidable. Tu sais que Susie a un poney ? Applejack. Lyndsey l'a monté pour la première fois.

— Lyndsey ? Sans blague ?

— Au début, elle avait peur mais elle a très vite pris de l'assurance. Susie lui a même appris à trotter. Il se pourrait qu'elle demande à faire de l'équitation. Qu'est-ce qui ne va pas, Alex ?

— Comment ça ?
— Je le vois à ta tête. Qu'est-il arrivé ?
— Tout va bien maintenant.
Elle lui prit la main.
— Tu trembles.
— Bu trop de café.
— Non, il y a autre chose.
— Je te répète : tout va bien maintenant.
— Comment ça « maintenant » ? Tout va bien *maintenant*. Qu'entends-tu par là, au juste ?
— S'il te plaît... ne hausse pas le ton, pas de panique.
Il inspira à fond.
— Sortons, proposa-t-il.
Ils marchèrent jusqu'à la piscine.
— Bon. C'est derrière nous. Personne ne nous ennuiera plus, crois-moi.
— Qu'est-ce que tu as fait, Alex ?
— Ne me pose pas de questions, d'accord ?
— Tu dois tout me dire.
Il baissa les yeux vers la piscine. De l'eau, rien d'autre, profonde et bleue, tachetée par les reflets du soleil, une feuille d'arbre flottant, solitaire, à la surface.
Elle suivit son regard.
— Qu'est-ce que c'est ? s'étonna-t-elle.
À l'aide de l'épuisette, elle récupéra l'objet en question. Ce qu'il avait pris pour une feuille était, en réalité, un billet de vingt dollars froissé.
— Comment est-il arrivé là ? s'étonna-t-elle.
Il savait qu'il y aurait une zone d'ombre, une lacune dans le mensonge qu'il s'apprêtait à dire, une brèche que les autres pourraient ouvrir et explorer. Ashley

contemplait le billet comme si elle n'en avait jamais vu.

— Je n'en sais rien, Ash. On s'en moque, non ? Je voulais te dire que le petit jeune qui bosse pour moi, tu sais, Pete Kellerman ? Maintenant, tout est clair. C'est lui que j'avais oublié sur le radeau. Il a dû changer de nom et s'est fait embaucher pour pouvoir, comment dire, se venger de moi. Mais c'est du passé. Nous n'avons plus aucune raison de nous inquiéter.

Sa femme le dévisageait.

— C'était lui, tu en es certain ?

— Il l'a reconnu. Il s'est confondu en excuses. Il s'en voulait surtout de vous avoir fait peur, aux enfants et toi. C'est fini, Ashley. Nous pouvons passer à autre chose. Il ne fait plus partie de mes collaborateurs, ni de notre vie. Pour toujours.

— Tu lui as présenté des excuses pour ce que tu lui as fait alors qu'il n'était qu'un enfant ? C'est que… pour agir de la sorte envers nous, envers ton entreprise… Soit il est fou, soit il n'a toujours pas surmonté l'épreuve que tu lui as infligée. Ça a dû le traumatiser.

— C'est du passé, d'accord ? Fini. N'en parlons plus.

— Comment ça, tu l'as licencié ?

— En quelque sorte.

Alors qu'elle s'apprêtait à poser d'autres questions, le jingle de leurs téléphones portables retentit, leur signalant qu'ils avaient, l'un et l'autre, reçu un message. Ils avaient été envoyés d'un numéro masqué et chacun renvoyait sur le même lien : on suivait quelqu'un qui marchait dans leur villa, pas à pas. D'abord jusqu'à la chambre de Lyndsey. Elle dormait sur le ventre, bouche entrouverte, flanquée d'une ribambelle d'animaux en peluche. La caméra fit un panoramique, ressortit dans le couloir. Ashley porta la main à ses lèvres car elle ne parvenait pas à y croire..

Becca dormait en débardeur, sourire aux lèvres. Contre elle, on voyait son ours en peluche borgne, qu'elle possédait depuis qu'elle était bébé.

— Je…, s'écria Ashley.

Puis elle retomba dans le silence tandis que la personne qui filmait s'avançait vers la chambre parentale dont la porte était entrouverte. Soudain, une main gantée de latex bleu poussa lentement le battant. Dans la pénombre, on ne distinguait que deux silhouettes sur un lit, comme au début d'une scène de film d'horreur qui se terminerait avec des éclaboussures de sang sur les murs et des corps à la tête arrachée.

— C'est quoi ? C'est qui ? hoqueta Ashley. Il va nous tuer !

Alex lui posa une main sur le bras en voyant la caméra se rapprocher. Alex était recouvert par le drap tandis qu'Ashley dormait nue, portant son masque de sommeil, le visage illuminé par un sourire. Un peu plus tard, la main se tendait vers Alex, faisant le geste de lui tirer une balle dans la tête. Puis elle recula, comme si la menace avait été mise à exécution.

Ashley vacilla et se retint au bras d'Alex.

— Non… Non, cela ne se peut pas, murmura Alex.

— Mon Dieu, geignit sa femme. Mon Dieu, oh mon Dieu !

Alex et elle se regardèrent, tous deux sous le choc.

— C'est impossible, asséna-t-il.

— Il est venu ici, Alex ! Il est entré dans la chambre des filles. Il se tenait au-dessus de leur lit. Et de notre lit. Il allait et venait dans la maison, et nous ne nous en sommes même pas rendu compte ! Nous n'avons strictement rien entendu !

Alex relança la vidéo sur son téléphone. Il l'arrêta sur la scène qui se déroulait dans leur chambre.

— On voit un reflet dans le miroir, dit-il.

Il distinguait à peine le profil obscur d'un visage aux yeux globuleux et à la bouche difforme, tubulaire et monstrueuse. C'était une créature qui n'avait rien d'humain, venue d'on ne savait où, si bien qu'un nom lui vint à l'esprit : John Otis.

— Quoi ? s'écria Ashley.

Il continuait de regarder l'écran du téléphone. Comme tout le reste, cela n'avait aucun sens. Car Pete était mort ; et Joey, c'était de l'histoire ancienne.

— La personne qui a fait tout ça, murmura-t-il, qui a mis le… sang dans la piscine et tout le reste, c'est elle qui t'a envoyé les photos. Celles qui ont été prises au bar de l'hôtel. Elle voulait me piéger.

Ce qui impliquait que Pete était vivant, puisqu'il les leur envoyait. Pourtant, il n'a pas pu survivre, songea Alex, revoyant le corps sans vie au bord de la piscine, les yeux fixes, inexpressifs.

À moins qu'il n'ait tout de même survécu…

— Je veux que les filles ne sachent rien de tout ça, dit-il.

— Il est hors de question que je passe une nuit de plus dans cette maison. Elle est souillée, elle n'est plus à nous, elle appartient à ce… à cette chose.

Alex la retint par le bras et la tira vers lui.

— Nous ne pouvons pas partir. Nous sommes ici chez nous. Nous ferons installer une nouvelle alarme. Changer les verrous. J'embaucherai un vigile.

— Tu penses que ça suffira ? Ce… je-ne-sais-quoi,

ce monstre, est entré chez nous, Alex. *Chez nous.* Pendant que nous dormions. Parle à la police de ce fumier qui travaille pour toi. Tu pourras le payer autant que tu voudras, mais moi je veux le voir derrière les barreaux, tu comprends ? Dégage-le de notre vie !

Alex la serra contre lui.

— Calme-toi, dit-il. Nous devons réfléchir. Je dois réfléchir. Tout va bien se passer.

— Qui sait depuis combien de temps il s'amuse à faire ça ? D'ailleurs, comment a-t-il obtenu nos numéros de portable pour nous envoyer ces horreurs ? Quelle sera la prochaine étape ? Il s'en prendra aux filles ? Il me violera ?

Elle s'affala dans un transat et enfouit son visage dans ses mains. Il s'assit à côté d'elle et la prit par les épaules. Elle pleurait à chaudes larmes.

— Je ne laisserai personne vous faire du mal, à toi et aux filles, je te le jure.

Ashley le repoussa.

— Tu disais que c'était fini, Alex. Que tu avais réglé le problème avec lui, qu'il nous laisserait tranquilles. Toi qui expliques sans cesse comment tu réussis tout. Tu claques des doigts et on se met au garde-à-vous. Sauf que, là, ça ne marche pas, hein, parce que tu n'as pas affaire à un promoteur immobilier débile. Là, un psychopathe nous pourrit la vie et tu ne sais pas comment régler ça, je me trompe ?

Il n'avait pas de réponse à lui donner, car elle disait vrai. Elle se leva et sécha ses larmes.

— Tu as peut-être viré ce type, mais il va continuer de nous harceler. Autrement dit, nous ne pourrons pas nous débarrasser de lui, oh non. Jamais ça ne finira.

37

Carol sortit de son bureau quand elle vit Alex venir dans sa direction. Il avait le teint blême, l'air fatigué ; la veille, il était resté prostré au salon, dans l'obscurité, pistolet à portée de main. Mais personne n'avait surgi. Rien n'était venu troubler sa tranquillité. Il avait fini par céder à un sommeil agité, tout habillé, jusqu'au lever du jour.

— Tu vas bien ?

— Juste mal dormi, répondit-il.

Elle l'informa qu'un policier désirait lui parler. Il ne réagit pas.

— Alex ? Il t'attend à l'accueil.

Le lieutenant Carver se leva à son arrivée.

— Pourrions-nous nous entretenir en privé ?

Alex l'invita à le suivre dans son bureau, puis prévint Carol qu'il n'était là pour personne tant que durerait leur entretien. Tous deux restèrent debout.

— Vous faites partie de la police de Briarcliff Manor. Ici, nous sommes à Manhattan. Quel est le problème ?

— Je me suis présenté à votre domicile, mais je n'ai trouvé personne. J'ai pensé qu'il serait bien que vous soyez le premier informé. Le corps d'un homme que nous avons identifié comme étant…

Il consulta ses notes.

— … Peter James Kellerman a été découvert ce matin flottant dans le lac de Tarrytown. Un joggeur l'a repéré et a prévenu la police. Si je ne me trompe pas, c'était un de vos employés.

Alex regarda par la fenêtre la vue imprenable sur New York. Un poids écrasait sa poitrine. Il avait du mal à respirer. Il se taisait. Puis il dit :

— Mon Dieu, c'est affreux.

Non, c'était pire. Même depuis la mort, Joey revenait le harceler.

— Une carte de visite que M. Kellerman avait sur lui indiquait qu'il travaillait pour votre société. Nos collègues de Tarrytown nous ont contactés, sachant que vous habitiez la ville voisine.

— Je ne peux pas le croire. Pete était le tout dernier à avoir intégré notre équipe. Un élément très prometteur, d'ailleurs.

Alex écarta les mains d'un air éperdu.

— Comment est-ce arrivé?

— Aucun signe de lutte ou de violence. Nous pensons qu'il a pu se suicider. Mais cela reste à confirmer.

— C'est inconcevable. Il s'apprêtait à prendre en main un de nos plus gros projets. Ça devait donner un sacré coup de pouce à sa carrière au sein de ma société.

— Le suicide n'a pas encore été établi par le coroner. Ce n'est qu'une hypothèse. Parmi d'autres.

— Je suis abasourdi. Pete était un gosse formidable.

— Sur son permis de conduire, il est indiqué qu'il avait vingt-neuf ans. Plus vraiment un enfant.

Carver pria Alex de lui parler de la vie privée de Kellerman. Alex répondit qu'il ne savait que ce que Pete lui en avait dit : il vivait dans un studio du quartier de Bushwick. Il ignorait s'il avait une petite amie, un petit ami, ou quels étaient ses passe-temps. Son profil Facebook révélait peu de choses sur lui. Il avait des amis, il buvait de la bière, il aimait le football. Du point de vue d'Alex, la vie de Pete était une page vierge.

— Donc, vous ne vous fréquentiez pas en dehors du travail ?

— Une fois par an, mon épouse et moi-même invitons mes collaborateurs chez nous, pour un barbecue. Mais à part ça, rien. Je préfère séparer travail et vie privée.

Carver passait en revue les couvertures et les photos de magazines alignées sur le mur. Il se tourna vers Alex, lui sourit.

— Je suis impressionné. Vous en connaissez du monde ! Bill Clinton ?

— C'était lors d'un gala de bienfaisance.

— Le maire. Et même deux maires. Le gouverneur. Attendez une minute… Vous m'en direz tant ! Tony Bennett ? Bono ?

Il sourit et désigna un autre visage.

— Non, ne me soufflez pas… J'ai acheté un de ses pantalons.

— Ralph Lauren.

— Je vous avais demandé de ne pas le dire !

— J'ai du travail, lieutenant. Alors…

— Ma femme m'a offert une chemise de sa marque pour Noël. Elle est rose, je ne peux pas me permettre de la porter pendant le service.

Son portable sonna, il s'excusa et sortit du bureau. Alex refermait déjà la porte, mais le lieutenant la bloqua.

— C'était le bureau du coroner de White Plains, annonça-t-il. Kellerman avait des traces de chlore dans les poumons. Venant probablement d'une piscine. Pourtant, son corps a été retrouvé dans un lac.

— Ce qui veut dire? Qu'il s'est noyé deux fois?

— Je me contente de répéter ce que je viens d'apprendre. Le procureur de district a demandé l'ouverture d'une enquête pour homicide. Nous aurons sûrement d'autres questions à vous poser, ainsi qu'à vos employés, veuillez faire en sorte que tout le monde soit disponible dans les jours qui viennent.

Il s'apprêta à partir, mais se ravisa.

— Quelque chose d'inhabituel vous est arrivé, à vous-même ou votre famille, ces derniers jours? Dans la lignée de l'incident du lecteur de CD?

Repensant au film que son épouse et lui avaient reçu, Alex tressaillit. Il ne fallait surtout pas que cet homme le voie.

— Non. Rien.

— Vous en êtes certain?

— Absolument. Tout va bien.

— Je vous recontacterai.

Peu après, lorsque Alex sortit dans le couloir, toute l'équipe s'y était réunie. Sandy, les paupières gonflées, serrait un mouchoir en papier dans sa main.

— Vous êtes donc au courant, dit-il, l'air grave.

Le policier avait dû les informer en partant.

— Je n'arrive pas à le croire, murmura Sandy. Ça n'a aucun sens. Pete, se suicider?

— Vous avait-il déjà parlé de sa vie privée, de ce

qu'il faisait, de ce qui l'intéressait ? les interrogea Alex.

— Un soir, nous sommes allés boire un verre ensemble, dit Rob. Il me paraissait être un type ordinaire. Il parlait de peu de chose à part le travail. Je me souviens qu'il a fait allusion au fait qu'il devait assister au mariage de la sœur de sa petite amie, à Seattle, le mois suivant. C'est à peu près tout.

Il haussa les épaules.

— Mais il t'admirait vraiment beaucoup, Alex, reprit-il. Il me l'avait dit. Il avait perdu son père quand il était petit. Je pense que, d'une certaine façon, tu en étais un pour lui.

38

Washington Square Park grouillait d'étudiants, de gens qui promenaient leur chien, de parents derrière des poussettes. Tout le monde paraissait heureux : après le temps couvert de la veille, on profitait de cet été indien. Quelqu'un, au loin, jouait des congas. Un jeune homme, écouteurs dans les oreilles, passa en skate-board à côté de lui. Alex attendait au pied de l'arche, comme convenu, quand on le héla :

— Monsieur Mason ?

Marty Pollock, petit et sec comme un coup de trique, portait une chemise bleue en chambray, un blazer bleu marine, un jean et des baskets. Un sac à dos bleu pendait à son épaule. Il se présenta et Alex, en lui serrant la main, le remercia d'avoir accepté de le rencontrer.

— Je vous en prie. Vous savez, tout ce que je pourrai apprendre sur cette histoire me sera très utile pour mon travail de recherche. Il fait beau, asseyons-nous par là. Vous avez du temps devant vous ? Si je vous le demande, c'est que je sais que vous êtes quelqu'un de très occupé et…

— Comme je vous le disais au téléphone, je serais

même ravi de vous inviter à déjeuner. J'ai lu quelques articles sur le documentaire que vous avez réalisé pour la télévision, et j'aimerais en apprendre un peu plus sur Joey Proctor et ce John Otis.

Ils trouvèrent un banc inoccupé près du joueur de congas. Un autre homme – très bronzé, au torse et aux bras couverts de tatouages – se joignit au musicien avec un autre instrument et ils se lancèrent dans une improvisation. Quelques passants s'arrêtèrent pour les écouter et jetèrent des pièces de monnaie sur la couverture étalée devant eux. L'homme tatoué sourit de toutes ses dents en or.

Alex demanda à Marty pourquoi il s'intéressait à l'histoire de Joey Proctor, le jeune homme eut un petit rire.

— Pour ne rien vous cacher, j'étais présent.

Cette révélation stupéfia Alex.

— À l'époque des faits ? Je vous connais ?

— Quand avez-vous séjourné à Waukeelo, au juste ?

— Un seul été. J'avais dix-huit ans, ce devait être, eh bien, il y a vingt et un ans. En tant que maître-nageur, je m'occupais des enfants entre huit et quatorze ans.

— J'en avais sept à l'époque, je faisais partie du groupe des petits. J'ai dû vous voir une centaine de fois par jour. Désolé, je ne me souviens pas de vous.

— Donc, vos sorties natation, c'était avec… comment s'appelait-il déjà…

— Rich Murray.

— Exact, exact. Rich Murray. Mon Dieu, j'ai l'impression que ça fait une éternité, tout ça !

— Oui, Richie était génial.

— Vous aimez nager ?

— Dès que j'en ai l'occasion. Bref, pour tout vous

dire, ça a été ma première et dernière année au camp. Par la suite, mes parents ont traversé une mauvaise passe.

— Et vous vous êtes intéressé au destin de Joey ?

— Nous avions tous entendu parler de lui. Tout de suite après les événements, il était déjà devenu un mythe qui faisait partie intégrante de la légende de John Otis, ce qui se comprend. Un soir, nous entendons l'histoire d'Otis et, le lendemain, l'un de nous disparaît. De quoi semer la terreur chez tout le monde. Vous l'ignorez sans doute, mais la fable de John Otis remonte à loin, bien avant que Joey disparaisse. Je crois que les moniteurs la racontaient déjà dans les années 1950. Ça fait un bail.

— Vous ne l'avez jamais oubliée ?

— J'y ai repensé quand je suis venu étudier à l'université de New York. J'ai fait une thèse sur le cinéma documentaire, et pensé que travailler sur le mystère Joey Proctor pourrait être intéressant.

— Ce qui explique votre film sur le cas John Otis.

— Ça a été mon premier film financé. J'avais fait le pitch de l'histoire Otis au producteur, un gars que j'avais connu à Austin l'année précédente. Une chose entraînant l'autre, il m'a demandé de la documentation et un synopsis. Six mois plus tard, nous avions bouclé le projet, trouvé des financements supplémentaires, puis j'ai engagé un opérateur et commencé le tournage. Quand vous m'avez téléphoné, j'ai reconnu votre nom pour l'avoir vu apparaître au cours de mes recherches.

Une jolie fille en short rose et débardeur blanc passa devant eux, gracieuse sur ses rollers, et sortit du parc.

— J'ai pu consulter les rapports de police établis le lendemain de la disparition de Joey, ainsi que tout ce qui avait été écrit par ailleurs. Je crois que l'affaire a été classée au bout de quelques semaines, parce que je n'ai rien trouvé au-delà.

— Mon nom figurait-il sur ces documents ?

Alex se rendit compte que sa voix trahissait plus de panique que de surprise.

— Il était seulement précisé que vous aviez été interrogé, au même titre que les autres moniteurs. Steve Fenton, le référent de Joey, avait beaucoup à dire sur ce garçon. Ce n'était pas un petit bonhomme heureux. Steve et les responsables du camp avaient le sentiment que ses parents s'adressaient à peine la parole.

Marty hocha la tête.

— Allez savoir, reprit-il. C'est la raison pour laquelle on a pensé qu'il avait pu, tout bonnement, fuguer. Il se sentait seul, rien ne l'attendait à la maison, alors peut-être avait-il pris la décision de se construire un autre avenir.

— À huit ans ?

— On dit qu'à cet âge-là, certains enfants se suicident. C'est rare, mais ça arrive. Toute cette histoire est vraiment très triste.

Alex songea que le mot était faible ; s'il avait su dans quelle situation se trouvaient Joey et ses parents, il l'aurait sans doute traité moins durement. Ne l'aurait pas forcé à plonger là où il n'avait pas pied. Ne l'aurait pas laissé seul sur le radeau.

— Et personne ne l'a revu depuis, je suppose.

Marty leva un doigt.

— Ça, ce n'est pas établi. J'y reviendrai plus tard.

— Il subsiste un doute ?

Marty sortit de son sac à dos du tabac American Spirit et du papier à rouler.

— Concernant Joey ? Voyons, réfléchissez. Les autres enfants… vous savez, tous ceux censés avoir disparu avant lui ?

Il alluma sa cigarette, inspira une longue bouffée.

— C'étaient des bêtises. J'ai retrouvé la trace de deux d'entre eux… Ils ne savaient même pas que leur nom était utilisé de la sorte. Les monos nous menaient en bateau. Le secret, lorsqu'on raconte une histoire, c'est qu'il faut être précis. Donner des dates, nommer des gens, ajouter de petits détails qui paraissent incroyables. Plus ils le sont, plus les gens les gobent.

— Je ne suis pas sûr de comprendre.

— Lorsque, dans une histoire, on introduit des éléments étranges, voire improbables, qui sortent de l'ordinaire mais sont étayés par des faits précis, on se dit : « C'est tellement bizarre que ce doit être vrai. » Vendue, votre fiction ! Comme ce gamin qu'ils évoquaient… Henry Cassidy, si je ne me trompe pas. C'était, oui, ce petit garçon très blond qui ne bronzait jamais, si bien que les moniteurs disaient de lui qu'il était albinos. Juste pour que ce soit encore plus crédible. Personne n'est surpris qu'un tel enfant se volatilise. Comme un nuage.

Alex repensa au volumineux album photo de la colonie et se remémora l'enfant très pâle qui, déjà, semblait être une victime désignée.

— Que lui est-il arrivé ? demanda-t-il.

— À Henry ? Je l'ai localisé. Ou, pour être plus exact, j'ai trouvé sa tombe. Dans le nord de l'État. À

Utica. Il est mort à cinquante ans. Infarctus. Il a laissé derrière lui une femme et trois enfants.

— C'est triste.

— Mais ce n'est pas tout. Des années avant l'été où Joey et vous-même étiez là-bas, un enfant du coin a réellement disparu.

Alex lui lança un coup d'œil.

— C'est vrai ?

Marty acquiesça.

— Les Jensen n'avaient pas encore acheté Waukeelo, ça s'est passé huit jours avant la fin des vacances. Ce gamin était âgé de neuf ans, si je me souviens bien, et, un jour, il a eu envie de prendre une des barques amarrées au bord de l'eau pour faire un tour sur le lac. On n'a retrouvé que l'embarcation qui tanguait près de la rive. Le gosse avait disparu. J'ai enquêté sur ce fait divers en allant le plus loin possible. La police n'était pas très loquace, ce que je trouvais curieux étant donné que cette affaire remontait à loin. Les propos de l'inspecteur en charge de l'enquête m'ont laissé supposer qu'ils avaient soupçonné un des hommes qui travaillaient pour le camp…

— Un moniteur ?

— Non, un des ouvriers de maintenance. C'étaient tous des gars du coin, vous savez, des bricoleurs, des jardiniers. Mais cette piste n'a pas abouti.

Alex demanda si l'enfant avait été retrouvé.

— Les policiers ne me l'ont pas dit. J'en ai conclu que non et qu'ils pensaient que son ravisseur vivait toujours dans les parages. Ils laissent croire que l'affaire est classée en espérant que quelqu'un, un jour ou l'autre, leur fournira une piste. Vous savez, les gars baissent la garde avec le temps, alors, un soir où ils ont trop bu, ils se mettent à parler et la vérité leur échappe. Certains l'entendent, et ils appellent la police.

— Du coup, à la place, vous avez décidé de vous intéresser à l'histoire de Joey ? Pourquoi lui ?

— Parce que je me trouvais sur les lieux, cet été-là. Ma proximité avec ce fait divers… aide à le vendre. Donc, j'ai pensé que je pourrais bâtir tout mon documentaire autour de ce mystère de la disparition réelle d'un enfant et de la légende de John Otis. À eux deux, ils forment le socle d'un récit sacrément romanesque, non ? Nous entendons parler d'enlèvements d'enfants à longueur d'année. Parfois, par un membre de la famille, un ex-mari ou une ex-femme. D'autres fois, c'est aussi sombre et aussi horrible qu'on peut l'imaginer. Vous en avez ?

— Des enfants ? Deux filles.

— Alors, ça a bien dû vous traverser l'esprit, non ? Vous bénéficiez d'une certaine notoriété en ville, vous vous êtes fait un nom. Vous avez bien dû vous dire que vous pourriez en être la cible.

Le sourire d'Alex se crispa. Il n'y avait jamais songé. Depuis qu'il travaillait, il se considérait comme intouchable et c'est seulement ces dernières semaines qu'il avait pris conscience que les fortifications dont il s'était entouré commençaient à s'effriter, à se lézarder face au monde.

— Oui, oh, je préfère ne pas y penser.

— Vous avez bien dû vous le dire, comme n'importe quel parent.

— Vous n'avez pas d'enfants, je suppose ?

— Je vis en couple. Elle est comédienne, et nous sommes un peu accaparés par nos carrières respectives, nous n'avons pas encore envisagé de fonder une famille. Mais nous y viendrons, un jour ou l'autre.

Il laissa tomber sa cendre, inspira une longue bouffée, écrasa son mégot par terre et le jeta dans un seau posé non loin d'eux.

— Cela étant dit, reprit-il, si ça se trouve, ce qui est arrivé à Joey Proctor est très simple : il s'est noyé et, pour une raison ou pour une autre, son corps n'a jamais été retrouvé. Auquel cas il est toujours au fond de ce lac, c'est du moins ce que certaines personnes pensent.

— C'est possible ?

— Franchement ? Je ne sais pas. D'autres fouilles ont eu lieu – quatre autres séries de plongées, je crois –, et n'ont rien donné.

Alex y réfléchit.

— Donc, Joey pourrait être encore vivant ?

Marty le considéra longuement.

— Vivant et quelque part, on ne sait où… oui, c'est sûr.

Alex accusa le coup, et resta silencieux.

— Ça va ? s'inquiéta Marty.

— Oui, très bien.

— Quel genre d'homme aurait-il bien pu devenir ? Tout est possible, en fait. Ne pas avoir retrouvé de corps, cela peut signifier qu'il est arrivé quelque chose d'autre à Joey Proctor, un truc encore plus dingue. Cette fable sur John Otis… c'est, d'une certaine façon, un mythe qui amplifie, dramatise le destin tragique d'un enfant de huit ans qui a disparu. Se peut-il qu'une légende kidnappe un enfant ? Qu'une rumeur fasse des ravages dans la vie réelle ? Si vous avez le temps, je peux vous montrer le résultat de mes travaux de recherche. J'habite à deux pas.

Marty habitait dans Bleecker Street, en haut d'une tour sans âme. Une femme qui en sortait le salua par son nom et regarda Alex d'un air intrigué, comme si elle avait compris qui il était ou craignait ce qu'il pourrait faire.

Ils montèrent au dix-neuvième étage par l'ascenseur. Marty ouvrit la porte d'un appartement situé au milieu du couloir. Ils pénétrèrent dans un salon qui servait aussi de bureau. Des panneaux en liège, tapissés de documents, photos et cartes géographiques, pour certains punaisés les uns aux autres, occupaient toute la longueur d'un mur. Dessous étaient alignées trois longues tables pliantes sur lesquelles s'étalait un assortiment de matériel électronique : un iMac, deux ordinateurs portables, des appareils photo, un magnétophone, des bobines de film, un méli-mélo de câbles électriques et divers appareils qu'Alex n'identifia pas. Des boîtes de DVD vierges s'entassaient dans un coin de la pièce. Des affiches de cinéma sous verre décoraient les murs : *Blow-Up, Fenêtre sur cour, Ne vous retournez pas.*

Fixée sur le panneau en liège, Alex reconnut la photo souvenir du camp de vacances que lui-même conservait au fond de la boîte dans son sous-sol. En étoile tout autour, étaient disposés des agrandissements du visage de certains enfants, ainsi qu'un instantané du bord du lac et plusieurs coupures de presse, certaines photocopiées, d'autres jaunies par le temps. Alex se pencha pour les examiner.

— C'est drôle, dit-il, après toutes ces années, je reconnais encore certains de ces gosses.

— Vous souvenez-vous de leur nom ?

— Voyons voir. Celui-là, c'était… Jonathan quelque chose… Frasier ou Grazer ?

— Grazer. Il est mort le 11-Septembre. Il venait de se faire engager chez Cantor Fitzgerald.

— C'est affreux. Je me rappelle qu'il était le boute-en-train du groupe, toujours à raconter ses blagues.

Marty vint se placer à côté de lui.

— Et celui-ci ?

— Oui, certainement. Excellent nageur. Je l'ai bien entraîné.

— Vous vous souvenez de son nom ?

— Matt… Matt Hall ? Quelque chose comme ça.

— Vous vous en sortez bien tant d'années après. Matt Healy. Je l'ai interviewé voilà quatre ans, quand je commençais mes recherches. Il est avocat ici, à New York.

Le nom disait quelque chose à Alex. Il tenta de se souvenir si, par le passé, leurs chemins ne se seraient pas croisés.

Marty pointa le doigt sur l'un des hommes au dernier rang, debout au milieu des autres moniteurs.

— Et lui ? Vous le reconnaissez ?

— C'était le propriétaire, non ?

— Exact. David Jensen. Mais ça, c'est une autre histoire.

— Je remarque que vous n'avez aucune photo de Joey parmi toutes celles-ci.

— Logique, répondit Marty en allumant son iMac. Puisqu'il a disparu.

39

Pendant que l'ordinateur démarrait, Marty déclara :

— Au début, quand j'enseignais la réalisation de documentaires, je commençais toujours, en introduction, par encourager mes étudiants à se lancer dans un voyage à l'intérieur de leur propre projet. En clair, au cœur de chaque histoire il y a un vide. C'est la première raison qui pousse un documentariste à porter un sujet à l'écran. Pas forcément pour chroniquer un événement ou une époque – ce qui est très bien, je ne dis pas le contraire –, mais pour répondre à une question. Peu importe laquelle, et qu'elle soit majeure ou pas. Si mystère il y a, il nous fascinera.

L'économiseur d'écran consistait en un diaporama de gros plans, style photos d'identité judiciaire, des moniteurs et des enfants présents au camp Waukeelo l'année de la disparition de Joey. En voyant son propre visage apparaître, Alex s'exclama :

— Il faut croire que j'ai été jeune, un jour, hein ?

Ce qui fit rire Marty.

Les cheveux d'Alex étaient plus fournis, plus roux qu'à présent et, dès qu'il s'exposait au soleil, il se retrouvait couvert de taches de rousseur, ce qu'il détestait depuis toujours. Sur la photo, il affichait un de ces sourires qu'on aurait eu envie de lui faire ravaler à coups de poing. C'était un petit frimeur à l'époque, membre zélé d'une fraternité étudiante, capitaine de l'équipe de natation trois années de suite. Au mieux, il obtenait des notes moyennes, ce qui importait peu puisque son père faisait régulièrement don de sommes considérables à l'université. Il sortait avec au moins deux pom-pom girls et s'investissait dans le milieu associatif uniquement afin de draguer des filles – allant jusqu'à s'impliquer dans un groupe de soutien aux enfants défavorisés, dont la mission ne fut jamais vraiment claire pour lui.

Des années durant, depuis la fin de ses études, il avait tout mis en œuvre pour échapper à cette version de lui-même et, à présent, il éprouvait la sensation de s'être réinventé. Quelqu'un qui l'avait connu à l'époque verrait-il aujourd'hui en lui le petit frimeur de jadis ? Il avait perdu tout contact avec ses amis de l'époque. Il ne se rendait jamais aux réunions d'anciens étudiants et si, comme cela arrivait parfois lors de conférences, il pensait reconnaître un membre de son ancienne fraternité, il s'arrangeait pour l'éviter. Un soir, dans un restaurant de SoHo où il dînait en compagnie d'Ashley, un homme en costume, qui n'avait pas arrêté de lui lancer des coups d'œil depuis sa table, s'était approché de la leur et lui avait demandé s'il n'était pas Alex Mason.

— Je crois qu'il y a erreur sur la personne, avait-il répondu. Désolé.

Pourtant, après avoir regagné sa place, l'homme continua à l'observer.

— Tu le connais ? lui avait demandé Ashley.

— Oui. Ça remonte à loin. Je ne veux plus avoir affaire à lui.

— Pourquoi ? Que lui as-tu fait ?

— C'est du passé. Tout ça, c'est révolu.

Ce membre de sa fraternité avait été le souffre-douleur d'Alex, au point qu'il avait quitté le groupe puis, quelques semaines plus tard, l'université.

Marty remarqua la distraction de son invité.

— Vous êtes pressé, n'est-ce pas ?

Alex consulta sa montre.

— J'ai bientôt un rendez-vous dans un de mes hôtels. Mais j'aimerais en savoir plus sur ce que vous avez découvert.

— Alors, avant que vous ne partiez, je vais aller droit au but. Ce mystère dont je parle à mes étudiants, ce vide… c'est un peu l'œil du cyclone. La tempête rugit, porteuse de vent, de foudre et de pluie quand, soudain, *bang*, le ciel redevient bleu, tout s'apaise. Plein soleil et brises embaumées. Alors, on se dit : « Oh, formidable, tout est fini, le calme, enfin. »

— Avant que la tempête ne reprenne.

— Nous mettons toujours l'œil du cyclone sur le compte d'un phénomène étrange et merveilleux, un peu surnaturel. C'est pourquoi nous nous y intéressons tant. Nous essayons de l'expliquer par toutes sortes de théories et d'idées saugrenues. John Otis a enlevé Joey. Joey, qui a fugué, s'est fait kidnapper. Joey s'est noyé. Joey ceci, Joey cela, pourtant nous ignorons toujours ce qu'il est arrivé à ce gamin.

— Vous l'aviez rencontré ?

— Bien sûr. Les petits de sept et huit ans étaient réunis pour le cours de dessin. Vous vous souvenez du bungalow, celui en allant vers le grand champ, où avait lieu cette activité ? Et du tandem mari et femme qui l'organisait ?

— Plus ou moins.

— Parfois, il nous arrivait de travailler sur un même projet, à la même table. Mosaïque ou peinture, ça dépendait.

— Comment était Joey ?

— Plutôt renfermé. Il se concentrait comme personne, allait chercher l'inspiration au fond de lui quand il s'impliquait dans un des projets. Il chahutait peu. Il était petit, moi aussi, et quand on est gosse, qu'on est petit, on a tendance à se replier sur soi. À vouloir se faire oublier. Il y a toujours le risque qu'un grand vous casse la figure. Parfois, on voudrait devenir invisible.

— Intéressant.

— Mais, dans le même temps, on souhaiterait être reconnu pour ce qu'on est.

Alex, qui avait été un enfant chétif avant le lycée, savait ce que signifiait se faire harceler. Et que certains en seraient quittes pour demeurer des victimes toute leur vie. Mais, très tôt, il avait tenu à montrer à tous de quoi il était capable. Tel était Alex : autodidacte, multimillionnaire, belle femme, beaux enfants, belle villa, belle voiture. Or, c'en était fini de tout cela à présent parce que son passé avait entrebâillé une porte et que quelqu'un s'était immiscé dans son foyer. Le poison avait d'ores et déjà commencé à faire son effet ; la laideur dévoilait son visage.

— Un documentaire, c'est comme un puzzle, expliqua Marty. À la fin, il n'y a qu'une seule pièce qui peut rentrer pour compléter l'image. Qui ne peut représenter que la vérité. Regardez ça.

L'économiseur d'écran disparut au profit de la vieille photo noir et blanc d'un homme d'une trentaine d'années, très maigre, déjà grisonnant, à l'air revêche, portant une salopette.

— John Otis ? supposa Alex.

— On pourrait le croire. La rumeur veut que John Otis ait été le fruit d'une relation incestueuse entre son père et Annabel, sa sœur aînée, qui a disparu peu après sa naissance. On ne l'a plus revue ni à l'école ni en ville et donc, bien sûr, le bruit a couru que son père, qui l'avait engrossée, l'avait assassinée puis s'était débarrassé de son corps, soit dans les bois, soit dans leur cellier. Aucune preuve matérielle ne l'a jamais confirmé.

— Aucune preuve matérielle ?

— Les restes d'un squelette humain ont été retrouvés, mais on n'a pas pu faire de comparaison ADN car il n'existe plus de proche parent de la famille Otis. À moins que John ne soit encore dans le coin. S'il est toujours en vie, il aurait presque cent ans aujourd'hui.

— Alors, John Otis a bien existé.

Marty cliqua sur sa souris pour faire apparaître une autre photo, celle d'un groupe d'hommes tenant des pioches et des pelles.

— Beaucoup d'ouvriers locaux ont été embauchés pour déblayer ce terrain, qui, au départ, a accueilli des scouts, avant de devenir un camp de vacances.

Il posa le doigt sur l'écran.

— Ce serait lui, John Otis, dit-il.

Cigarette au coin de la bouche, Otis souriait, appuyé sur le manche de sa pelle.

— Le salaire était sans doute bon, et Otis aimait travailler de ses mains. Pourtant, à la fin des années

1930, il habitait toujours dans la ferme paternelle. Leur nom de famille, au début du dix-huitième siècle, était Oates. Au fil des générations, il s'est transformé en Otis.

— Ça remonte à loin.

— Les monts Berkshire ont toujours attiré les riches – l'écrivaine Edith Wharton, pour ne citer qu'elle, y a résidé, et aujourd'hui nous avons le festival de Tanglewood et le centre de remise en forme Canyon Ranch –, ce qui n'empêche pas qu'une partie de la population est toujours extrêmement pauvre, même si c'est moins visible de nos jours.

— Avez-vous vu la ferme des Otis ?

— Elle a été détruite par un incendie il y a une dizaine d'années.

Marty cliqua sur un dossier et un vieil instantané d'une grande maison sombre apparut sur l'écran. Sa façade présentait de petites fenêtres et des détails néogothiques, comme si elle avait été construite pour servir de décor à un film d'horreur hollywoodien.

— Cette photo a été prise en 1934 par un policier venu voir ce qu'il était advenu de John. Le gamin avait cessé d'aller à l'école.

— Et qu'est-ce qu'il s'est passé ?

— Le père de John est sorti, armé de sa carabine, et a menacé l'homme de le tuer. Il se foutait de la loi, et il a sûrement transmis cette attitude à son fils.

Sur la photo suivante, on ne voyait qu'un âtre et un conduit de cheminée en pierre encore intacts.

— J'ai pris celle-ci juste avant de tourner le téléfilm. Aucun ossement humain n'a été découvert sur la propriété.

— Donc, John en a réchappé.

— Il semblerait.

Alex consulta sa montre.

— J'ai une réunion, je dois vraiment partir.

— Vous êtes réellement intéressé par tout ça ?

— Oui. Beaucoup.

— Je peux vous demander pourquoi ?

— Eh bien… Pour commencer, j'ai été le maître-nageur de Joey, au camp. Sa disparition a été un choc, alors j'ai envie d'en savoir plus sur cette affaire. Je revois encore ses parents et j'ai tellement de peine pour eux, c'est tellement triste.

Car si Joey était toujours en vie, s'il advenait que ce n'était pas Pete Kellerman, Alex se verrait obligé d'adopter une toute nouvelle stratégie. Il se dit alors que ce Marty Pollock pourrait bien lui fournir la piste dont il avait besoin.

— Dans ce cas, trouvons un moment pour nous revoir.

— Et ensuite, je vous offre le déjeuner, d'accord ?

— Je ne refuse jamais une invitation.

Les deux hommes se sourirent.

Alex avait besoin d'entendre tout ce que ce type savait. D'un côté, il y avait la vérité, et de l'autre la légende, comme disait Marty.

— La prochaine fois que vous viendrez, je vous montrerai des choses vraiment intéressantes.

— Parce que ce n'est pas tout ? s'alarma Alex.

— Oh, vous n'avez encore rien vu.

40

Alex avait deux heures de route pour se rendre de chez lui au camp Waukeelo. Il ignorait ce qu'il espérait découvrir, et même pourquoi il retournait là-bas, mais c'était plus fort que lui. Sans doute d'avoir tant parlé de Joey lui avait-il donné envie de revoir le radeau sur le lac. Qui sait, cette fois, il arriverait peut-être au bord de l'eau et trouverait Joey tel qu'il l'avait laissé, et tout ce qui était arrivé depuis ce jour – les études, Ashley, les filles, les hôtels – ne serait qu'un rêve.

Rob et Sandy devaient prendre l'avion pour Detroit avec lui le vendredi et il leur faudrait encore quelques jours pour préparer le dossier – fiscalité, règlements de zonage, ventilation de la population par niveau de revenus – avant leur départ. Alex avait demandé que son jet soit prêt et que le plein de carburant soit fait.

Il avait averti Ashley qu'il partirait tôt le lendemain matin, mais serait de retour à temps pour le dîner.

— Je dois aller visiter un site près d'Albany, lui avait-il dit.

Un mensonge.

— C'est la première fois que j'en entends parler.

— C'est une proposition de Pete Kellerman. J'ai envie d'aller voir par moi-même.

— Un hôtel Mason près d'Albany ? Avec tous les Motel 6 et les Days Inn qui y pullulent ?

Il avait ri, puis l'avait embrassée.

— Ce n'est pas loin en voiture. Tout droit par la Taconic Parkway. Je partirai à l'aube. Je mangerai un morceau en route. Qui sait. J'aboutirai sans doute à la même conclusion que toi. Mais j'ai besoin de me faire une idée par moi-même.

Le jour qui se levait, ensoleillé mais frais, devint, près de la frontière du Massachussetts, plus gris, plus sombre, donnant l'impression que l'orage menaçait. Devant lui, Alex avisa une station-service doublée d'un *diner*, le Little Dee's. Ayant renoncé au petit déjeuner avant de partir pour ne pas perdre de temps, il s'y arrêta et s'installa au comptoir.

La serveuse lui tendit un menu plastifié.

— Café ?

— Oui, merci.

Elle le dévisagea.

— Je vous connais, non ? Vous êtes déjà venu ?

— Jamais, non.

— Je suis certaine de vous avoir déjà vu quelque part.

Il hocha la tête.

— Dans un magazine ou à la télévision ? suggéra-t-il.

Une lueur s'alluma dans le regard de la femme.

— C'est vous qui possédez plein d'hôtels !

Il lui sourit, commanda des œufs brouillés, du bacon et du pain grillé. Un homme sans âge, assis dans un des box, se leva et alla payer. Sa casquette

John Deere à la visière effilochée avait connu des jours meilleurs. À le voir, on pouvait croire qu'il avait dormi dans la rue une grande partie de sa vie. Il remarqua qu'Alex le dévisageait.

— Moi aussi, je vous connais, dit-il alors d'une voix éraillée.

— Ah bon.

La barmaid servit Alex.

— Je vous ai vu ici. Une fois, au moins. Ou davantage.

— Je ne suis pas venu ici depuis plus de vingt ans.

— C'est bien ça, oui, dit l'homme en empochant sa monnaie. Ce fameux été où le gosse a disparu. Vous étiez là, hein.

— Comment savez-vous ça ?

— Je travaillais pour le camp de vacances. Des bricoles. Nettoyage. Élagage des arbres. Ce genre de choses. Je vous ai vu plusieurs fois, au bord du lac.

Son sourire dévoila une denture cariée, voire pourrie. Il prit un cure-dents dans le distributeur à côté de la caisse et le glissa au coin de sa bouche en se hissant sur le tabouret à côté de celui d'Alex. Il empestait le tabac froid et les vêtements sales.

— Tout ce que je souhaite, dit Alex, c'est manger en paix puis reprendre la route, vous comprenez ?

— J'ai aussi assisté à ce que vous avez fait. La façon dont vous avez jeté ce môme à l'eau, puis dont vous l'avez laissé en plan sur ce radeau. Vous ne risquiez pas de me repérer parce que je taillais des broussailles, plus loin, au bord du lac. Mais moi, je vous voyais. Même qu'après, vous êtes rentré à la nage et vous vous êtes barré, carrément.

Il sourit et, d'un mouvement de lèvres, fit passer le cure-dents de l'autre côté de sa bouche.

— Laissez-moi tranquille, s'il vous plaît.

— Elle est à vous, cette belle caisse, là-dehors ?

Alex pivota sur lui-même pour dévisager cet homme.

— Qu'attendez-vous de moi ?

— Rien, à part bavarder comme de vieux potes.

— Pas maintenant.

— Je vous connais.

— Et alors ?

— Je sais ce que vous avez fait.

L'homme tendit la main et prit une tranche de bacon dans l'assiette d'Alex. Celui-ci n'en croyait pas ses yeux. Il se dit qu'il avait devant lui un type qui l'avait vu traîner Joey jusqu'au radeau et qui, à présent, piochait dans son petit déjeuner.

— Enlevez vos mains de mon assiette.

Le gars sourit et toucha la visière de sa casquette.

— Je suis vieux aujourd'hui. Il me reste plus beaucoup de temps. Mais j'ai encore pas mal d'affaires à régler. J'arrête pas de penser à ce petit garçon puis à ce type immensément riche qui vit à New York et s'amuse à construire des hôtels, qu'on voit sans arrêt dans les magazines et à la télévision, comme vous le disiez à Tina.

Très calme, Alex lui lança :

— C'est une menace ?

— Vous croyez ?

Il se laissa glisser de son tabouret, sortit du *diner*, monta dans son pick-up.

Alex se tourna vers la serveuse.

— C'est qui, ce mec ?

— Ed Unis. Il a toujours vécu dans le coin. Il vient manger ici presque tous les jours. Il tondait les pelouses, taillait les haies. Des gens l'embauchaient pour ces petits boulots. Ça arrive même encore. Il fait aussi du porte-à-porte pour proposer ses services. Ensuite il disparaît pendant plusieurs semaines, puis le voilà qui revient, et on ne voit plus que lui.

L'homme, assis dans son pick-up, alluma une cigarette en les observant par le pare-brise. Il prit tout son temps.

La barmaid resservit du café à Alex.

— Ne vous tracassez pas pour Ed, dit-elle. Lui, c'est tout dans la parole, rien dans les actes.

Elle lança un coup d'œil vers le parking. Le pick-up ne s'y trouvait plus.

— Qu'est-ce que je vous disais : il est parti.

41

Les vacances étant finies depuis bientôt un mois, le camp Waukeelo était fermé mais toujours accessible par la même petite route, dont les fissures et crevasses avaient été goudronnées tant de fois après des hivers rigoureux qu'elles semblaient dessiner sur le sol une carte routière complexe.

Alex arrêta la Bentley en douceur pour regarder la pancarte *Camp Waukeelo* sur le bas-côté, avec l'image du garçon qui pagayait dans le soleil couchant. Ou levant. Sous la brise, le panneau oscillait au bout de ses crochets. Alex faillit changer d'avis, se demandant si, en allant jusqu'au bout, en descendant de voiture et en passant devant ces points de repère familiers – les dortoirs, la salle commune, le réfectoire, le chalet du directeur – pour descendre jusqu'au ponton, au lac et au radeau, il ne risquait pas de libérer une force obscure et vengeresse, bien plus puissante que Joey Proctor, quelque chose qui depuis toutes ces années attendait son retour. Ou bien fallait-il voir dans sa visite une sorte de cérémonie vaudoue qui lèverait la malédiction pesant sur sa famille.

À en croire la pancarte, l'endroit était devenu un

camp mixte et, en descendant la butte menant à la salle de réfectoire et sur les bords du lac, Alex avisa une nouvelle salle d'informatique située près du chalet du directeur, ainsi que plusieurs nouveaux dortoirs. La salle commune n'était pas fermée à clef. L'endroit correspondait au souvenir qu'il en avait gardé. Des grains de poussière voletaient dans l'air, capturant les rayons de soleil. Des affichettes étaient punaisées au tableau d'informations près de la porte. L'été dernier, ils avaient programmé *Rent*, ainsi qu'une soirée consacrée aux résultats d'une activité « tournage ». C'était, indubitablement, un tout autre camp, sous la houlette d'une nouvelle direction, et où il n'y avait de place ni pour John Otis ni pour des histoires d'épouvante aux lueurs de feux de camp.

Les épais albums reliés de cuir se trouvaient toujours sur les étagères du côté gauche de la pièce. Il fit courir ses doigts dessus jusqu'à celui concernant l'été qu'il avait passé là. Il le feuilleta. Une odeur de moisi s'en échappa, comme si personne ne l'avait ouvert depuis lors. Il trouva la photo qu'il cherchait, celle-là même que Marty Pollock avait épinglée sur son panneau de liège, celle qu'Alex conservait dans sa cave. Pourtant, celle-ci présentait une différence : à l'endroit où Joey Proctor devrait être assis, il n'y avait plus rien. Quelqu'un l'avait découpé en suivant très précisément le contour de son corps. Comme s'il n'avait jamais existé.

— Je me doutais bien que je vous trouverais ici.

Alex fit volte-face et vit Ed Unis qui, de l'embrasure de la porte, lui souriait. C'était un homme imposant, plus grand et plus massif qu'il ne lui avait d'abord semblé. Il dégageait quelque chose qui défiait les préjugés. Il n'avait rien d'un sans-abri, encore moins d'un vaurien qui vivrait en dehors des lois. Tout juste quelqu'un qui semblait venu de nulle part. Alex frissonna.

— Vous m'avez suivi ?

— Hmm hmm. Pas eu besoin.

— Ce qui veut dire ?

Ed s'esclaffa.

— Ça veut dire que je les connais, les mecs comme vous. Ils finissent tous par revenir sur le lieu de leur crime. J'ai vu ça toute ma vie.

Alex referma l'album et le replaça sur l'étagère.

— Il n'y a pas eu de crime.

— Des fois, on n'a pas besoin d'agir pour en commettre un. Des fois, il suffit de ne rien faire. Comment on appelle ça ? Pécher par omission ?

Ed pénétra dans la pièce.

— Tout a changé, vous avez dû le remarquer. À présent, ici, ils reçoivent des filles. De jolies filles. Des fois, ils font appel à moi pour des petits travaux dans les dortoirs ou autre. Des fois, je me pointe le soir et je regarde les filles sous la douche par ce tout petit trou dans le mur. Attention, pas les toutes petites… je parle des ados, celles qui ont ce qu'il faut où il faut.

— Que voulez-vous de moi ? De l'argent ?

Ed Unis secoua la tête.

— Je m'en tire assez bien pour ne pas avoir besoin d'un seul de vos fichus dollars. J'ai dans ma main quelque chose qui vaut beaucoup plus. Votre réputation. Votre nom.

Il ouvrit sa paume comme s'il tenait un objet précieux.

— Votre vie.

— Dans ce cas, appelez la police. Elle ne pourra rien faire contre moi. J'étais un jeune étudiant qui a oublié un gamin au beau milieu du lac. Ce n'est pas un crime, on ne pourra pas me poursuivre en justice.

— Ce genre d'histoire, si ça sort dans les journaux, ça laissera un goût amer dans la bouche des gens qui prononceront votre nom. Ceux avec qui vous faites des affaires. Ceux que vous aimez. Ceux qui vous détestent déjà pour ce que vous êtes, pour le fric que vous avez, la grosse bagnole que vous conduisez.

Il sourit.

Alex s'approcha de lui. Décidé à entrer dans son jeu.

— Et ça nous mène où ? C'est quoi, votre plan ?

Ed alluma une cigarette.

— Venez, allons faire le tour du propriétaire. Ne vous inquiétez pas, je ne vous ferai aucun mal.

Ils descendirent au bord du lac. Le radeau oscillait au milieu de l'eau, tout comme ce soir d'autrefois où Alex avait braqué le faisceau de sa lampe électrique pour n'y voir que du vide.

— Ce ponton que vous voyez là, je l'ai consolidé l'été, voilà deux ans. Pareil pour le hangar à bateaux, là-bas.

— Il n'existait pas quand j'ai travaillé ici.

— À l'époque, ils se contentaient de tirer les canoës sur la rive et de les renverser pour qu'il ne pleuve pas dedans. Puis les garçons les retournaient et il y avait plein d'araignées qui décampaient à toute berzingue.

Il s'esclaffa avant de poursuivre :

— Maintenant, ils les rangent dans cette magnifique remise. Et ils font casquer les parents un max, rien à voir avec votre époque. La nourriture est meilleure, à ce qu'on m'a dit. Les dortoirs, c'est du pareil au même. Tous les ans, en septembre, on me fait venir pour remplacer les moustiquaires ou consolider les portes des toilettes. Les gamins mettent l'endroit à rude épreuve.

Il porta son attention sur le radeau.

— Pour un gosse qui ne sait pas nager, c'est un peu effrayant, de rester assis là-bas, sans savoir comment revenir.

— Arrêtez avec ça.

— Je l'imagine là, attendant. Attendant que vous reveniez pour le sauver. Le soleil se couche, il attend encore. La nuit tombe, il est toujours là. Il n'ose pas bouger car il risquerait de tomber à l'eau et se noyer.

Ed alluma une Camel et toussa dans son poing fermé.

— Vous, vous vouliez à tout prix qu'il nage. Sauf qu'il n'en était pas capable, car quand on a autant peur de quelque chose, rien ne peut vous en guérir. Plutôt mourir que d'essayer, comme disait je ne sais plus quel poète.

— Vous n'avez rien fait pour l'aider ?

— Ce n'est pas moi qui l'ai abandonné là-bas, que je sache.

— C'est votre excuse ?

— C'est toujours mieux que celle que vous vous êtes trouvée. Bref, il fallait bien que quelqu'un s'occupe de lui.

Alex prit le temps de digérer cette information, le sens de ces paroles lui pesant sur l'estomac.

— Où est-il, bon sang ?

L'homme sourit.

— Je n'ai jamais dit que j'avais quelque chose à y

voir. Je dis juste que quelqu'un a pu s'en mêler. Qui ? Ça, ce ne sont pas mes affaires.

— Donc, vous l'avez enlevé. Je vais peut-être appeler la police en rentrant chez moi. D'accord ? Vous avez fini ?

— Ça roule, patron. Appelez les flics. Et je leur dirai que vous avez abandonné ce petit garçon sur le radeau au milieu de nulle part. Alors, on verra ce que les journaux et les magazines auront à dire sur vous.

Alex chercha à se rassurer : *le type bluffait*. C'était un gars du coin qui ignorait tout de l'affaire mais essayait d'en tirer parti.

— C'est tout ?

— Mais voilà que le soir tombe et que vous revenez ici au pas de course, avec une lampe électrique que vous braquez sur le radeau, mais il n'y a plus personne. Ouais, affirmatif, ça aussi, je l'ai vu.

Il prit un air un peu trop satisfait, et Alex changea soudain d'opinion. Cet homme savait. Il en savait trop.

— J'avais aussi rencontré la mère du gamin. Jolie femme, ça oui. Je l'avais invitée à venir passer un peu de temps avec moi, vous savez, histoire de faire un peu plus connaissance, mais j'ai senti que ça l'intéressait pas. Puis, je l'ai revue quand son mari et elle sont revenus le lendemain de la disparation de leur gamin. Elle était moins jolie, ce jour-là.

— Je dois partir.

— Pas avant que j'en aie fini avec vous.

— Qu'est-ce que vous voulez dire par là ?

— Rien d'autre que ça. Faut bien que quelqu'un prenne la défense de ce petit bonhomme.

— Qu'est-ce que vous cherchez, au juste ?

— À faire le point, c'est tout.

Alex comprit que cet homme savait où se trouvait Joey.

— Si ce n'est pas de l'argent que vous voulez, alors quoi d'autre ? Que je me constitue prisonnier pour mise en danger de la vie d'autrui ? Écoutez, plus de vingt ans se sont écoulés. Je sais qu'il y a prescription.

— Vous deviez vous sentir très coupable pour aller vérifier ça.

Ed continuait d'afficher son sourire étrange, déstabilisant. Quand Alex se dirigea vers sa voiture, Ed ne bougea pas d'un pouce, resta au bord du lac à fumer sa cigarette en le suivant des yeux.

Il bruinait et lorsque Alex mit le contact, les essuie-glaces s'enclenchèrent. La radio résonna un peu trop fort, il l'éteignit. Ce serait un soulagement de rentrer chez lui en silence, dans la tranquillité de cette fin d'après-midi sombre et pluvieuse. Tandis qu'il effectuait une marche arrière puis s'élançait sur la route, il se concentra sur le dossier à Detroit, laissant ses pensées l'arracher au passé, l'éloigner de cet endroit. Il avait le sentiment que, dès qu'il aurait lui-même vu le site, il pourrait changer d'avis. Un immeuble, à lui seul, n'améliorait pas forcément tout un quartier ; une remise au goût du jour de grande ampleur s'imposait et il fallait une réelle foi en l'avenir de la ville pour s'engager dans un tel projet. Puis il pensa : il pourrait commencer à faire bouger les choses ; il serait un chef de file, un héros pour la ville, d'autres suivraient le mouvement et œuvreraient à améliorer le quartier.

Tout pour maintenir le prestige de l'image de marque.

Il atteignit le sommet d'une butte et là, pila en

voyant le pick-up d'Ed Unis garé en travers de la route, ne laissant pas assez de place pour le contourner. Alex était piégé ; tel était le plan d'Ed dès le début. Alex comprit alors qu'il allait mourir. Il s'apprêtait à téléphoner à la police quand, dans son rétroviseur, il vit Ed avancer à pas lourds vers lui. Il actionna le verrouillage automatique des portières et attendit. Ed s'arrêta de son côté, à sa hauteur, et tourna sa main dans le vide. Alex entrouvrit sa vitre.

— Je vois que vous avez sorti votre portable. Je sais à quoi vous pensez. Mais vous oubliez une chose… Ce que j'ai vu cet après-midi-là, et ce soir-là. Alors, une fois que je leur aurai raconté ça, mon gars, vous regretterez d'avoir remis les pieds ici.

Ed avait raison. Alex ne pouvait rien faire, à part attendre que ce type déplace son pick-up et le laisse passer. Ed ouvrit la portière de son véhicule, il se pencha à l'intérieur et Alex se dit que c'était pour y prendre une arme à feu, alors il appuya à fond sur l'accélérateur. De zéro à quatre-vingt-dix kilomètres heure en quatre secondes chrono, disait la publicité.

Il fit marche arrière, et Ed Unis s'effondra sur le sol. Alex descendit de sa Bentley, traîna le corps par les pieds jusque dans les bois, en avançant le plus loin possible et de plus en plus difficilement car le cadavre avait le ventre béant, ses intestins se déversaient petit à petit à côté de lui. Il le déposa au pied d'un pin, se disant que l'on penserait que l'homme s'était fait attaquer par un loup, ou un coyote, ce qui, de toute façon, ne manquerait pas d'arriver dans les prochains jours. Le sol étant marécageux, il espérait qu'avec le temps Ed s'y enfoncerait suffisamment pour que personne ne risque de le repérer. On ne s'inquiéterait pas de sa disparition avant longtemps.

Alex gara la Bentley sur le bas-côté et se mit au volant du pick-up. Au pied du siège passager s'entassaient une poupée Barbie nue, un rouleau de câble électrique et des cannettes cabossées de Bud Light. L'incongruité de tout ça le mit mal à l'aise. Pour Alex, tout chez cet homme était malsain. Sa mort ne signifierait rien de pire qu'un monstre de moins en ce monde.

Il manœuvra puis roula sur une centaine de mètres jusqu'au chemin de terre où se dressait l'écriteau *DÉFENSE D'ENTRER!!! DANGER DE MORT!!!* Il décrocha la chaîne, descendit la pente en première et s'arrêta au bord d'un étang sur sa gauche. Il essuya le volant et la poignée de la portière pour effacer ses empreintes, puis mit le levier de vitesse au point mort. Ensuite, il put facilement pousser le véhicule dans l'eau, et bientôt seul le toit fut visible. Il s'écoulerait des mois avant que quelqu'un trouve le cadavre ou le pick-up. Et rien, sur l'un comme sur l'autre, n'aiguillerait la police vers Alex. Ed Unis était un parfait inconnu pour lui. Quant à ce camp de vacances, songea-t-il, à présent qu'il l'avait revisité, il appartenait plus que jamais au passé.

Sur la route qui ramenait Alex chez lui, la pluie était devenue plus dense, plus violente, ce dont il se réjouit, car lorsqu'il engagea sa voiture dans son allée, l'eau avait nettoyé les traces de sang et les bouts de viscères sur son capot avant. On n'y voyait pas une bosse, pas une rayure. Sa Bentley était comme neuve.

42

— Tu avais raison, lança Alex en rejoignant Ashley et ses filles à table. L'endroit est pourri.

— Tu aurais dû m'écouter, rétorqua Ashley en souriant. Cela t'aurait évité de rouler toute la journée sous cet orage.

Aucun témoin. Il n'y avait jamais beaucoup de circulation pendant la basse saison et, par ce temps, personne ne risquait de s'aventurer jusqu'au camp.

— Raconte à papa ce qu'il s'est passé au collège, aujourd'hui, Becca, poursuivit-elle.

— Ce n'est pas important.

— Allez, ça m'intéresse.

Sans un regard pour son père, Becca répondit :

— Je suis admise dans le programme d'excellence de littérature.

— C'est formidable. Félicitations.

Becca haussa les épaules, comme si sa réussite représentait peu de chose. Elle savait que la curiosité de leur père pour leur scolarité se limitait aux résultats sportifs. De loin meilleure élève que sa sœur, elle décrocherait sûrement une place dans l'université de son choix. Lyndsey, elle, se maintenait dans la moyenne et ne se passionnait que pour le théâtre. Elle jouait au football et au volley-ball à contrecœur, préférant rester assise sur le banc de touche, alors que Becca était une athlète accomplie. Grâce à ses performances, elle avait été sélectionnée dans l'équipe universitaire junior de natation et faisait des prouesses au hockey sur gazon. Becca, en grandissant, ressemblerait à sa mère, et pourtant Ashley préférait Lyndsey, comme si elle retrouvait plus d'elle-même dans cette gamine sensible que dans la surdouée hyperactive de treize ans assise à côté d'elle.

— À part ça, tout va bien? relança Alex.

Ashley le lui assura. Mais il lui trouvait l'air préoccupé. Il percevait chez elle une part d'ombre et d'anxiété, comme si elle pouvait lire dans ses pensées et voir le visage d'Ed Unis à l'instant où la vie quittait son vieux corps écrabouillé.

Après le dîner, dès que les filles furent montées dans leur chambre, il l'interrogea.

— Qu'est-ce qui t'inquiète?

— Rien.

— Voyons, Ash. Je vois bien que quelque chose te tracasse.

— C'est juste que c'est un peu angoissant de se demander ce qui va se passer maintenant.

— Tout ira bien désormais.

— Sauf que nous n'avons rien vu venir de ce qui est arrivé. Autrement dit, ça peut se reproduire. Ça nous tombe dessus sans crier gare. Que se passera-t-il s'il se réintroduit chez nous?

— Nous avons fait poser plusieurs verrous, un système de sécurité dernier cri.

— Le précédent était censé être le meilleur. Cela n'a

pas empêché quelqu'un de pénétrer dans notre villa et de nous filmer à notre insu. C'est effrayant, Alex. Il s'est baladé aux quatre coins de la maison, et nous n'avons strictement rien entendu.

— Ça ne se reproduira pas.

Son idée de garder un revolver à son chevet ne risquait pas de dissuader un intrus. Et le temps qu'il tire, l'homme aurait largement eu le temps d'assassiner leurs filles.

— Tu n'as toujours pas embauché de vigile ?

— Nous n'avons pas besoin que quelqu'un passe ses nuits assis dans sa voiture, à attendre. Ça ne ferait qu'attirer l'attention. Nous sommes plus en sécurité que jamais.

Alex n'aurait su dire ce qui venait de le réveiller en pleine nuit, mais, allongé, immobile, pleinement conscient, il regardait le plafond. Ah si, ça lui revenait. Il revoyait le *diner*, le Little Dee's, et la serveuse quand elle l'avait reconnu. Elle avait assisté à la scène où Ed Unis l'avait interpellé au comptoir. Il se dit que, lorsqu'on découvrirait son cadavre, elle ferait le rapprochement. Restait à espérer qu'elle se réjouirait d'être débarrassée de cet olibrius et qu'elle ne se soucierait pas de l'identité du coupable.

Longtemps, il envisagea plusieurs manières de la réduire au silence, puis il céda à un profond sommeil et oublia y avoir jamais songé.

43

Marty attendait sur le seuil quand Alex sortit de l'ascenseur.

— Merci de prendre le temps de me recevoir, dit-il.

— Pas de problème. Je n'ai pas de cours avant la fin de l'après-midi.

Marty lui servit un café.

— Alors ? Tout se passe bien ?

Alex n'était pas habitué à entendre cette question. Elle laissait supposer que tout ne se passait pas bien, que ses affaires allaient mal, et la seule réponse possible revenait à rester dans le flou, comme si sa vie renfermait une pléthore de secrets qu'il ne pouvait révéler que dans les moments les plus propices et les plus stratégiques.

— Nous axons nos efforts sur la recherche de nouveaux sites, répondit-il. Nous cherchons à accroître notre visibilité dans différents États.

— J'ai l'impression que vous vous en tirez remarquablement bien jusqu'à présent. Vous vous êtes fait un nom, monsieur Mason.

— Appelez-moi Alex, d'accord ?

Marty se fendit d'un sourire.

— Vous comptez parmi les meilleurs dans votre domaine. Selon le *New Yorker* et *Vanity Fair*. Pour ne citer qu'eux.

— Parfois, ils ne m'épargnent pas.

— Ça fait partie du jeu, non ? On gagne de l'argent, on bâtit des immeubles et les gens voient en vous non un être humain qui vit, qui respire, mais un personnage de film de série B, en deux dimensions. De la pauvreté à la richesse. De quelques dollars à plusieurs millions. Et la critique est facile.

Alex sourit. Il ne connaissait que trop bien ce sentiment. Certes, il n'avait jamais été dans le besoin, mais il laissait les gens supposer que son parcours avait été dur, qu'il avait bataillé ferme pour atteindre le sommet. Alors que, en vérité, tout lui était tombé tout cuit entre les mains à la mort de ses parents. Ainsi qu'il aimait à le répéter : la légende fascine bien plus que la vérité.

— Au fait, vous ai-je dit que je suis allé au Mason House ? dit Marty.

— Ah bon, vous y avez séjourné ?

— C'est au-dessus de mes moyens. J'ai bu un verre au bar, un soir. J'étais dans le coin, avec une amie. C'est un hôtel magnifique, vraiment. Qui sait si un jour je ne serai pas assez riche pour y passer une nuit ?

— Tenez-moi au courant, je vous ferai un prix d'ami, avec plaisir.

— En attendant, je suis ici, n'est-ce pas ? J'ai de la chance d'avoir cet appartement.

— En effet, il est sympathique, dit Alex.

— Non. Il est *idéal*, rectifia Marty.

L'économiseur d'écran diffusait le diaporama. Des visages de moniteurs. Des visages d'enfants. Il y avait là Alex. Ainsi que David Jensen. Et Steve Fenton. Alex se disait que tout cela semblait si loin mais que, pourtant, Joey existait toujours quelque part, ici ou ailleurs. Non, c'était faux. Joey n'était pas n'importe où. Il ne se trouvait pas à des kilomètres et des kilomètres de distance, mais plus près qu'Alex ne l'imaginait. Il le suivait comme son ombre.

— John Otis, reprit Marty.

D'un clic de souris, il ouvrit le dossier à ce nom.

— Je vous ai parlé de son histoire familiale ? Du fait que leur nom a changé au fil du temps, tout ça, hein ?

Alex acquiesça.

— Bref. C'est là que ça devient très bizarre.

— Quoi ?

— Toute l'histoire de John Otis. C'est la raison pour laquelle je fais ce film. Vous allez comprendre pourquoi.

Marty cliqua sur un autre dossier et ce qui ressemblait à un article de presse scanné apparut sur l'écran.

— À cette date, John Otis a été arrêté pour voyeurisme dans son quartier. C'était en… juin 1949. Il devait avoir vingt-six, vingt-sept ans. Certains enfants du camp de vacances ont, eux aussi, affirmé l'avoir surpris en train de les observer depuis le bois derrière les dortoirs. Il vivait toujours dans la ferme familiale, même si, à l'époque, ses deux parents étaient déjà morts. Les gens évitaient de s'approcher de chez lui, surtout les gamins. Des témoins ont rapporté qu'il devenait aussi agressif que son père si quelqu'un venait trop près.

— Et les histoires qu'on racontait sur lui au camp ?

— Elles ont commencé à circuler dans les années

1950. J'ai interviewé un type qui est allé là-bas entre 1959 et… attendez, je vérifie…

Il feuilleta une liasse de documents empilés sur son bureau.

— … trois ans plus tard. Charlie Schulberg. Il est à la retraite aujourd'hui, et vit dans l'Arizona. Il avait entendu des histoires qui ressemblaient beaucoup à celles qu'on nous racontait là-bas. Joey et moi, j'entends.

— C'était juste pour effrayer les enfants.

— C'est le thème de la moitié de mon film.

— Mais Otis était peut-être innocent.

— Voire mort, à l'époque. Mais, par définition, une légende, si on sait la raconter, peut terrifier même si la menace n'existe plus. Le simple fait de l'écouter agit sur l'imagination. Elle réveille les peurs ancestrales ancrées en nous et oubliées depuis des années. Des terreurs primitives, comme celles qu'inspiraient les dragons autrefois. C'est comme ça que marchent les meilleurs films d'horreur. Ils vous persuadent que vous voyez quelque chose qui est tout juste suggéré. Écoutez ça.

Il ouvrit une autre fenêtre : l'interview d'un homme d'une soixantaine d'années.

— Voici Mike Farrelli, dit-il. Il était inspecteur de police au moment de la disparition de Joey. Ces images sont extraites d'un entretien que j'ai réalisé il y a six semaines. Même à la retraite, il a continué à mener son enquête sur cette affaire.

Marty lança un coup d'œil à Alex.

— Et il ne l'a toujours pas bouclée.

Le policier était assis dans un fauteuil. Derrière lui, on distinguait une étagère ainsi que plusieurs photos encadrées sur le mur, légèrement floues. Un golden retriever trottait dans la pièce et, de temps en temps, l'homme se penchait vers lui en souriant. Le chien tourna en rond plusieurs fois de suite avant de se coucher aux pieds de son maître.

Farrelli avait les cheveux encore épais et très blancs. Mais c'était son expression qui lui conférait une certaine gravité, comme si son esprit était tourné vers quelque chose qui ne se trouvait pas là. Retraité de la police depuis longtemps, il était toujours enlisé dans le mystère Joey Proctor. Le film démarrait au beau milieu d'une phrase :

— … et l'une des théories que nous avons envisagées était que, si Joey est bien resté à proximité de… comment dit-on… l'endroit où les enfants nageaient… la zone…

— Le bord du lac, souffla Marty hors champ.

— … il avait pu être récupéré par des gens du coin. Nous avons appris que personne ne l'avait jamais revu après l'activité natation. Nous pouvons donc en déduire qu'on l'a laissé au bord du lac, voire qu'il a décidé lui-même de rester sur place, ce qui serait curieux en soi, étant donné qu'il avait peur de l'eau. Bref, quelqu'un a pu le voir, le rejoindre en bateau pour vérifier qu'il allait bien et le ramener chez lui, dans un bungalow de la rive opposée, par exemple, de ceux qui appartiennent aux estivants.

— On ne l'aurait pas raccompagné au camp ?

— Les gens qui l'ont sauvé ont pu penser qu'il serait plus en sécurité chez eux, surtout s'il était terrorisé.

Marty fit un arrêt sur image.

— Vous avez entendu ? Quelque chose aurait pu terroriser cet enfant ?

Il interrogea Alex du regard.

— Quoi, à votre avis ?

Alex parut déstabilisé. Cette question ouvrait une nouvelle porte d'accès à sa vie, il le savait et il fut aussitôt sur ses gardes.

— Comme je vous le disais, répondit-il, j'ai libéré les garçons et ils ont regagné leurs dortoirs.

— Tous, sauf Joey. C'est cette possibilité que Mike Farrelli soulève.

— Ah oui, répliqua Alex. Donc, ce policier ne pense pas que Joey ait pu se faire enlever ou même, je ne sais pas, se noyer ?

— Vous le sauriez mieux que personne, non ? Vous êtes le dernier à l'avoir vu.

Alex songea à Ed Unis, qui avait assisté à toute la scène. Elle avait duré moins d'un quart d'heure mais, tel un galet lancé à la surface de l'eau, elle faisait des ricochets qui se répercutaient à la surface du temps. Car, apparemment, Joey vivait encore dans l'existence d'Alex.

— Mike m'expliquait qu'une des thèses de la police était que la personne qui avait récupéré Joey avait téléphoné à ses parents. Supposons que quelque chose l'ait effrayé, un de ses petits camarades qui l'aurait embêté, par exemple, et qu'il l'ait dit à ces gens. Ils auraient pu prévenir les Proctor, qui auraient vu là l'opportunité d'empocher une coquette somme d'argent. Ils vivaient dans le luxe, ils possédaient un bel appartement sur Park Avenue. Toutefois, on racontait que les affaires du mari battaient de l'aile. Ils risquaient de tout perdre.

— Alors, ils auraient prétendu ne plus jamais avoir revu Joey, invoqué la non-assistance à personne en danger de la part des responsables du camp et ils les auraient poursuivis en justice ?

— C'est exactement ce qu'ils ont fait, d'ailleurs. À vrai dire, personne d'autre ne pouvait être tenu pour responsable à l'époque. Les Proctor ont obtenu pas loin de huit millions de dollars en dommages et intérêts. Les Jensen ne disposaient pas du début du commencement de cette somme. Le procès les a détruits, ils ne s'en sont jamais remis. Ils ont dû vendre leur maison ainsi que le camp Waukeelo, et ils se sont retrouvés sur la paille. Vous vous souvenez de David Jensen ? Le propriétaire.

— Un type honnête, je l'aimais beaucoup. Son épouse aussi était très sympathique.

— Il s'est suicidé un an plus tard.

Alex crut avoir reçu une décharge électrique.

— Mon Dieu, non ! murmura-t-il.

— Il avait loué un bungalow à la sortie de Lenox et, deux jours après la signature du bail, il a rentré sa voiture dans son garage, s'y est enfermé à clef et a laissé le moteur tourner. C'est son fils qui l'a découvert. Ce gamin avait huit ans à l'époque des faits.

Alex poussa un gros soupir.

— Oh, quel drame, soupira-t-il.

Il revit le petit garçon arriver dans le chalet de ses parents lors de la réunion de crise.

— Ce n'est pas le pire, poursuivit Marty. Il paraît que ce gamin ne s'en est jamais remis. Qu'il ne sera plus jamais le même.

— Ça a dû être dur.

— La femme de David… vous vous souvenez

d'elle ? Nancy ? Elle n'avait plus de quoi vivre. À la mort de son mari, elle a emménagé avec son fils dans un appartement au-dessus d'une laverie automatique à Pittsfield. Elle travaillait deux ou trois jours par semaine comme femme de ménage chez des particuliers, mais cela ne suffisait pas. Ils vivaient dans la misère. Elle savait ce qu'il allait se passer. Elle n'avait d'autre choix que de confier son fils à l'adoption et, une fois qu'il a été placé dans une famille d'accueil, elle a suivi l'exemple de son mari. En avalant un mélange d'alcool et de barbituriques. Il s'est écoulé une semaine avant qu'on découvre son corps. J'ai appris que leur fils avait pris le nom de ses parents adoptifs.

44

Alex s'enfonça dans son siège, accablé par l'énormité des faits. Sa négligence avait mené à ces drames en série.

— Tout le monde a subi de plein fouet les conséquences de ces événements, poursuivit Marty. Des victimes collatérales sont à déplorer. Comme autant de tués sur un champ de bataille.

— Donc, il serait possible que Joey soit toujours en vie.

— L'autre théorie serait que quelqu'un l'ait enlevé et retenu prisonnier.

— Autrement dit, John Otis ?

— Qui l'aurait gardé en captivité. Violé, voire assassiné. En dehors de toutes les bêtises qu'on nous racontait au camp, la face cachée de John Otis est sa réputation de pédophile. Ça ne le rend que plus monstrueux, non ?

— Et les parents de Joey ?

Marty parcourut des documents parmi ceux qui se trouvaient sur son bureau et finit par trouver les notes qu'il cherchait.

— Alan Proctor est mort d'un infarctus cinq ans

après la disparition de son fils. Saviez-vous que… ? Non, sans doute pas. En outre, Alan Proctor était un investisseur immobilier, ici, à New York.

— Ah bon ?

Alex n'avait jamais entendu parler de lui, depuis des années qu'il faisait ce métier.

— On a raconté qu'il était mouillé dans certaines activités plus ou moins légales. À dire vrai, je ne comprends rien à tout ça. Hé… peut-être que vos chemins se sont croisés ?

Marty se fendit d'un sourire.

— Le monde est petit, hein ? lança-t-il.

— Et la mère… ?

— Diane Proctor a été placée en institution l'année dernière, quand elle a été au dernier stade de la maladie d'Alzheimer. Désormais, elle ne se rappelle même plus avoir eu un fils. C'est sans doute un mal pour un bien. Je ne sais pas.

— Vous êtes toujours en contact avec l'inspecteur de police de l'époque ?

— Mike Farrelli ? Il nous arrive d'échanger sur nos théories respectives. J'ai prévu d'aller le voir le mois prochain. Il est persuadé d'être proche de la solution.

Alex accusa le coup.

— Et… ensuite ?

— Il dévoilera les conclusions de son enquête. Il est possible qu'il en fasse un livre. Nous envisageons de le coécrire.

— À votre avis, est-il possible qu'il découvre ce qu'il s'est réellement passé ?

— Il le faudra bien, non ? Une fois qu'on aura écarté toutes les explications possibles, il ne restera plus qu'une seule réponse : la vérité. Pour tout vous dire, il croit connaître l'identité du responsable.

— Est-ce qu'on peut envisager une suite judiciaire à tout cela ?

— Si cette personne est encore vivante, alors, oui, répondit Marty, tout sourire. Je m'avance peut-être trop. Je ne suis pas avocat.

Alex inspira à fond.

— Cet enquêteur habite toujours dans le Nord, je ne sais plus où, dans le Massachusetts ?

Que Joey soit revenu dans sa vie, c'était une chose ; qu'un inspecteur de police s'apprête à enquêter sur lui, c'en était une autre. Alex, sentant qu'il avait la gorge sèche, pria Marty de lui servir un verre d'eau. Le documentariste alla chercher une bouteille d'Évian, dont Alex but la moitié d'une seule traite.

— Mike vit en Floride désormais, dit Marty. Sa femme est morte depuis peu. Il est comme moi. Obsédé par cette affaire. Comme tous ceux qui y ont été mêlés, il veut une réponse avant de mourir. Mais il explore une autre hypothèse que je trouve assez intéressante.

Marty fit défiler l'interview de Mike Farrelli en avance rapide jusqu'au code horaire qu'il recherchait, et réenclencha la vitesse normale.

Farrelli racontait :

— Juste après que j'ai pris ma retraite, voilà des années, mon épouse et moi-même sommes allés passer une semaine à St Petersburg. L'hiver avait été rude, nous avions besoin de changer d'air. Ce jour-là, elle devait se racheter une valise, car la sienne était cassée, la fermeture-éclair, je crois, et nous nous sommes rendus au Walmart, en ville, et pendant qu'elle se promenait parmi les rayons – moi, je déteste faire les courses –, je l'attendais dans l'espèce de salle où on range les caddies. Vous voyez de quoi je veux parler ? Cet… espace, cette, comment dire, cette zone. Bref, le mur était couvert de photos d'enfants disparus, avec une simulation de l'aspect qu'ils auraient aujourd'hui. Une cinquantaine dont, pour certains, on n'avait plus de nouvelles depuis dix, quinze ans. D'autres, depuis seulement quelques mois. Il y avait même une fille, ça faisait vingt ans qu'elle restait introuvable. C'est alors que j'ai pris conscience d'une chose. Les parents de Joey Proctor n'avaient jamais communiqué de photo de leur fils. Son nom n'avait jamais figuré ni dans la base de données ni sur les listes d'enfants enlevés et exploités. Je me suis dit que c'était la clef de l'énigme. Qu'il se pourrait bien qu'il y ait une tout autre histoire derrière tout ça.

Dans l'interview, Marty lui demanda :

— Laquelle ? Vous avez une idée ?

— Pas la moindre. Mais quelqu'un, quelque part, la connaît. C'est une partie du mystère. Une autre, c'est de savoir ce qu'il est arrivé à Joey après sa sortie natation avec le groupe. Parce qu'on croirait qu'il est passé brusquement dans un autre espace-temps. Vous voyez ce que je veux dire ?

Marty referma le dossier, l'écran de veille apparut. Il se roula une autre cigarette et entrouvrit une fenêtre.

— Mon idée est de tourner un long-métrage inspiré de cette histoire. Avec une approche dans le genre du *Projet Blair Witch.* Beaucoup de plans caméra au poing, vous voyez, avec pas mal de séquences donnant l'impression d'être un montage d'images d'archives.

Je n'en manque pas, vous savez, des trucs effrayants trouvés dans la région, des squelettes, des marques inexpliquées sur des troncs d'arbre. Des policiers marchant à travers bois et faisant d'étranges découvertes. Tenez. Regardez ça. Un extrait que je viens de finir de monter.

Il cliqua sur une autre icône. Deux hommes, l'un plus âgé que l'autre, portant tous deux une veste de chasse et un fusil, avançaient dans la nature enneigée. Ils étaient filmés de dos tandis qu'ils marchaient à pas lourds dans la neige fraîchement tombée.

« Sacrée belle matinée, hein ?

— J'avais oublié combien c'était beau à cette hauteur.

— Il serait temps que tu t'en rendes compte ! Nous montons ici depuis tes neuf ans. Ce qui fait vingt ans, si mes calculs sont bons. »

— Soyez attentif, dit Marty en actionnant l'avance rapide.

Les chasseurs s'immobilisèrent. Le plus jeune leva les yeux vers la branche d'un bouleau. Y pendait ce qui ressemblait fort à un petit garçon, une corde autour du cou. L'enfant était nu, son pénis et ses testicules avaient été tranchés. Marty fit un autre arrêt sur image.

— Est-ce réellement arrivé ?

— Quelle importance, Alex ? Ce qui compte, c'est que ce genre de choses glace le sang du public. La grosse différence, tout de même, c'est que c'est une histoire vraie : un enfant disparaît et se perd au fil du récit, comme s'il y avait eu un trou noir dans l'univers. Mon approche sera celle d'un documentariste. Mais, par moments, la part de fiction sera plus importante que celle des faits. Mon idée, c'est de mêler les genres, vous voyez. Les interviews des vrais protagonistes de l'affaire et les scènes reconstituées. Exactement comme faisaient nos monos autour du feu de camp… utiliser le nom de personnes réelles et les intégrer au conte. Mike Farrelli fera partie du film.

— Pour le côté réaliste.

— Oui, l'enquêteur têtu comme une mule qui ne veut rien lâcher. Indispensable dans un bon polar. Mon seul objectif, c'est d'être sûr que ça se termine par la vérité. Pas uniquement que mon film rapporte de l'argent mais, au moins, qu'il fasse deviner au spectateur qui pourrait être responsable de la disparition de cet enfant.

— Et si vous ne découvrez pas ce qu'il lui est arrivé ?

— Je pense que nous ne le saurons jamais. Cela étant, nous pourrons apprendre ce qu'il s'est passé après que le groupe a été envoyé dans son dortoir. Ou raviver des souvenirs. Une dizaine d'enfants se trouvaient sur le ponton cet après-midi-là. L'un d'eux recouvrera peut-être la mémoire.

Accablé par ces faits dans lesquels il avait joué un rôle de premier plan, Alex, la gorge nouée, se renversa contre le dossier de son siège et hocha la tête.

— Quelle histoire, souffla-t-il.

Marty éteignit son ordinateur.

— Je tiens à ce que ce soit un succès. Faire peur aux gens, ce n'est qu'une partie du jeu. C'est le point de départ. Dans l'absolu, j'aimerais tout démarrer grâce à un site Web sur lequel toutes ces données seraient accessibles… les coupures de presse, des extraits de mon interview de Mike. Je suis en train de sélectionner un comédien pour la narration en voix off. Laisser ces images en accès libre pendant, disons, un mois, le temps que les internautes se laissent captiver par ces événements. Puis, je pourrai sortir le film au festival de Sundance, disons, à la séance de minuit… ? Hé, qui sait, si ça se trouve, ce sera un succès.

Il recula son fauteuil de bureau et écarta les mains devant lui pour suggérer un écran sur lequel seraient projetées des images.

— Ouverture sur un vaste champ par une nuit sans étoiles. Puis plan large sur des feux de camp autour desquels sont assis des petits garçons. On a déjà vu une telle scène des centaines de fois au cinéma. C'est un cliché, mais ça marche.

— Ce serait le début du film ?

— On verrait les lueurs des flammes danser sur le visage de ces gosses. Il est l'heure de raconter la fameuse histoire.

— Celle de John Otis.

— Oui, confirma Marty. Ces garçons ne seront jamais plus les mêmes : c'est ce qu'on répète d'un été sur l'autre tandis que se dévide l'histoire d'un fou qui enlève l'un d'eux tous les sept ans. Sauf que, cet été-là, dès le lendemain en fait, ça va se produire. Les feux s'éteignent peu à peu, puis les groupes, marchant dans l'obscurité, regagnent leurs dortoirs guidés par les lampes électriques de leurs moniteurs. Il fait nuit noire, et ces gamins doivent se demander qui les observe depuis le bois. La légende s'apprête à devenir réalité et, pour certains d'entre eux, rien ne sera plus comme avant.

Marty tapa dans ses mains comme s'il brisait un sortilège.

— L'idée, c'est de faire croire au public que ce sera

un film d'horreur truffé de tous les poncifs habituels, expliqua-t-il.

— Mais ce ne sera pas le cas.

— À vrai dire, je pense que ce sera pire, bien pire. Parce que la réalité dépasse toujours la fiction. La vérité tient dans les détails, non ?

Il sourit.

— Alors ? Toujours disposé à inviter un maître de conférences affamé à déjeuner ?

45

C'était ridicule, quand elle y songeait, mais le vélo en salle de sport l'aidait à tenir le coup. Trois fois par semaine, tandis que les haut-parleurs diffusaient à fond de ces musiques qu'elle n'écoutait jamais, une femme aux cuisses très musclées et à la voix de stentor si horrible qu'elle lui donnait envie de pédaler encore plus vite, comme si elle pouvait échapper à ce monstre, les entraînait en leur répétant de maintenir le rythme, de rester concentrés, de *pousser*, *pousser*, *pousser* sur les jambes. Ashley repartait de là en tenant à peine debout, en nage, mais se sentant plus elle-même qu'à la maison, comme débarrassée de son rôle d'épouse et de mère pour redevenir la femme déterminée et indépendante qu'elle avait perdue de vue depuis si longtemps.

Après le cours, elle préférait repartir tout de suite et se doucher chez elle. Elle en avait assez de se faire lorgner dans les vestiaires par des femmes plus âgées, dont les regards lui rappelaient qu'un jour elle serait pareille, tout en graisse, bourrelets et regrets.

Elle se gara sous le portique et verrouilla les portières. Elle pénétra dans la villa et, alors qu'elle s'apprêtait à couper l'alarme, constata que c'était chose faite. Elle avait été la dernière à sortir, Alex était en ville, les filles à l'école et, par réflexe, elle avait armé le système. Pourtant, quelqu'un l'avait débranché.

Elle leva la tête vers le haut de l'escalier, s'attendant à voir un intrus, mais tout semblait normal. Il lui fallut quelques instants pour se dire qu'elle devait avoir oublié d'activer l'alarme en partant. C'était imprudent de sa part, elle n'en parlerait pas à Alex. Elle se doucha rapidement puis, fidèle à son habitude, remplit la baignoire d'eau et laissa les bulles se former à la surface tandis qu'elle s'étendait au fond, renversait la tête en arrière et fermait les yeux. *Du temps rien que pour moi*, pensa-t-elle. Oui, la maison était toute à elle. Bientôt, elle préparerait une salade, ensuite se rendrait au supermarché avant d'aller récupérer les filles à la sortie de l'école. Elle se sentit gagnée par une certaine somnolence mais, tout à coup, quelque chose la fit sursauter.

Elle cligna des paupières, puis se figea. Sur le plafonnier, elle aperçut ce qu'elle n'y avait jamais vu : un genre de bouton en verre. Elle se leva et se drapa dans un peignoir en tissu-éponge. Elle regarda plus attentivement et comprit de quoi il retournait.

Elle regagna la chambre parentale, examina le plafonnier mais ne vit rien de particulier. La chose était coincée entre l'angle du miroir et le cadre. Elle la toucha du bout du doigt, puis se rendit dans les chambres des filles. En passant en revue le désordre qui régnait dans celle de Lyndsey, elle remarqua un autre bouton qui reflétait la lumière. Un des yeux de la poupée Barbie de sa fille avait été remplacé par une caméra. Quelqu'un les avait espionnés.

Et les espionnait toujours.

46

Lorsque la sonnette retentit, Ashley jeta un coup d'œil par la fenêtre et reconnut le lieutenant Carver.

Elle alla lui ouvrir et le pria de l'excuser d'apparaître devant lui dans cette tenue. Elle portait toujours son peignoir et ses cheveux mouillés étaient en bataille.

— Je rentre de la salle de gym, je viens de prendre un bain.

— Désolé de me présenter à l'improviste, madame. Votre mari est là ?

Derrière Carver, adossé à la Crown Vic, l'inspecteur Ettinger examinait ses ongles avec la plus grande attention.

— C'est au sujet de ce qu'il se passe ? Vous avez découvert qui se cache derrière tout ça ?

— Quand doit-il rentrer ?

Carver devait bien savoir qu'il leur aurait été aussi facile de se rendre en ville pour parler à Alex directement mais, parfois, se trouver au bon endroit au mauvais moment était encore la meilleure tactique.

— Vers dix-neuf heures.

Elle se sentit trahie par son expression car il lui demanda aussitôt :

— Quelque chose ne va pas, madame ?

— C'est personnel. Un sujet dont je dois m'entretenir avec mon mari. Je dois m'habiller. Aller chercher mes filles à l'école.

— Nous repasserons. Encore une fois, toutes mes excuses pour le dérangement.

Elle ferma et verrouilla la porte avant de brancher l'alarme. Elle tenta de joindre Alex sur son portable, mais obtint la boîte vocale. Elle lui laissa un message le prévenant que la police désirait lui parler et l'attendrait à son retour à la maison. Puis elle se rendit à la cuisine et prit un pic à glace dans un tiroir. Passant d'une pièce à l'autre, elle trouva une caméra espion dissimulée dans chacune d'elles, toutes étant visibles pour quiconque prenait le temps d'observer, ce qui signifiait que la personne qui les avait placées voulait qu'on les trouve. Elle se savait observée tandis qu'elle déambulait chez elle, brisant chaque objectif d'un coup de pic, terminant le travail par celui du miroir de sa chambre.

— J'ignore qui vous êtes, je ne sais pas à quoi vous jouez et le but que vous poursuivez en vous en prenant à notre famille. Je suppose que vous ne vous voulez pas uniquement voir ça, étant donné que vous m'avez déjà matée pendant mon sommeil.

Elle défit la ceinture de son peignoir et exposa son corps face à l'objectif. Puis elle la renoua.

— Maintenant, dégagez une fois pour toutes de notre vie !

Elle cogna si fort sur la minicaméra qu'elle en brisa le miroir et son propre reflet.

47

Pour une fois, Ashley accepta que les filles regardent la télévision à leur retour de l'école tandis qu'elle-même buvait un verre de vin dehors, au crépuscule, en attendant le retour d'Alex. Quand elle aperçut le faisceau des phares, elle consulta sa montre : sept heures dix. Les jours raccourcissaient ; de celui qui venait de s'écouler, ne restait plus qu'une bande rougeâtre à l'horizon. Si l'organisateur de cette mise en scène n'était pas appréhendé rapidement, l'hiver serait long et difficile. Pour eux tous.

Des anxiolytiques périmés se trouvaient dans le tiroir de sa table de chevet. Le psychiatre qu'elle avait vu pendant quelques mois après la liaison d'Alex les lui avait prescrits. Elle n'en avait plus eu besoin depuis cette époque, à part une ou deux fois, mais elle pressentait que, bientôt, elle devrait de nouveau se reposer sur eux. À croire que toutes ces années passées, elle avait senti venir cet instant où son univers, une fois encore, s'écroulerait.

Alex remarqua l'expression de sa femme dès qu'il descendit de voiture.

— Qu'est-il arrivé ? s'inquiéta-t-il.

— Je préfère que les filles n'en sachent rien.

Il la suivit dans l'escalier jusqu'à leur chambre. Elle alluma la lumière, puis pointa le doigt sur l'objectif brisé dans l'angle du miroir.

Il en récupéra ce qu'il put.

— C'est juste du verre, dit-il.

— Ça ne sort pas de nulle part. Quelqu'un s'est introduit chez nous et a installé des caméras. Dans les quatre coins de la maison. On nous espionne, Alex. Que cherche-t-il, au juste ?

— Ce n'est qu'une lentille. Pas de micro, pas de connexion électrique. Personne ne peut voir quoi que ce soit.

Ils se rendirent dans la chambre de Lyndsey. Il arracha de la poupée le supposé objectif.

— Rien là non plus. C'est tout juste collé.

— Je te dis que quelqu'un a piraté notre nouveau système d'alarme et est entré chez nous. Il n'y a rien que nous puissions faire pour empêcher ce type d'agir.

— Tu étais seule à la maison ?

— Je revenais de la salle de sport. Je pensais avoir activé l'alarme, mais j'ai dû oublier.

Elle dévisagea Alex.

— Qu'est-ce qu'il y a ? murmura-t-elle.

— Rien. Je réfléchissais.

— Tu te dis que c'est moi, hein ? Tout comme je me serais filmée en train de dormir ? C'est aussi ridicule que de penser que tu es derrière tout ça.

— C'est délirant, Ash.

— Qui que ce soit, il est là en permanence. Quand nous dormons, quand nous sortons. Tu vois… je pensais que toute cette histoire de Joey était derrière nous.

Parce que tu me l'avais dit. Tu me l'avais promis. Tu m'as assuré que tu l'avais viré.

Alex laissa retomber ses bras.

— Ce n'était pas Pete, dit-il. Il est mort, on a retrouvé son corps dans un lac. La police pense à un suicide.

— Le lac qui est proche d'ici ?

— Oui.

Ashley n'en revenait pas.

— Cela n'a rien à voir avec le fait que tu l'aies renvoyé, j'espère ?

— Écoute, je lui avais proposé de lui donner une lettre de recommandation très élogieuse et l'avais prévenu que s'il parlait à quiconque de ce qu'il s'était passé dans ce camp de vacances il y a si longtemps, je le poursuivrais en justice.

— Et là-dessus, il s'est suicidé. Mon Dieu, Alex. Alors ça signifie… que ce Joey Proctor est toujours en vie ? Que ce n'était pas Pete ?

— Oui.

— Dans ce cas, j'emmène les filles chez mes parents jusqu'à ce qu'on en ait fini avec cette histoire. Si toi, tu veux rester ici, c'est ton affaire. Règle ça comme tu l'entends.

D'en bas, Becca cria qu'une voiture se garait devant chez eux.

— C'est la police, dit Ashley. Je t'avais prévenu que cet inspecteur était passé pour te parler.

Alex arriva au pied de l'escalier au moment où la sonnette carillonnait. Il alla ouvrir et se trouva face à Carver qui lui présenta sa carte, et pourtant Alex savait qui il était.

— Pouvons-nous nous entretenir en privé, monsieur ?

Alex le conduisit dans son bureau dont il ferma la porte.

— De quoi s'agit-il ?

— Comme je vous le disais, de l'eau chlorée a été retrouvée dans les poumons de M. Kellerman. Dans le lac, bien entendu, l'eau est douce.

— Et alors ?

— Vous avez une piscine.

— Il ne s'y est jamais baigné. Pete m'avait dit qu'il ne savait pas nager.

— Quel genre d'employé était-il ?

— Excellent. Formidable. Très ambitieux, très méticuleux.

— Le connaissiez-vous, madame ?

— Je ne l'ai rencontré qu'une seule fois, à l'occasion du barbecue que nous organisons tous les ans pour les collaborateurs d'Alex.

— Comment le trouviez-vous ?

— Jeune, mais mon mari embauche beaucoup de gens qui débutent. Il vaut mieux démarrer tôt dans ce milieu.

Le lieutenant regarda autour de lui, notamment les photos qui s'alignaient sur les murs.

— C'est comme dans votre bureau en ville, remarqua-t-il. Vous aux côtés de célébrités. Jamais pensé à vous lancer dans un autre domaine ? La politique, par exemple ?

Alex rit de bon cœur.

— Personne ne me prendrait au sérieux. J'ai réussi dans mon domaine, me lancer dans une autre carrière ne serait pas raisonnable.

— Vous êtes satisfait de la position que vous occupez dans la vie, je suppose.

— Pleinement.

— Avez-vous des raisons de penser qu'un de vos employés aurait pu être jaloux de la réussite de M. Kellerman, ou de l'attention que vous lui portiez ?

— Non, aucune. Il travaillait avec nous depuis deux mois à peine.

— Nous vous posons cette question pour la simple raison que nous avons trouvé dans le portefeuille de M. Kellerman un billet de train aller-retour entre New York et la gare la plus proche de chez vous. Qui se trouve à moins de deux kilomètres d'ici. On peut en conclure qu'il était venu vous voir, ou que vous l'aviez invité... ?

— Je ne l'ai pas vu. Il n'est venu ici qu'une seule fois, lors de cette petite fête dont je vous parlais, mais pas depuis, non.

— Parle-lui des caméras, intervint Ashley.

— Ce n'est rien...

— J'ai tout mon temps, dit Carver.

— Quelqu'un est entré chez nous aujourd'hui en notre absence et a placé... j'ignore comment on appelle ça... des sortes de fausses caméras. Pour nous faire croire qu'on nous espionnait.

— On s'est introduit chez vous. Pourtant, si mes souvenirs sont bons, vous disposez d'un des meilleurs systèmes d'alarme qui soit. Et vous aviez l'intention de l'améliorer.

— C'est comme la dernière fois, enchaîna Alex. Vous savez, quand nous avons été réveillés par de la musique et que nous avons trouvé la porte ouverte...

— Il nous a filmés, l'interrompit Ashley. Pendant

que nous dormions. Nos filles et nous. Il s'est baladé dans toute la maison. Il a fait comme chez lui.

Carver dévisagea Alex. Il semblait stupéfait.

— Et vous ne nous en aviez pas parlé ? s'étonna-t-il.

Alex fit tinter les pièces de monnaie qui se trouvaient dans une de ses poches.

— Les images nous ont été envoyées simultanément sur nos portables. Elles ont été filmées… dans notre intimité, dirons-nous.

Carver s'accorda un temps de réflexion avant de poser sa question suivante.

— Sans vouloir être indiscret, dit-il, votre femme et vous étiez en train de faire l'am…

— Nous dormions, précisa Ashley. C'est déjà assez intime, vous ne trouvez pas ?

L'enquêteur referma son calepin.

— Tout cela commence à me faire supposer qu'un membre de votre équipe pourrait avoir une dent contre vous. Peut-être un ancien collaborateur qui se serait senti traité injustement ?

Alex fit mine d'envisager cette possibilité.

— La dernière fois que cela s'est produit, c'était, je crois, il y a douze ans. Mais cet homme a changé de profession. À présent, il dirige une société d'investissements privés à Wall Street. Il m'arrive de le croiser. Nous nous entendons très bien. D'autant qu'il gagne beaucoup plus d'argent que lorsqu'il travaillait pour moi.

— Les employés d'Alex l'aiment bien, glissa Ashley. Il les considère comme ses égaux.

— Pourtant, ils ne le sont pas, hein ? rétorqua le policier. Quand vous leur dites de sauter en l'air, ils sautent en l'air.

— Ce n'est pas ainsi que ça se passe dans mon entreprise. Nous formons une équipe.

— Il faut aussi compter avec la concurrence.

— C'est sûr, répondit Alex en lui adressant un fin sourire. Mais les autres promoteurs ne tomberaient pas aussi bas.

Carver consulta sa montre.

— Alors, qui ? soupira-t-il.

Personne n'avait de réponse.

Carver prit congé et regagna sa voiture de service tandis qu'Alex restait sur le seuil, sa silhouette découpée à contre-jour par l'éclairage intérieur. Ettinger, assis au volant, tapait un SMS. Il l'envoya, puis glissa son portable dans sa poche.

— Je m'attendais à ce que tu restes plus longtemps, dit-il à son collègue.

— Ce n'était pas nécessaire.

— Alors ?

Carver boucla sa ceinture de sécurité.

— Tout s'est passé comme je m'y attendais.

— Qu'est-ce que tu en conclus ?

— Qu'il ment. Cela étant, il n'est pas le seul, hein ?

VII

48

Près d'un an après la disparition de Joey, Diane Proctor aperçut son fils sur un quai de la station de métro Astor Place, située à quelques rues de son atelier. Elle venait de descendre l'escalier pour prendre la ligne 6 quand, parmi les usagers qui se bousculaient pour monter dans la rame, elle vit Joey en compagnie d'un adulte. Trop surprise pour fendre la foule et les suivre, elle regarda s'asseoir à travers la vitre cet homme élégant et Joey, dont les cheveux étaient plus longs que la dernière fois qu'elle l'avait vu, et qui portait un T-shirt illustré d'un crâne humain stylisé. Il ressemblait plus à un adolescent, au pire sens du terme, qu'à l'enfant de neuf ans qu'il aurait dû être. Tout à coup, elle accrocha son regard et, lorsque la rame démarra, elle cria son prénom, très fort, puis courut vers le bord du quai, si bien que toutes les personnes présentes la prirent pour une déséquilibrée qui voulait se suicider. On la retint par le bras avant qu'elle ne bascule sur les rails, et elle tomba à genoux, pleurant à chaudes larmes dans ses mains.

Ce soir-là, lorsque Alan franchit la porte de leur appartement, elle lui cria :

— Il est vivant ! Je l'ai vu !

Elle ne s'était ni changée ni douchée et, à la voir, on pouvait penser qu'elle venait de fouiller dans les poubelles. Échevelée, débraillée, elle dégageait une forte odeur de transpiration. Ses joues, ses yeux étaient rougis, comme si elle avait de la fièvre.

Elle lui raconta ce qu'il s'était passé, lui décrivit à quoi ressemblait Joey, le T-shirt qu'il portait, la personne qui l'accompagnait.

— C'est l'homme qui l'a enlevé au camp, Alan. Notre fils est ici, en ville, nous pouvons le retrouver.

— Ton imagination t'a joué des tours, Diane. Joey n'est pas ici. Il n'est nulle part.

— Mais je te dis que je l'ai vu ! Je sais reconnaître mon fils.

— Et cet homme l'a kidnappé.

Ce n'était ni une question ni une affirmation de la vérité. Il faisait de son mieux pour ne pas paraître condescendant. Ces derniers temps, l'amour qu'il avait éprouvé pour elle pendant les plus belles années de leur mariage avait peu à peu cédé la place à un sentiment proche de la pitié, jusqu'au jour où, inévitablement, il s'était mué en mépris.

Rendue folle par la disparition de Joey : quand il restait objectif, c'est en ces termes qu'il pensait à elle. Comme à une héroïne de tragédie grecque. Dès lors, pour lui, elle était presque devenue une étrangère. Il pressentait ce qui allait suivre : la séparation, le divorce, puis la mort. Il n'y avait rien à espérer, pas de fils à voir grandir et se frayer un chemin dans la vie ; pas d'autre descendance, pas de raison d'être fiers, pas de rires. On quittait ce monde sans rien d'autre que le souvenir d'une femme : la danseuse dans un corps de ballet, la maîtresse d'un autre homme, la mère d'un fantôme.

Elle serra les poings, et ses traits se crispèrent tandis qu'elle lui répétait qu'elle avait vu Joey avec un adulte, lui détaillait les vêtements qu'il portait et, quand Alan l'encouragea à décrire l'homme en question, elle répondit :

— Il portait un costume. Il avait une quarantaine d'années, ou un peu moins.

Un homme en costume. Un sur huit millions d'habitants.

Ce n'était pas le premier incident de ce genre. Il y avait eu cet appel, de nuit, une quinzaine de jours après la disparition de Joey. Le mobile de sa femme avait vibré et, quand elle avait répondu, la personne à l'autre bout de la ligne n'avait rien dit. Elle l'entendait respirer, elle sentait sa présence, et lorsqu'elle avait dit : « Joey ? », cet interlocuteur inconnu semblait avoir eu le souffle coupé, puis avait raccroché. C'était ce qu'elle avait raconté à son mari. La respiration. Le souffle coupé. Le silence.

Le numéro était masqué. Il n'existait aucun moyen de savoir qui c'était mais, tout de suite, elle avait monté cet incident en épingle. C'était Joey. Elle en était certaine. Il avait réussi à trouver un téléphone et tenté de demander de l'aide. Il n'avait pas pu parler parce qu'il n'était pas seul mais avec quelqu'un qui, sinon, lui aurait fait du mal.

Puis il y avait eu la fois où elle avait été certaine de le voir, au journal télévisé, dans une foule massée sur les lieux d'un accident de grue sur Madison Avenue. Elle avait pointé le doigt vers l'écran en criant :

— Là… regarde ! C'est Joey ! Tu le vois ?

Mais le temps qu'Alan se concentre sur l'image, il n'aperçut qu'une grue effondrée et les gyrophares des véhicules de secours.

C'était ce qu'on appelait espérer. *Espérer envers et contre tout*, se disait Alan. Pourtant, une part de lui-même voulait croire que Joey était en vie. Et qu'un jour, lui aussi l'apercevrait. Et il se demanda si devenir fou était la seule solution, l'unique voie de salut pour chacun d'eux.

49

La porte s'ouvrit brusquement et une trentaine d'étudiants sortirent de l'amphithéâtre en file indienne, suivis de Marty Pollock et d'une jolie jeune fille coiffée de dreadlocks. Pollock s'esclaffa à ce qu'elle venait de lui raconter, puis elle rit à son tour, après quoi il lui souhaita bonne chance, lui dit au revoir et s'avisa de la présence d'Alex. Il parut sincèrement surpris de le voir. Pour ne pas dire stupéfait : il sursauta comme s'il s'attendait à ce que l'autre le frappe.

— Comment m'avez-vous trouvé ?

— Facile. J'ai téléphoné, demandé où vous donniez cours. Je ne voulais pas vous déranger chez vous. Avez-vous du temps à m'accorder ?

— J'ai fini ma journée.

— Parfait. Je vous offre un verre.

Ils se rendirent Waverly Place, dans un bar presque désert à cette heure et s'attablèrent au fond de la salle. Marty commanda une des bières artisanales proposées sur un tableau noir, et Alex la même chose. Il garda le silence jusqu'à ce que la serveuse les leur ait apportées.

— Je crois que Joey Proctor est toujours vivant, dit-il alors.

Marty lui lança un regard intrigué.

— Je suis sérieux. Ma famille et moi-même sommes victimes de harcèlement, de menaces très étranges. Quelqu'un a rempli notre piscine de sang animal et gravé des mots sur le fond du bassin.

Il expliqua à Marty de quoi il retournait, lui raconta l'épisode de l'immeuble de Brooklyn, le prénom Joey peint sur le mur. Puis il lui parla de la violation de son domicile et de la vidéo qu'on leur avait envoyée. Il fit défiler les images sur son téléphone portable jusqu'à ce qu'il trouve celle de la silhouette reflétée dans le miroir, cette espèce de monstre aux yeux globuleux, avec des tubes qui lui sortaient de la bouche. Marty la contempla quelques secondes.

— C'est carrément dingue, murmura-t-il.

— Je sais.

Il rendit le portable à Alex.

— Vous savez ce que c'est ?

— Ce type porte un genre de lunettes de protection ou un masque ?

— Un équipement de vision nocturne, il me semble. Ainsi qu'un appareil qui lui permet de respirer sans faire entendre son souffle. Ce mec avait préparé son coup. Il est équipé pour une expédition. Une invasion.

Alex posa le téléphone sur la table.

— C'est ce qui nous effraie. Que cette personne – Joey, ou qui que ce soit – aille encore plus loin.

— Avez-vous prévenu la police ?

— Évidemment.

— Eh bien, ça change la donne, remarqua Marty, se carrant dans sa chaise et croisant les bras.

— De quoi parlez-vous ?

— De mon film. Ça ajoute une nouvelle dimension. Un autre mystère. Voire l'embryon d'une suite.

— J'ai besoin de solutions, pas d'autres mystères.

Marty esquissa un sourire, prit appui sur ses coudes.

— Vous ne comprenez pas, Alex. Vous faites partie de l'histoire. Mais pas comme au camp de vacances, lorsque vous avez vu Joey pour la dernière fois. Désormais, toute votre vie est liée à cet événement car, si Joey est vivant, c'est ce à quoi il pense depuis toutes ces années. Pourquoi ? Ça, vous seul le savez. Oh, et s'il vous surveillait depuis toujours ? Vous avez repris vos études à l'université, vous vous êtes marié, vous vous êtes lancé dans la vie professionnelle. Et, pendant toute cette période, il était là, dans la coulisse.

Il mit deux doigts en « v » sous ses yeux, puis les pointa sur Alex.

— Vous comprenez ce que je veux dire ? Vous êtes tout simplement devenu un personnage de l'histoire. De *son* histoire.

50

Alex menaça Marty du doigt.

— Si vous utilisez mon nom dans votre film, vous aurez affaire à mes avocats et vous pourrez dire adieu à votre projet, je vous le garantis.

Marty leva une main en signe d'apaisement.

— Très bien ! Compris, Alex. Cependant, dites-moi une chose. Si tout ce que vous venez de me raconter est vrai, qu'avez-vous donc fait pour mériter ça ? À moins, bien sûr, qu'il soit arrivé malheur, un grand malheur ce jour-là. Un malheur qui aurait marqué Joey à vie.

Il s'adossa à son siège et attendit.

— Nous avons eu activité natation. Puis j'ai renvoyé les garçons dans leur dortoir.

— Vraiment. C'est tout ?

Alex hocha la tête.

— Alors, pourquoi vous, pourquoi maintenant ?

— Je n'en ai pas la moindre idée. Je ne comprends pas ce qu'il me veut.

— Il vous demande de l'argent ?

— Il ne me demande rien. Il se contente de…

de m'infliger tout ça. Ainsi qu'à ma femme, à mes enfants.

— Qu'est-ce qu'il y gagne ?

Alex soupira, puis réfléchit à cette question. Il n'arrêtait pas de se la poser. Il ne faisait l'objet ni de chantage ni de poursuites judiciaires, de rien, sauf diverses formes de harcèlement. À moins que Joey ne fasse monter la pression jusqu'à un point d'orgue qui mettrait Alex au tapis. Il préférait ne pas y penser.

— Si je savais ! dit-il.

Marty haussa les épaules.

— Ça ressemble plus à un canular qu'à une menace.

— Vous plaisantez, Marty ? Il s'est introduit dans ma villa ! Moi, j'appelle ça un délit.

— Pas faux. Il s'est passé combien de temps depuis ?

— Quoi ? Depuis le camp ? J'avais dix-huit ans à l'époque, j'en ai trente-neuf aujourd'hui.

— Vingt et un ans. Et John Otis réapparaît tous les sept ans selon sa légende, c'est bien ça ? Trois fois sept. Bingo !

C'était presque un cri, au point que le barman tourna la tête vers eux, comme si Pollock avait commandé une deuxième bière.

— Vous vous foutez de moi, Marty ?

— Hé, je suis concerné aussi, vous savez. Ce n'est pas seulement votre histoire. C'est aussi la mienne, celle des parents de Joey, c'est la mémoire des responsables de ce camp, ces gens qui se sont retrouvés ruinés à cause des événements de ce jour-là.

Quand la serveuse passa à hauteur de leur table, Marty lui commanda une bière.

— Vous auriez un bon whisky ? demanda Alex.

La jeune femme ricana, comme s'il sous-entendait

qu'ils se trouvaient dans un vulgaire troquet, pas un établissement haut de gamme servant des alcools hors de prix.

— On a tous les meilleurs poisons, dit-elle.

— Johnnie Walker Black Label.

— On a même du Platinum et du Blue, si vous avez envie d'y mettre le prix.

— Et du Balvenie PortWood vingt et un ans d'âge ?

— Sec ?

Question idiote, faillit-il dire.

— Bien entendu.

Elle s'éloigna, et Alex reprit :

— Dites-moi le fond de votre pensée. Vous croyez que c'est possible que Joey Proctor soit toujours vivant ?

— Pour être franc ? Tout est envisageable, je suppose. Que ce soit lui qui s'en prenne à vous ?

Il haussa les épaules.

— Vous n'étiez que son prof de natation. Tout ça n'a pas beaucoup de sens.

La serveuse revint déposer son verre devant Alex qui lui dit :

— Excusez-moi, vous pourriez me donner un double ?

Elle embarqua le verre, réapparut avec un bol de cacahuètes grillées qu'elle mit un point d'honneur à poser devant Marty. Elle demanda s'ils désiraient ouvrir un compte pour la soirée.

— Avec joie, s'empressa de répondre Marty.

Elle regarda Alex de haut en partant.

— C'était, reprit-il, la fin du séjour. Je voulais que ces gamins aillent là où ils n'avaient pas pied. Une sorte d'examen de passage. Pour voir les progrès qu'ils avaient faits pendant l'été. Joey refusait de plonger, alors je l'ai poussé à l'eau. Je pensais qu'il nagerait. Sauf qu'il ne savait pas, et il a coulé. J'ai aussitôt plongé, je l'ai attrapé et l'ai hissé sur le radeau où je l'ai laissé.

— Ah bon ? Pourquoi ?

— Pour qu'il revienne de lui-même.

— Sauf – vous venez de le dire – que Joey ne savait pas nager.

— C'est comme ça qu'on apprend, Marty. On se jette à l'eau et on se débrouille. C'est le meilleur moyen de vaincre ses peurs.

— Qu'est-ce qu'il s'est passé ensuite ?

Alex inspira à fond.

— Je l'ai oublié, dit-il tout bas.

Marty laissa le silence s'appesantir entre eux.

— Autrement dit, finit-il par reprendre, il vous est sorti de l'esprit ?

Alex ne répondit rien. Puis acquiesça.

— Vous vous en voulez ?

— Oui, bien sûr.

— Parce que, ensuite, il a disparu.

Marty saisit son verre et le vida d'un trait. Il le leva pour attirer l'attention du barman. La serveuse lui en apporta un autre, affichant un sourire intéressé.

— C'est pourquoi je pense qu'il est revenu, dit Alex. Pour se venger. Pourtant, je ne lui avais fait aucun mal, je vous jure que c'est vrai.

— Vous en avez parlé avec la police ?

Alex détourna la tête.

— J'ai simplement dit que, après la séance de natation, il était reparti avec ses camarades.

— Donc, vous avez menti.

— J'avais dix-huit ans, Marty. J'étais ado. Comme vos étudiants.

— Vous avez surtout couvert vos arrières. Autrement, vous n'auriez pas pu devenir cet Alex Mason connu de tous aujourd'hui. Les gens qui réussissent ne font pas des choses pareilles. Mais je suppose que je ne vous apprends rien.

Alex se pencha vers son interlocuteur.

— Ne me faites pas la leçon, d'accord ? Je sais ce que j'ai fait, ce que je n'ai pas fait. Ce sont des choses qui peuvent arriver à cet âge-là. Je n'ai plus pensé à lui, je sais que c'est stupide, je l'avais complètement oublié.

— Et c'est pourquoi Joey lui-même est à présent devenu une figure de légende, l'enfant qui a réellement disparu. On commence par John Otis, mais on en revient toujours à Joey Proctor, celui qu'on n'a plus revu. À part vous, qui savait que vous l'aviez laissé au milieu de ce lac ? Personne, hein ?

Excepté Ed Unis, songea Alex, qui, désormais, était mort.

— Voilà comment Joey devient un mythe, poursuivit Marty. Comme je vous le disais l'autre jour, dans notre monde, il n'existe pas une unique bonne réponse. Qui était la sorcière de *Blair Witch* ? Rien à battre. Comment se fait-il que les morts-vivants marchent ? Rien à foutre. Parfois, nos questions restent sans réponse. Nous nous heurtons à des mystères. Alors, quand quelqu'un de normal – comme vous et moi ou ce barman là-bas – se retrouve aux prises avec l'un d'eux, on perd le nord, on perd la boule. Seul un observateur extérieur serait en mesure de comprendre toute la géométrie de la chose, comment le point où l'on se trouve est relié à tout le reste. Je vous égare, non ?

Alex esquissa un sourire.

— Vous faites du sacré bon boulot, dites-moi.

Marty traça une ligne au centre de la table.

— Là, c'est le film, vous voyez, expliqua-t-il, et là, le public. Tantôt, celui-ci se sent perdu, tantôt, il pense détenir la clef de l'énigme, de son déroulement.

— À cause de ce que vous appelez « la géométrie de la chose », c'est ça ?

— Sauf que mon travail de réalisateur consiste à vous déstabiliser. À faire en sorte que vous ne sachiez jamais à quoi vous attendre. Mon rôle, c'est d'instiller des rebondissements pour que vous soyez sans cesse happé par l'histoire.

— Jusqu'à quel point ?

— Celui où vous vous rendez compte que, depuis le début, vous vous êtes tellement laissé absorber par la narration, que vous en faites partie. On s'est joué de vous.

Il se plaqua contre le dossier de sa chaise, puis sourit.

Alex but une gorgée de son whisky dont il apprécia la chaleur sur sa langue et dans sa gorge. Le goût de son prix très élevé. Reposant son verre, il dit :

— Expliquez-moi tout ça, s'il vous plaît. Je ne vous suis pas.

— Vous êtes très riche. Vous avez réussi dans la vie. Vous bâtissez du concret, du tangible, des gens paient pour en profiter, des gens l'apprécient. Tout y est à trois dimensions. Acier. Béton. Verre. L'argent que vous gagnez a du poids et de la valeur. Vous pouvez le toucher, lire le numéro de chacun de vos billets. Ce doit être éminemment confortable pour vous, cette vie de certitudes. Où tout est cadré. Mais au-delà de ça, eh bien, il existe un tout autre monde, des courants, des structures dont vous ne prenez conscience que maintenant.

De la main, il mima les ondulations de vaguelettes dans le vide.

— Vous vous rendez compte que Facebook n'est qu'une œuvre de fiction très élaborée ?

Il ricana.

— C'est le monde le plus imaginaire qu'on ait jamais conçu, reprit-il. Deux milliards de versions de la vérité rivalisant pour être approuvées. Et au-delà ? Il y a toujours Matrix, hein ?

À ces mots, il ouvrit ses doigts d'un coup, en feu d'artifice.

Alex s'esclaffa.

— Vous avez pris quoi, comme drogue ?

— Vous oubliez ce que je fais. Je joue avec la réalité. Je la tords, j'exploite différentes pistes, je transforme le réel en extravagances, et le faux en vérités vraies. Exemple : les films en couleurs et les films noir et blanc, d'accord ? Lesquels correspondent le plus à la réalité, selon vous ?

— Ceux en couleurs, à mon avis.

— Faux. Ceux en noir et blanc. Parce que leur image fait « vrai ». Ce sont les vieilles photos du temps de la guerre de Sécession, ce sont les prises de vues de la libération des camps de concentration, ce sont les documentaires, d'accord ? Boris Karloff, avec ses chaînes, écumant la campagne, en couleurs, ça nous ferait rire. Mais en noir et blanc ? Ça nous fait peur. Ça paraît vrai. Ça nous hante. C'est comme un fantôme qui nous kidnapperait dans un cinéma obscur. Assis autour du feu de camp, nous écoutons le conte de John Otis et nous marchons tous. Est-ce que c'est vrai ? Peut-être. Peut-être pas. Mais il nous fiche une peur bleue. Monstres, zombies, vampires, c'est une chose : des ingrédients de bande dessinée. Mais il y a vingt ans, des dingues qui enlèvent des gosses ? C'était approcher un peu trop près de la réalité. Et c'est toujours le cas. On croise des gens dans la rue, dans le métro et on se demande de quoi ils seraient capables.

Il but une gorgée de bière.

— N'empêche que quelqu'un est responsable de la disparition de Joey et j'espère bien faire toute la lumière là-dessus.

— Vous avez commencé le tournage du film ?

— Absolument. J'ai beaucoup de séquences. Je n'ai plus qu'à les monter.

— Quels éléments devez-vous encore trouver ?

— Je sais comment ça finit, c'est déjà ça.

— Bien ?

Marty lui décocha un sourire.

— Attendez de voir, répondit-il.

Alex le dévisagea d'un air un peu envieux. Savoir que ce serait terminé et réglé une bonne fois était tout ce qui l'intéressait.

— Vous dites que Joey a resurgi, c'est ça ? le relança Marty.

— Je dis qu'il a *peut-être* réapparu.

Marty, du plat des mains, tapa deux fois sur la table.

— Joey est mort, déclara-t-il.

— Vous n'en savez rien.

— C'est vrai. Et vous non plus.

51

Ashley s'apprêtait à servir le dessert quand Alex fit irruption dans la pièce. Elle lui lança un coup d'œil, puis se leva de table.

— Je peux te parler une minute ?

Il la suivit dans la cuisine, où ils se disputèrent à voix basse.

— Tu es ivre, dit-elle.

— J'ai bu une bière et deux whiskys. Même pas soûl.

— Que se passe-t-il ? Une autre maîtresse dont j'entendrai parler demain ?

— J'ai rencontré Marty Pollock, le documentariste dont je t'ai parlé. Nous sommes allés dans un bar du Village et avons bavardé, voilà tout.

— Oh, oui, bien sûr.

Il la saisit par le bras, un peu trop fort.

— Qu'est-ce que tu veux dire, au juste, Ash ?

Elle recula d'un pas, puis le dévisagea comme si elle avait devant elle un parfait inconnu.

— Ne t'avise plus de poser la main sur moi de cette façon.

— Excuse-moi. Excuse-moi. Je ne voulais pas te faire mal.

Elle se radoucit.

— Très bien. Viens dîner. Faisons comme si nous étions une famille heureuse.

Quand ils eurent regagné la table, Becca s'écria :

— Qui est Joey Proctor ?

Alex se figea. Resta sans voix. Il avait les nerfs à vif et le simple fait d'entendre ce nom faillit le faire bondir.

— Pardon ?

Le mot franchit ses lèvres sur un ton si acerbe, si agressif, que Becca leva les yeux au ciel comme elle l'aurait fait avec une de ses copines de classe.

— Un garçon nommé Joey Proctor me demande de l'accepter comme ami sur Facebook. Il dit qu'il fait partie de tes amis.

Alex et Ashley échangèrent un regard.

— Où est ton téléphone, Becca ?

Elle protégea l'appareil de sa main, si bien que son père ne saisit que du vide.

— Donne-le-moi.

Elle lui sourit d'un air provocant.

— Donne-moi ce putain de téléphone !

Elle sursauta. Alex n'employait jamais ce vocabulaire devant ses filles. Ashley lui tapota le bras. *Du calme*, sous-entendait ce geste. *Ressaisis-toi.*

— Papa ne va pas regarder dans ton téléphone, dit-elle. Il veut juste voir à quoi ressemble la page Facebook de ce garçon.

À contrecœur, Becca le lui tendit. Il scruta l'écran, puis refit glisser l'appareil vers elle.

— Je reviens, dit-il.

Il alla s'enfermer dans son bureau, se connecta à Facebook. Il rechercha Joey Proctor et le seul profil existant à ce nom exposait la photo d'un radeau vide au milieu d'un lac, exactement celle qu'il venait de voir sur le téléphone de Becca, identique à celle qui était restée gravée dans sa mémoire depuis le camp Waukeelo. Il n'y avait rien concernant l'adresse de Joey Proctor, ou sa profession. Alex ne pouvait pas accéder à d'autres informations du compte car il ne faisait pas partie de ses « amis », contrairement à ce que cet homme avait raconté à Becca.

— Fils de pute, maugréa-t-il. Il continue à nous emmerder.

Il laissa son index en suspens au-dessus du pavé tactile. Il attendait. Il hésitait. Puis il cliqua, demandant à être accepté comme ami. Quelques instants plus tard, c'était chose faite.

Alex tapa un message privé :

Je vous connais ?

Oh oui. Très bien.

Où êtes-vous ?

Tu sais parfaitement où je suis.

À proximité de ma villa ?

Peut-être même à l'intérieur.

Je pourrais prévenir les flics.

Ils ne me trouveront jamais.

Pourquoi avoir cherché à devenir ami avec ma fille ?

Pour que tu me demandes de devenir le tien. C'est chose faite. Supprime-moi de tes amis si ça te chante, mais je serai toujours avec toi. Jusqu'au jour de ta mort.

— Alex ? S'il te plaît, reviens !

C'était Ashley.

Becca leva les yeux vers lui quand il réapparut dans la salle à manger.

— Dis-lui, Becca. Montre-lui de nouveau ton téléphone.

Alex tendit la main.

— Fais voir.

— Non.

— Allez ! Passe-le-moi, bordel !

Lyndsey tressaillit tandis que Becca le toisait d'un air glacial. Lui songeait qu'il resterait là toute la nuit s'il le fallait. Il finit par obtenir gain de cause. Elle céda, non sans lever les yeux au ciel.

C'était trop tard. Désormais, Becca et Joey étaient amis.

52

Quand le téléphone sonna, Alex prit l'appel de la cuisine. C'était Ellen Siegel, du bureau. Elle se trouvait dans un endroit animé : musique, conversations, rires, verres…

— Je vais sortir, dit-elle. C'est trop bruyant, ici.

Ashley le regardait d'un air interrogateur.

— C'est Ellen, lui précisa-t-il.

— Je viens d'apprendre que Mark Pearson a fait l'offre la plus élevée sur le bien de Brooklyn, reprit alors Ellen. Milt Golub est aux anges.

— Milt était censé attendre notre proposition.

— À mon avis, quelqu'un lui a dit que nous n'étions pas intéressés.

— Comment se fait-il que Pearson ait été au courant de cette tractation ? Ce projet était confidentiel. Pas de fuites. Rien de public.

Une sirène retentit dans l'appareil.

Ellen attendit que le véhicule ait tourné au coin de la rue avant de poursuivre :

— Par ailleurs, il paraît que Pearson a des vues sur un motel dans le quartier de Detroit qui nous intéresse.

Alex la pria de patienter.

Une fois enfermé dans son bureau, il reprit :

— Qui te l'a dit ?

— Rob. Il l'a su par un de ses potes qui bosse pour Pearson.

Alex n'avait pas oublié la manière dont Mark Pearson l'avait interpellé à Captiva. Un mauvais souvenir. *Là où tout bascule,* songea Alex.

Ce devait être à ce moment qu'il avait décidé de s'en prendre à Alex.

Il attendit d'avoir digéré la chose, puis s'enquit :

— Ce gars lui a-t-il précisé comment Pearson avait eu vent de nos projets ?

— C'est la raison de mon appel. C'était par Pete.

Il se laissa tomber dans un fauteuil et se massa le front.

— Pete. Tu en es certaine ?

— Absolument. Pete étant mort, il s'est senti autorisé à en parler à Rob. De lui livrer le nom de leur informateur. Pete a tout ébruité. Le moindre de nos projets, chacun de nos documents. Moralité : nous nous retrouvons avec un trou béant dans nos opérations.

Quand Alex sortit de son bureau, Ashley l'attendait dans le couloir. Il entreprit de lui raconter ce qu'il venait d'apprendre, puis les mots lui manquèrent.

— Mais ça n'a plus d'importance. Puisque Pete est mort.

— Réfléchis, Ash. Il faisait fuiter des informations sur ma société et, maintenant, il est mort. La police va se concentrer sur toute mon équipe, surtout sur moi.

— Calme-toi. Après notre petite fête, il n'a pas remis les pieds ici. Donc, tu ne risques rien. D'accord ?

— Non, il n’est jamais revenu ici.

— Quant à ce petit garçon que tu avais laissé seul pour qu’il rentre à la nage, celui qui a disparu… ?

— Joey Proctor, oui.

— Maintenant, il est réellement entré dans la vie de Becca.

— De quoi tu parles ?

— Elle vient de recevoir un message de lui.

Dis adieu à tes 13 ans, fillette.

53

D'habitude, il fallait compter à peine un quart d'heure en voiture pour se rendre du bureau au Mason House Hotel, même si ça roulait mal. Or, ils avaient l'impression d'être coincés sur place depuis autant de temps. Ce qu'Alex avait appris la veille au soir lui avait coupé les jambes. Il n'en revenait toujours pas. Si Pete avait été une taupe dans sa société, alors son décès lui épargnait la sanction dont il aurait sûrement écopé. S'il avait vécu – si Alex avait pu l'empêcher de se noyer dans la piscine, s'il avait découvert ce que manigançait son employé –, plus personne ne l'aurait jamais embauché. Il se serait retrouvé sur la liste noire de toutes les sociétés immobilières de la ville.

Sauf celle de Mark Pearson. Alex se demanda si ce dernier utilisait déjà les services de Pete lorsqu'ils s'étaient croisés en Floride. Il songea qu'il ne l'avait jamais vu aussi sûr de lui que ce jour-là. Jusqu'alors, leurs rapports étaient distants mais cordiaux, pareils à ceux qu'il avait avec tous ses concurrents, à part un ou deux dont l'existence même le hérissait. Il aurait pu le percer à jour. Un verre de plus, songea Alex, et j'aurais vu clair dans son jeu.

Il s'adressa au chauffeur :

— Jimmy, que se passe-t-il ?

— Je crois qu'un camion de déménagement est garé en double file dans la 59e Rue.

Alex prêta attention au mauvais concert joué par les klaxons. Il consulta son téléphone portable : rien. Pas de nouvelles de Joey Proctor. Becca l'avait supprimé de sa liste d'amis et, depuis, n'avait pas reçu d'autre demande de sa part. Lorsqu'il consulta Facebook pour voir si Joey avait posté des messages, il ne trouva aucune entrée. Soit ce type en avait bloqué l'accès à ses amis, soit il avait ouvert un compte dans le seul but de s'immiscer plus encore dans sa vie. Un jour, pensa Alex, Joey se connecterait à Facebook et entrouvrirait une fenêtre sur sa vie. Alors, Alex réglerait son cas.

Enfin, la circulation se fluidifia et, bientôt, Alex et son équipe furent déposés devant l'hôtel avec à peine cinq minutes de retard pour la réouverture officielle. L'ensemble du personnel – dont Reg Dwyer, le chef, son second et ses commis – s'était réuni dans le hall où les garçons versaient du champagne dans des flûtes. Ils devaient rouvrir à midi, et l'hôtel était déjà rempli aux deux tiers pour le week-end. Il leur faudrait plusieurs semaines d'activité avant de résorber les pertes. Chris Harper, le directeur, connaissait une journaliste de la rubrique « Styles » du *Times* et essaierait de décrocher un papier.

Alex avait décidé qu'ils devaient reprendre l'initiative, que la meilleure stratégie consistait à reconnaître les faits en admettant qu'ils ne savaient pas comment cela avait été possible. Puis la réouverture de l'hôtel, avec la nouvelle carte et les nouveaux draps en lin italiens, constituerait un événement. Tout étant dans l'apparence, Alex avait travaillé en collaboration avec son décorateur habituel pour embellir le hall. Dès l'entrée, on se disait que quelque chose avait changé, et on en concluait que le Mason House s'était réinventé. Jusqu'alors, tout était dans les nuances de rouge, du lie-de-vin à l'orangé cornaline ; à présent, il y avait une dominante de verts et de jaunes, très pastel, très doux. L'ensemble envoyait le message : propre et accueillant. *Ça vous étreint et vous enveloppe*, affirmait le designer.

— Détends-toi, soupira Ellen comme ils approchaient de l'entrée. Nous devons tout faire pour que ça marche.

Il afficha sa mine réjouie de circonstance, son large sourire Alex Mason aux dents éclatantes, tandis que le portier les faisait entrer. Le personnel applaudit pendant que son équipe et lui prenaient place. Les photographes engagés pour couvrir l'événement immortalisèrent cet instant.

Alex attendit que le silence se fasse.

— Je vous en prie, prenez tous un verre, et tant pis si c'est encore le matin. Mais, chers collaborateurs, n'oubliez pas que nous avons toute une journée de travail devant nous, alors n'abusez pas des bulles…

Tout le monde rit.

— Permettez-moi de vous dire combien je suis reconnaissant à chacun d'entre vous d'être resté fidèle à la maison Mason, de ne pas vous être précipités vers des emplois moins lucratifs proposés par nos concurrents peu scrupuleux.

Il pensait à Pearson dont il entendait bien, d'une

manière ou d'une autre, provoquer la ruine dans un avenir proche.

D'autres rires fusèrent mais, déjà, il songeait à l'étape suivante. S'il trouvait le moyen d'introduire des souris et des rats dans l'hôtel de Red Hook le soir de l'inauguration – comme lui-même en avait fait les frais ici, au Mason House –, il triompherait. En tout cas, pendant un certain temps.

Sinon, il pouvait toujours se rabattre sur un incendie criminel.

— Je suis particulièrement reconnaissant – je dirais même que je suis redevable – à toute l'équipe pour sa mobilisation, son soutien sans faille et sa disponibilité constante afin de répondre aux exigences des services de l'hygiène de la ville et de l'industrie hôtelière. Alors, à votre santé à tous et à dix autres années d'exception !

Il but une gorgée et reposa son verre. Après quelques autres photos avec Reg, Chris et l'ensemble du personnel derrière lui, il s'éclipsa. Son portable sonna au moment où il atteignait sa limousine. C'était Ashley.

Il était arrivé le pire.

54

La police se trouvait déjà chez lui à son arrivée.

— Que savons-nous ? s'écria-t-il.

— Ce SMS reçu par votre femme a été envoyé d'un numéro masqué, répondit Carver.

Alex lut le message. Son auteur affirmait avoir enlevé Lyndsey pendant la récréation.

— Nous ne sommes pas en mesure d'aller plus loin, du moins tant que l'origine de l'appel n'aura pas été établie.

— Je vous en prie, dites-moi que ce sera possible.

— Oui, en envoyant le matériel à nos experts new-yorkais. Et ça peut prendre plusieurs jours.

Cela semblait absurde quand la vie d'une fillette était en jeu.

— Ils ne peuvent pas faire une exception ?

— Nous avons peu de temps devant nous. Dans les cas d'enlèvement d'enfant, nous disposons d'une marge de manœuvre de quarante-huit heures. Dans le cas d'une victime aussi jeune que votre fille, les trois premières sont cruciales. Or, il s'est déjà écoulé une heure et demie depuis la réception de ce message.

— Vous savez si une rançon a été demandée ?

— Pas encore.

— Mon Dieu. Mon Dieu.

Ashley avait pleuré. Dans sa main, elle serrait un mouchoir en papier.

Il l'enlaça.

— Becca n'est pas au courant, dis ?

Elle secoua la tête.

— Elle est encore au collège, répondit-elle.

— Nous allons récupérer Lyndsey. Je te le promets, chérie.

— En fait, intervint le lieutenant, comme nous l'avons dit à madame, à ce stade, nous sommes optimistes, nous avons encore toutes les chances de la retrouver saine et sauve.

Il semblait prendre cette affaire à la légère.

— Réfléchissez, monsieur, reprit-il. Y a-t-il des raisons pour lesquelles quelqu'un chercherait à se venger de vous ou de votre famille ? Tout ce qui vous viendrait à l'esprit pourrait nous aider.

Alex restait sans voix. C'était le pire qui pouvait arriver, cela dépassait l'entendement. Lui donnait envie de renoncer à tout ce qu'il avait réussi, à tout ce qu'il avait convoité, à tout ce qu'il avait déposé en banque, à toute sa misérable existence. À tout pour récupérer Lyndsey.

Il la revit au bord de la piscine, à Captiva, terrifiée parce qu'il lui faisait peur, la menaçait, pour ainsi dire. Il ne s'en était jamais excusé auprès d'elle. Maintenant, elle avait disparu. En cet instant, il éprouvait le sentiment d'être la personne la plus insignifiante au monde. Plus rien de tout ce qui l'avait défini jusqu'alors n'avait d'importance, ni sa réussite ni sa fortune. Pas même sa renommée. Et, pour la première fois depuis des années, il eut envie de pleurer.

Carver se tourna vers Ashley.

— Nous souhaiterions parler avec votre mari en tête à tête, pourriez-vous nous laisser quelques minutes ?

— Non, c'est de notre fille qu'il s'agit…

— C'est au sujet d'une tout autre question, madame.

Alex proposa aux policiers de se rendre dans son bureau. Ettinger y entra le dernier et ferma la porte.

— Nous pensons que cela pourrait avoir un rapport avec la mort de M. Kellerman, dit Carver.

— Ça n'a pas de sens, rétorqua Alex.

— Pour être franc, nous nous demandons si, d'une certaine façon, vous ne seriez pas impliqué dans ce qui est arrivé à votre employé.

— C'est dingue ! Vous m'imaginez vraiment faire quelque chose comme ça ? J'ai une réputation à défendre, je dirige une entreprise…

— Il n'avait ni famille ni amis vivant par ici, ni ailleurs dans le comté, reprit Carver, imperturbable. La gare est près de chez vous. Vous avez une piscine et vous habitez tout près du lac où son corps a été retrouvé. M. Kellerman travaillait pour vous, certes, mais nous avons aussi appris ces dernières vingt-quatre heures que vous aviez un mobile.

Alex s'agita. Il donnait l'impression d'avoir envie de quitter la pièce.

— Vous ne pouvez rien prouver.

Les policiers échangèrent un coup d'œil.

— Vous ne nous demandez pas quel pourrait être votre mobile ?

— Non, parce que je n'ai rien à voir avec tout ça.

— En fait, nous pouvons prouver tout ce que je viens de vous dire. Ce que nous n'avons pas encore établi, c'est que vous soyez directement lié à la mort de M. Kellerman et à la dissimulation de son cadavre. C'est le chaînon manquant.

— Vous perdez du temps à me raconter tout ça alors que ma fille a été enlevée ? Je vous prie de sortir d'ici et de la retrouver. Faites votre boulot, nom de Dieu !

— Très bien, monsieur. Nous vous recontacterons dès que nous aurons du nouveau.

Alex et son épouse regardèrent la voiture de police s'éloigner dans l'allée. Il ferma la porte et enclencha l'alarme. Comme la matinée touchait à sa fin et que le ciel limpide se recouvrait d'une brume laiteuse, la villa semblait atrocement vide. À croire que ce n'était pas seulement Lyndsey qui avait disparu, mais aussi autre chose. Or, c'était faux, car tous deux prenaient conscience du contraire, qu'un élément venait d'être ajouté à leur foyer, comme à celui d'Alan et de Diane Proctor : un vide, immense et tangible, comblé par des hypothèses et des cauchemars.

Alex regagna son bureau et alluma son ordinateur portable. Il se connecta à son compte Facebook pour voir si Joey avait posté d'autres messages. Sa page était toujours vierge. Il ne s'y trouvait que l'image d'un radeau vide, sur le lac Echo.

Il représentait ce que la vie d'Alex serait dorénavant : le négatif d'une photographie, suspendue entre le présent et le passé.

Un fantôme de lui-même, hanté par un autre fantôme.

55

Monté à l'étage pour s'allonger un instant, Alex avait plongé dans un sommeil profond et sans rêve. Quand il rouvrit les yeux, il vit Ashley debout au pied du lit qui lui montrait son téléphone portable. Ses lèvres tremblaient mais il n'entendait rien, car les mots lui manquaient. Son visage était blême.

Il distingua la photographie d'une petite fille, tout habillée, assise sur un radeau au milieu d'un lac, prise de si loin qu'il pouvait s'agir de n'importe qui. Pourtant ce devait être Lyndsey. Le portable d'Alex tinta pour lui signaler la réception d'un nouveau SMS envoyé d'un numéro masqué.

QUEL EFFET ÇA FAIT QUAND ÇA VOUS ARRIVE ?

Il se redressa d'un bond et pria Ashley de lui donner le téléphone.

— Je vais chez les flics, dit-il.

— Et si jamais il envoie un autre message ?

— Il faut qu'ils voient ça.

Le poste de police, qui se trouvait à vingt minutes de la villa, partageait un immeuble de brique anonyme avec la caserne des pompiers. Alex demanda le lieutenant Carver, mais on lui répondit qu'il était en pause déjeuner.

— Maintenant, insista Alex. C'est urgent.

— Il n'appréciera pas, je vous préviens.

— Dites-lui qu'Alex Mason a du nouveau pour lui.

La policière de permanence décrocha son téléphone et tapa un numéro de poste.

— Un certain Alex Mason est à l'accueil, lieutenant.

Elle écouta la réponse, puis leva les yeux sur Alex.

— Au fond du couloir, deuxième à droite, lui indiqua-t-elle.

Le lieutenant attendait Alex sur le seuil.

— Monsieur Mason ! Qu'est-ce que je peux faire pour vous ?

Il s'essuya la bouche avec une serviette en papier qu'il jeta dans la corbeille.

Alex posa les deux téléphones sur le bureau à côté d'un sandwich entamé et d'un exemplaire du *Daily News*. Carver examina la photo puis lut le SMS.

— J'ai raté un épisode ? lança-t-il. « Quel effet ça fait quand ça vous arrive ? » Quel rapport entre cette question et la disparition de votre fille ?

— Écoutez… Il s'est passé quelque chose voilà plus de vingt ans… J'enseignais la natation dans un camp de vacances, et j'ai laissé un gamin sur un lac.

— Comme sur cette photo sur l'autre téléphone ?

— Un peu, oui.

Carver haussa les épaules.

— D'accord. Et alors ?

— Il ne savait pas nager.

— Continuez.

— Je pensais qu'il saurait se débrouiller pour revenir.

— Sans savoir nager ?

— Quand je suis revenu le chercher, il n'était plus là.

Carver se leva, s'étira puis, prenant les deux téléphones, il pria Alex de l'excuser et quitta la pièce dans laquelle il réapparut quelques minutes plus tard, les mains vides.

Il dit alors :

— Donc, vous pensez que cette histoire, que tout ce qui vous arrive vient de ce petit garçon que vous avez laissé sur un radeau ? Qu'il est, allez savoir comment, revenu dans votre existence ?

Jusqu'alors, dans toute tractation qu'il menait, Alex s'imposait par sa seule présence. C'était un homme connu du grand public grâce aux médias et dont la réussite semblait acquise. À présent, on aurait dit un homme brisé. Ses cheveux étaient sales, sa mise négligée et il se dégageait de lui une odeur qui n'était pas sans rappeler à Carver les fois où il allait rendre visite à son père, à la maison de retraite de White Plains : les effluves amers de l'indifférence et du laisser-aller.

— De vous à moi, monsieur Mason, je ne marche pas. Bien sûr, quelqu'un peut vous en vouloir, désirer se venger mais, vous savez, à moins que la victime soit totalement folle, toute rancœur finit par se dissiper avec le temps. Vingt ans ? Ça fait un bail. Les gens oublient, passent à autre chose. Ce que je crois, en revanche, c'est que ça concerne la mort de M. Kellerman, et j'irai même plus loin : je suis persuadé que vous cherchez à détourner notre attention de ce qui relève de votre responsabilité. Vous avez tout prévu, tout exécuté et à présent vous essayez de nous convaincre que votre famille et vous-même êtes les victimes de… qui ?... De quelqu'un qui voudrait se venger de quelque chose qui se serait passé il y a vingt ans ?

Soudain, Alex se sentit vidé de toute énergie, de toute volonté.

— On n'a jamais retrouvé ce petit garçon. On a pensé qu'il avait pu se faire enlever, ou se noyer. Mais moi, je sais qu'il a resurgi et qu'il vient d'enlever ma fille.

— Si je comprends bien, vous êtes harcelé par un mort ? Je crains que ce ne soit pas de notre ressort, dit le lieutenant en esquissant un sourire.

— Vous trouvez ça drôle ? Alors que ma fille est on ne sait où avec ce type ?

Carver reprit son sérieux.

— Non, je trouve ça tragique. Il y a un jeune homme qui travaillait pour vous qui est mort. Je pense que vous l'avez tué.

Alex faillit s'emporter.

— Vous n'avez aucune preuve de ce que vous avancez.

— Pas encore, en effet.

— Vous n'en obtiendrez jamais, car je n'ai rien fait.

— Et dans le cas contraire ? lança Carver. Qu'arriverait-il ?

— Vous le savez très bien. Ce serait ma ruine.

Le lieutenant lorgna son sandwich avec envie.

— Non, monsieur. Vous seriez envoyé en prison pour très longtemps.

— Ma famille serait mise au ban de la société.

— Pas forcément, monsieur.

— Et ma fille ? Bon Dieu, qu'est-ce que vous faites pour la retrouver à part bouffer en lisant le journal ?

— Oh, nous la retrouverons. Croyez-moi.

Alex n'en revenait pas de voir cet homme casser la croûte d'un air aussi détendu. On frappa à la porte. Un policier rapportait le téléphone d'Ashley ainsi qu'un câble USB.

— Il faut que vous regardiez ça, dit-il aux deux hommes.

— Matt Decker, Alex Mason.

Alex lui adressa un vague signe de tête.

— Matt est, en quelque sorte, le technicien de notre groupe, expliqua Carver. Je dis « en quelque sorte » car c'est son passe-temps et nous pouvons compter sur lui pour nous rendre service de temps à autre. Quand c'est dans ses cordes.

Decker connecta le portable d'Ashley à l'ordinateur de Carver. Il orienta l'écran de façon que les deux hommes voient l'image. Celle de Lyndsey sur le radeau. Il l'agrandit. Fit le point sur la fillette. Son expression était figée : large sourire, yeux écarquillés et cheveux châtain clair et non blonds coiffés en deux tresses.

— Que lui est-il arrivé ? s'écria Alex d'une voix inquiète.

— Agrandissons encore l'image, suggéra Decker.

— Ce n'est pas Lyndsey, cria Alex un peu trop fort.

— Ce n'est personne, confirma Decker. C'est une poupée sur un modèle réduit de radeau, sans doute dans une baignoire. Plutôt réussi comme effet spécial.

— Ce n'est pas votre fille, monsieur, renchérit le lieutenant. Mais ça, nous le savions déjà.

Pendant ce temps-là, Ashley, qui avait déjà ignoré trois stops, venait de griller son deuxième feu rouge. Comme c'était l'heure de la pause déjeuner, la circulation était dense en ville et elle se mit à slalomer entre les voitures, pied au plancher, jusqu'à atteindre les routes désertes de la campagne, pneus crissant dans les virages. Elle entendit les sirènes de police et vit les voitures, gyrophares tournoyant, qui se rapprochaient derrière elle, puis elle tourna brusquement au panneau qui indiquait *Country Day School de Long Hill.*

Au moment où elle pilait devant le bâtiment principal, les policiers bloquèrent sa voiture avec les leurs. Sans s'en soucier, elle se précipita dans le couloir, puis ouvrit la porte de la salle de classe de Lyndsey.

L'institutrice et tous les élèves tournèrent la tête vers elle.

— Où est Lyndsey ? Qu'est-il arrivé à ma fille ?

— Elle n'est pas ici, madame.

Elle s'exprimait d'une voix très calme pour inciter Ashley à suivre son exemple.

— Comment ça ? Que lui est-il arrivé ? Où est-elle ?

L'institutrice s'approcha de la porte et parla encore plus bas.

— En atelier de lecture. Qui devrait toucher à sa fin, à la bibliothèque.

Jetant un coup d'œil par-dessus l'épaule d'Ashley, elle avisa la présence des deux policiers.

— Un problème ? Je peux vous aider ?

— Donc elle est ici, elle est à l'école ? cria Ashley.

— Bien entendu. Sinon, nous vous aurions téléphoné.

56

— Nous vous avons piégé, monsieur, lança Carver à Mason. Nous savions qu'il n'était rien arrivé à votre fille car nous avons commencé par téléphoner à son école. Mais nous ne vous avons rien dit, ni à vous ni à votre épouse, car nous voulions en savoir plus.

— Vous avez perdu l'esprit ?

— Ce plan, ou je ne sais pas comment vous appelez ça dans votre jargon… c'est, je suppose, un moyen de se faire une belle publicité, d'attirer l'attention de la presse ?

Alex n'avait pas besoin de monter un tel stratagème pour que les médias s'intéressent à lui. Son nom, son visage, sa voix étaient connus. C'était un acteur de premier plan sur le marché immobilier de New York. Lorsqu'il se serait encore plus diversifié, il atteindrait une stature internationale qui lui permettrait de surpasser tous ses concurrents. Et quand on réussit, on se fait très peu de vrais amis, on se retrouve très vite entouré par ceux qui attendent quelque chose de vous et, pour finir, on se retrouve avec assez d'adversaires pour toute une vie.

Le policier attendait sa réponse. Alex songeait qu'il ferait mieux de contacter son avocat.

— Vous pensez que j'infligerais ça à ma femme pour le plaisir de me faire de la pub ?

— Voilà une vingtaine d'années, un homme d'affaires new-yorkais très en vue avait organisé l'enlèvement de son fils alors que ses entreprises périclitaient. Son but était d'inspirer de la pitié, surtout chez ceux qui le poursuivaient en justice pour ses pratiques commerciales. Le pot aux roses a été découvert, de nombreuses charges ont été retenues contre lui et sa boîte a fait faillite. Son épouse a demandé le divorce. Dix ans plus tard, son fils s'est pendu. Si c'est ce que vous faites, je vous conseille de le reconnaître sans tarder pour limiter les dégâts. En ce qui nous concerne, vous êtes derrière tout ça – le sang dans la piscine et les mots gravés sur le fond, très facile à faire quand on habite sur place, le CD apparaissant, est-il besoin de vous le rappeler, sous votre toit, les images, volées dites-vous, de votre famille au lit. Et maintenant ça. Une poupée sur un radeau miniature dans une baignoire.

Il secoua la tête.

— Un peu triste, tout de même.

— Je vous jure que je n'ai rien à voir avec tout ça.

Carver eut l'audace de sourire.

— Ce qui nous ramène à la mort de M. Kellerman, reprit-il. Votre entreprise a subi plusieurs revers ces derniers temps. Si j'ai bien compris, vous avez perdu un marché à Brooklyn, vous venez d'être évincé d'une transaction à Detroit…

— Qui vous a raconté tout ça ?

— Nous avons interrogé certains de vos employés.

Nous avons appris que M. Kellerman fournissait des informations à l'un de vos concurrents. Ce qui, me semble-t-il, constitue un sérieux mobile. Si vous voulez avouer, nous vous écoutons.

— Rendez-moi mon téléphone, je vous prie.

— Avant que vous passiez ce coup de fil si important à votre avocat, je vous rappelle qu'en montant ces cabales et en impliquant la police, vous pourriez devoir faire face à plusieurs chefs d'accusation.

À présent, Alex savait qui se cachait derrière tout ça. Un nom lui était venu à l'esprit.

57

Ceux qui entraient dans le restaurant échangeaient généralement quelques mots avec le maître d'hôtel, un sourire amical avec leur serveur habituel, voire un salut avec des clients qu'ils reconnaissaient. Alex, lui, s'élança dans la salle au pas de charge jusqu'au moment où le chef de rang l'arrêta par le bras. Dans ce genre d'établissement, le calme était de rigueur et les seules formes d'agressivité tolérées étaient le murmure des ragots et les regards assassins vers l'autre bout de la salle à des personnes ayant choisi une tenue, ou une compagne, qui offensait la vue.

— Monsieur Mason a réservé ?

— Monsieur Mason ne veut pas de foutue table, rugit-il si fort que toutes les têtes se tournèrent vers lui et que le silence se fit dans l'attente de l'esclandre qui s'annonçait.

Alex fouilla l'endroit du regard.

— C'est lui que je cherche, dit-il en repérant Mark Pearson attablé avec son épouse et un couple d'amis.

Leurs plats venaient de leur être servis et, d'un geste ample, Alex fit valser par terre les deux entrecôtes à 149 dollars pièce cuites à point, le filet de turbot sauce château-chalon, le confit de cochon de lait croustillant, le grands-échezeaux 2010 à 2600 dollars la bouteille, le Montée de Tonnerre à 734 dollars, ainsi que les quatre verres à vin, la corbeille de pain artisanal et tous les couverts, à l'exception de deux cuillères à café et d'un couteau à beurre. Il s'écoula quelques instants avant que Pearson comprenne ce qu'il se passait, mais ce fut l'autre homme présent à la table qui se leva d'un bond et exigea des explications de la part d'Alex. Son pantalon bronze était taché de vin rouge, ce qui donnait à penser qu'il souffrait d'une cystite aiguë.

— Qu'est-ce que ça signifie ? s'écria l'ami de Pearson. Qui êtes-vous ?

Pearson s'apprêtait à se lever, mais Alex plaqua les mains sur ses épaules et le força à se rasseoir. Les autres clients, très nombreux ce soir-là, le reconnurent et certains le prirent en photo ou le filmèrent avec leur portable. Les serveurs n'osaient plus bouger. Le maître d'hôtel venait de téléphoner à la police, tandis qu'un chroniqueur mondain du *Daily News*, qui dînait avec sa femme et deux couples à quelques tables de là, avait prévenu son journal de l'incident en cours. Il pensait déjà à trois gros titres possibles pour son papier et, dans la minute, son rédacteur en chef lui envoya son approbation par SMS.

Parlant assez fort pour être entendu de tous, Alex lança :

— Je sais ce que tu manigances. Et si tu n'arrêtes pas tes conneries… si tu ne nous fiches pas la paix, à ma famille et à moi… je te jure que je te ferai la peau, espèce d'enfoiré.

Deux policiers s'élancèrent à travers la pièce pour interpeller Alex, mais Pearson leur dit :

— C'est un problème personnel. Laissez, messieurs.

L'un des deux lui conseilla de bien réfléchir. Après tout, une menace était une menace.

— Tout va bien, assura Pearson. Je vais régler cette affaire.

— Nous ne partirons pas tant qu'il restera là.

— Avant cette scène, je me réjouissais d'être en concurrence avec toi, dit Pearson à Alex. C'est le métier, c'est la loi du genre. Désormais, je m'emploierai à te ruiner. Je te mettrai sur la paille, Mason, je te le jure, et tu seras grillé à New York. Maintenant, paie les dégâts que tu as faits avant que je change d'avis et décide de porter plainte contre toi.

La villa était plongée dans l'obscurité quand Alex rentra chez lui vers minuit. Il supposa qu'Ashley et les filles dormaient déjà. Le scandale qu'il avait fait au restaurant lui paraissait être un rêve. Avant de se rendre en ville, il avait téléphoné à Pearson chez lui et on lui avait indiqué où il pourrait le trouver. Alex s'était présenté sur place dans l'intention de le prendre par surprise, de lui parler calmement, de lui signifier qu'il était au courant de tout ce qu'il avait fait mais, arrivé sur les lieux, la situation s'était vite envenimée, comme si tout ce que sa famille et lui subissaient depuis un mois trouvait enfin son exutoire.

Désormais, il n'y avait plus de retour en arrière possible, plus aucun moyen de présenter des excuses. Il ne pourrait plus jamais retourner dans ce restaurant, un de leurs préférés, et il ne doutait pas que la rumeur se propagerait vite en ville et ferait de lui un client indésirable pour les autres établissements. Ainsi, cette mégapole où il s'était fait un nom et avait su imposer sa marque, où il menait chaque jour ses affaires, commençait à lui fermer ses portes.

Voilà qu'il était sur le point de tout perdre.

58

— Qu'est-ce que tu nous as fait, Alex ?

La voix d'Ashley, résonnant dans l'obscurité, le fit sursauter. Il ne voyait d'elle qu'une vague silhouette, inattendue dans la nuit, assise dans un fauteuil, jambes croisées, un verre à côté d'elle.

À l'instant où il tendait la main pour allumer une lampe, elle dit, très calme :

— Laisse éteint.

Il marcha jusqu'au chariot à alcools, se servit un whisky et s'assit en face de sa femme.

— Donc, tu es au courant.

— Qui ne l'est pas ? C'est passé aux infos locales. Images comprises. Certains clients ont filmé en vidéo le scandale que tu as fait. Je ne te dis pas le nombre de réactions que j'ai reçues de la part de nos amis. SMS. E-mails. Messages téléphoniques. Tous ces gens m'assurent être désolés pour nous. Pour moi. Pour Becca et Lyndsey. Ton nom est en train de devenir une mauvaise blague, Alex. Je suppose que c'est une chose de plus que nous allons devoir partager avec toi.

Il but une gorgée et posa son verre.

— Les filles vont bien ?

— Elles sont chez mes parents. Je ne voulais pas qu'elles soient là si jamais d'autres journalistes débarquaient.

— Ils sont déjà venus ?

— Au portail, oui, quelques-uns. Le *Post*. Le *Daily News*. Deux chaînes câblées. J'ai réussi à les faire partir en menaçant d'appeler la police.

Il approuva d'un signe de tête, mais elle ne put voir sa réaction.

— Je suis fatigué, soupira-t-il.

— Moi aussi.

— J'ai été stupide.

— Lyndsey n'est pas au courant de l'histoire de la poupée dans la baignoire. Ne lui en parlons pas, d'accord ?

— Et Becca ?

— Elle a treize ans. Elle ne s'intéresse pas du tout à ce que nous faisons.

— Elle sait ce qu'il s'est passé ce soir ?

— Toutes les deux sont au courant, Alex. Comme tout le monde.

Ashley s'exprimait sur un ton froid, sans affect, comme elle l'avait fait lorsqu'elle avait découvert sa liaison. Avec le temps, une fois leur intimité revenue, elle avait retrouvé sa voix, aussi tiède et veloutée que son sourire, ses cheveux et son corps. À présent, c'en était fini.

— Je répète ma question, Alex. Qu'est-ce que tu nous as fait ?

— Rien. Nous sommes autant les victimes que…

— Donc, tu persistes à rejeter la faute sur un enfant que tu as livré à son sort en l'abandonnant au beau milieu d'un lac ? Ce n'est pas que je ne te croie pas,

Alex, au contraire. J'en suis venue à te connaître mieux que personne. Mais l'incident de ce soir n'a rien à voir avec l'époque où tu étais moniteur dans un camp de vacances. Seulement avec toi. Tu es ton pire ennemi. Et ces gens-là finissent toujours par faire des victimes.

Il leva la main pour l'interrompre.

— Je parle, dit-elle. Tu m'écoutes.

Quand il se leva pour aller se resservir à boire, elle eut un mouvement de recul, comme si elle craignait qu'il ne la frappe. Désormais, plus rien n'était comme avant, et il le savait. La dynamique qu'il s'était toujours enorgueilli de contrôler, tant dans le travail que dans la vie familiale, avait basculé en sa défaveur. Quand il parlait, sa voix sonnait faux ; il devait se concentrer et multiplier les efforts pour reprendre ses esprits.

— Je te ressers à boire ? proposa-t-il.

— Ce n'est que de l'eau. Je dois garder les idées claires.

Dans l'obscurité, il ne voyait pas l'expression de son visage. Elle avait bien planté le décor.

— Qu'est-ce que tu veux dire, au juste ?

— J'ai réfléchi, Alex. Pas à ce qui vient d'arriver, mais à tout le reste depuis le début de ces événements – la piscine, les effractions. C'est comme si je m'étais laissé surprendre par une tempête et que je ne parvienne pas à me mettre à couvert. C'est de pire en pire, et j'ai l'impression que ce n'est pas près de s'arrêter. Alors, j'en suis venue à penser que je n'ai aucune idée de qui tu es. Je ne sais même pas pourquoi je t'ai épousé.

— Parce que je suis assez riche pour te permettre

de vivre comme tu l'entends. Ta Mercedes. Cette villa. Notre résidence d'été, ta garde-robe. Nos voyages aux quatre coins du monde. L'école des filles. Tu n'as aucune obligation. Tu peux profiter de la vie. À chaque instant.

— Tu me crois superficielle au point de t'avoir épousé pour ton argent ? Parce qu'il m'apporterait tous les « plaisirs » que tu viens d'énumérer ? Ce qui s'est passé m'a ouvert les yeux.

Il voulut intervenir, mais elle le devança.

— C'est moi qui parle, tu l'as déjà oublié ? Toi, tu m'écoutes.

Il se tassa sur lui-même, soupira et finit son deuxième verre. Il allait l'écouter patiemment. Il se leva, prit la bouteille et retourna s'asseoir. Il avait déjà connu ce genre de disputes – de *mises au point*, comme elle les appelait – et, en général, elles se terminaient par une réconciliation sur l'oreiller ou, au moins, par une connivence retrouvée autour d'un dernier verre. Au matin, ce serait oublié, relégué au statut de petite contrariété. Mais, pour le moment, il se sentait en terrain miné. Il allait devoir présenter ses excuses à Pearson, sans aucun doute plus publiquement qu'il ne le souhaitait. Cependant, il gardait un atout dans sa manche : il était en position de contre-attaquer en rendant public le fait que son concurrent l'avait fait espionner. La faute de l'un valait celle de l'autre. Et l'idée que Pete Kellerman travaillait pour ce faux jeton attisa sa colère.

— Je sais de quoi tu es capable dans les meilleurs moments, Alex. Tu es bon, confiant envers tes employés, tu fais des dons importants à des œuvres de charité et, oui, c'est vrai, tu nous offres une existence confortable, nous ne manquons de rien. Je sais aussi comment tu te comportes dans tes pires moments, je connais des aspects de ta personnalité dont tes collègues ne se doutent pas. Mais toi, à l'évidence, tu ne me connais pas du tout. Pour toi, je ne suis qu'un accessoire, au même titre que ta voiture de luxe…

— Là, je trouve que…

— Tu ne me demandes jamais ce que je pense, ce que je ressens et ce que je veux faire de ma vie. À mon avis, tu t'en sortirais mieux avec un chien. Tu pourrais lui demander de se coucher à tes pieds, le battre quand il n'obéit pas, lui lancer un os, encore et encore, lui dire « va chercher, rapporte ».

— Tu…

— Tu peux te montrer cruel, indifférent, méprisant. Alors, si c'est réellement arrivé, si tu as livré un petit garçon à une mort certaine sur un radeau au milieu d'un lac pour la simple raison qu'il n'était pas capable de faire comme toi, parce qu'il ne se comportait pas comme un homme, je ne suis pas certaine de vouloir continuer à partager ta vie, celle d'un être sans conscience, sans cœur, sans âme. En tout cas, je suis sûre de ne pas vouloir que mes filles grandissent auprès de ce genre d'individu.

Il se rendit compte qu'elle n'avait pas bougé, pas une seule fois changé de position, qu'elle n'avait même pas porté le verre à ses lèvres. Il se demanda si elle préparait cette diatribe depuis longtemps. Ce sentiment ne datait probablement pas d'hier, mais elle avait enfin su trouver les mots pour l'exprimer. Et voilà que sa voix le réduisait au silence.

Elle marqua une pause, il saisit l'occasion :

— Je peux parler ?

— À ton tour, Alex.

Étonnant comme ses intonations variaient peu. Elle semblait calme et sûre d'elle. Elle nageait en eaux profondes, sans le moindre effort.

— Si tu envisages de me séparer des enfants, je préfère te prévenir tout de suite que ça n'arrivera pas.

— Tu n'auras peut-être pas le choix.

— Je me battrai.

— Je m'en doute. Tu nous laisserais nous noyer, au bout du compte, je me trompe ?

Elle se leva et quitta la pièce. Il ne fut pas certain d'avoir entendu la porte d'entrée s'ouvrir mais, quand elle sortit sa Mercedes du garage, il comprit que c'était fini entre eux. Elle avait dû faire ses valises plus tôt dans la journée, les charger dans la voiture et les déposer chez ses parents en même temps que Becca et Lyndsey.

Elle avait laissé la porte grande ouverte.

59

Depuis toujours, Alex détestait aller se coucher. Quand il était petit, il laissait la radio allumée toute la nuit pour avoir l'impression de ne pas être seul, car sa chambre au fond du couloir se trouvait à l'opposé du vaste espace que ses parents occupaient dans le penthouse, avec bar, téléviseur et chaîne stéréo ; le lit king size, au bout de quelques années, fut remplacé par des lits jumeaux qui les plaçaient à une distance respectable l'un de l'autre, commodément installés dans leur monde de boissons alcoolisées, de shows télévisés de fin de soirée et de ce qui, pour eux, passait pour de l'amour.

Beaucoup plus tard, il avait découvert que son père avait trompé sa femme dès le début de leur mariage. Il avait même eu un fils naturel dont il avait financé l'éducation en secret, né d'une liaison qu'il avait eue à Londres avec une femme et désormais âgé d'une quarantaine d'années, qui vivait en Suisse et enseignait le ski à des actrices oubliées et des membres de la noblesse déchue. Vers la fin, sa mère, sur son lit du Mount Sinai Hospital, lui avait souri en affirmant qu'elle avait été très heureuse toute sa vie, avait tendrement aimé son mari et son fils et, même alors, Alex savait qu'elle mentait.

Elle avait mené une vie parsemée d'épreuves auxquelles elle avait survécu en recourant, deux fois par jour, au soutien de comprimés de couleurs et dosages variés qui la détachaient du quotidien qu'elle détestait. Ainsi elle abordait le monde qui l'entourait avec une sorte de légèreté surnaturelle, abandonnant le petit Alex dans sa chambre où il mangeait des sandwichs en regardant à la télévision des sitcoms ou des vieux films avec Mickey Rooney. Lorsque ses parents partaient faire une croisière en Europe ou un séjour de plusieurs semaines en Inde, Alex était confié à sa gouvernante, une femme solide comme un roc née en Géorgie, prénommée Virginia, qui, lorsqu'elle avait bu quelques verres de trop, dénudait souvent son opulente poitrine pour laisser le jeune Alex la tripoter à loisir sous son œil attendri, assise au bord du lit.

Dans son souvenir, leur appartement lui semblait aussi vaste et grandiose que cette villa où il se trouvait désormais seul dans sa chambre tandis qu'un talk-show, recevant des vedettes à grand renfort d'arrangements orchestraux, passait à la télévision. Peu importait qui se trouvait sur l'écran : ces gens-là lui tenaient compagnie en lui donnant le sentiment qu'une grande fête se déroulait à la lisière de sa vie. Un pas dans la bonne direction, et il y participerait. Il prit son verre – combien en avait-il bu ? Il avait perdu le compte – et constata qu'il était vide. Trop ivre pour descendre au rez-de-chaussée, il se leva, se mit en caleçon et évalua l'ampleur des dégâts.

Ashley avait emporté presque tous ses vêtements, ainsi que son coffret à bijoux, prévoyant sans doute de les vendre s'il la laissait sans ressources suffisantes. Ce qui était peu probable. Elle prendrait un avocat à la hauteur de Kurt Garland, et avait de grandes chances de l'emporter. Il serait contraint de vendre la villa et de s'installer au Mason House Hotel. Ou de laisser la maison à Ashley et aux filles. Dans un cas comme dans l'autre, ce serait terrible. Pour le grand public, il serait un produit endommagé. Il lui faudrait des années pour retrouver son statut.

Les chambres des filles paraissaient vides comme jamais, plus encore que lorsqu'elles passaient la nuit chez une amie. Leurs lits étaient défaits, ce qui donnait à penser qu'Ashley les avait tirées du sommeil dès qu'elle avait reçu les premiers appels et SMS au sujet de l'incident qui s'était produit en ville. Même s'ils avaient connu bien pire ensemble ces dernières semaines, même si Alex considérait que sa famille était victime d'actes de vengeance, ce qu'il avait fait à Mark Pearson était humiliant aussi bien pour l'image de marque de son entreprise que pour sa femme et ses enfants. Ashley avait compris ce qui ferait la une des tabloïds du lendemain : la face hideuse d'Alex Mason agressant un concurrent dans l'un des restaurants les plus en vue de Manhattan.

Il retourna se coucher, regarda un peu la télévision puis sombra dans un sommeil profond.

Lorsqu'il s'éveilla en sursaut vers sept heures et demie, sur l'écran en face de lui, le présentateur d'une matinale s'effaçait devant une coupure pub. Un homme à la tignasse blanche, au sourire avenant, flattait son chien de berger qu'il sortait promener. Dans le plan suivant, cet homme souriait aux gens qu'il croisait, un couple afro-américain âgé assis sur un banc dans un parc, une Asiatique en plein exercice de tai-chi, un hipster barbu, la capuche de son sweat-shirt rabattue sur la tête, de la musique plein les oreilles.

La voix off résonna : « Je suis père, grand-père et sur le point, eh oui, de devenir arrière-grand-père. Mais je souffre aussi d'un diabète de type deux. Donc, quand votre médecin engage avec vous une conversation cruciale sur votre maintien… »

Alex n'écoutait plus. Car ce comédien n'était autre que Mike Farrelli, le policier que Marty Pollock avait interviewé. Alex se redressa et s'intéressa à la suite du spot publicitaire. Il n'en croyait pas ses yeux. C'était, à coup sûr, le même homme, celui qui avançait tant de théories sur Joey Proctor.

60

Le sergent Banks, qu'il joignit au poste de police de Lenox, informa Alex que leur conversation serait enregistrée.

— Je vous téléphone pour savoir si un inspecteur du nom de Mike ou Michael Farrelli travaille chez vous ?

— Actuellement, monsieur ? Ce nom ne me dit rien.

— Je crois qu'il est à la retraite depuis plusieurs années.

— Je vais vérifier. Patientez, s'il vous plaît.

Alex était assis à son bureau, vêtu d'un simple caleçon d'où débordaient d'appréciables bourrelets de graisse. Il sentait une pulsation douloureuse derrière son œil gauche, signe annonciateur, il le savait, d'une gueule de bois qui durerait toute la journée. Pendant qu'il patientait, il consulta les sites Web des tabloïds new-yorkais. Les deux* ouvraient sur une photographie de lui très peu flatteuse en train de s'en prendre à Pearson, les traits crispés, ses cheveux clairsemés hirsutes.

---

* Le *New York Daily News* et le *New York Post*.

— Monsieur ? Selon nos archives, l'inspecteur Farrelli a pris sa retraite il y a quatorze ans.

— Je comprends, mais pourriez-vous me communiquer un numéro de téléphone où je puisse le joindre ? On m'a dit qu'il vivait en Floride.

Le silence se prolongea.

— Je regrette, mais l'inspecteur Farrelli est mort peu après avoir cessé son activité.

— Mort.

— Oui, monsieur. Cela fait quatorze ans. Infarctus. Je peux faire autre chose pour vous aider ?

Mort ? Pourtant, Marty disait lui avoir parlé voilà quelques semaines et qu'il s'apprêtait à retourner le voir le mois suivant.

— Vous en êtes certain ?

— Un instant, monsieur.

L'appel fut transféré.

— Ici l'inspecteur Casey. Si j'ai bien compris, vous désiriez joindre Mike Farrelli ?

— Oui, c'est cela.

— Je travaillais avec lui. Quelques semaines après son départ à la retraite, sa femme et lui sont partis en vacances en Floride. Tôt ce jour-là, nous nous étions parlé par téléphone, puis dans la soirée Eleanor, son épouse, m'a appelé pour m'informer des derniers événements. Ils étaient sortis faire des courses et, sur le chemin du retour, il semblait surexcité par une idée qu'il avait eue concernant l'affaire Proctor et il venait de lui dire qu'il voulait à tout prix m'en informer.

Il se tut. Alex attendit la suite. *Quoi, maintenant ?* songeait-il.

— Ils sont rentrés à leur hôtel, ils ont refermé la porte de leur chambre… et il s'est effondré.

Alex ne saisissait pas. Dans l'interview réalisée par Marty, Farrelli ne racontait-il pas ce qu'il s'était passé des années plus tôt alors qu'il était sorti avec sa femme pour acheter une valise neuve ? Qu'il pensait que les parents de Joey étaient peut-être impliqués dans la disparition de leur fils ? Maintenant, il y avait ce comédien dans le spot publicitaire. Et ça. Il n'y comprenait plus rien.

— Vous rappelez-vous à quoi ressemblait Farrelli ?

Le policier s'esclaffa.

— On l'appelait le grand Mike. Maigre comme un clou et calvitie précoce.

Sauf que l'homme de la vidéo avait les cheveux blancs et de l'embonpoint.

Alex reprit sa respiration. Il avait la sensation que le monde marchait sur la tête.

— Permettez-moi de vous poser une autre question, reprit-il. Un certain John Otis a été arrêté une ou deux fois… voilà, je ne sais pas, soixante ou soixante-dix ans ?

Il entendit son interlocuteur rire de plus belle.

— Encore cette histoire ! s'exclama-t-il. Oh, c'est pas vrai !

— Que voulez-vous dire, au juste ?

— Cette vieille légende de John Otis.

— Mais j'ai vu des photos de lui.

— Vous avez peut-être vu des photos, mais je peux vous assurer qu'aucune n'était d'un John Otis que nous aurions connu. De vue, de nom, ni même de réputation.

— Que me dites-vous là ?

— John Otis n'existe pas. Il n'a jamais existé.

— Mais… ne vivait-il pas dans une maison que son

père avait bâtie au-dessus du lac Echo ? Qui aurait été détruite par les flammes ? Enfin, quoi, j'ai lu les coupures de presse de l'époque…

Cette fois, le policier piqua un fou rire.

— Oui, dit-il entre deux hoquets, et moi je suis le Père Noël.

Alex songea qu'on s'était joué de lui. Qu'on l'avait pris pour un imbécile. Les images que Marty lui avait montrées du père et de son fils chasseurs, les interviews de Mike Farrelli – ce n'était que de la fiction. Les propos de Marty lui revinrent en mémoire : *Je transforme le réel en extravagances, et le faux en vérités vraies.*

Alex sut ce qu'il lui restait à faire. Il se doucha rapidement, s'habilla et partit au volant de sa Bentley pour Manhattan. Il était encore tôt en ce samedi matin, la circulation était fluide et les places de stationnement ne manquaient pas dans Bleecker Street. Il pressa l'interphone de Marty. Silence. Un couple, qui sortait de l'immeuble, lui tint la porte.

Il se souvenait que Marty habitait au dix-neuvième étage. Il frappa chez lui. Pas de réponse. Il tambourina sur le battant, si fort qu'un voisin, de l'autre côté du couloir, sortit sur le palier. Il portait un jean, un T-shirt NYU et des mocassins élimés. Il arborait une barbe poivre et sel de plusieurs jours, des cheveux ras. Un chien voulut se précipiter dans le couloir, mais il le retint par le collier et le flatta jusqu'à ce qu'il s'assoie gentiment à côté de lui.

— Je peux vous aider ?

— Je dois voir monsieur Pollock.

— Marty ? Il a déménagé.

— Pardon ?

— Il a dit adieu à New York. Il remplaçait un prof en congé sabbatique, et sa mission a pris fin voilà quelques jours, au retour du gars. On enseigne tous les deux à la Tisch. Enseignait, plutôt, en ce qui le concerne.

— Vous le connaissiez ?

— Un peu. Je veux dire, on était voisins. Bonjour, bonsoir, et les trucs du genre.

— Il vous a dit où il allait ?

— Sans doute qu'il retournait à Los Angeles.

Alex accusa le coup.

— Vous plaisantez ? reprit-il.

— Il a expédié toutes ses affaires par bateau la semaine dernière.

— Vous connaissez son adresse là-bas ?

— Non.

— Son numéro de téléphone… ?

L'homme secoua la tête.

— Donc, il n'y a plus rien là ? le relança Alex en désignant l'appartement.

L'homme, qui s'apprêtait à refermer sa porte, répondit :

— C'est vide. Tout a disparu.

Il n'existait ni de John Otis, ni de Mike Farrelli. Ni même, désormais, de Marty Pollock.

Soudain, Alex se souvint aussi de ce que Marty lui avait dit lors de leur déjeuner la semaine précédente : *Vous comprenez ce que je veux dire ? Vous êtes tout simplement devenu un personnage de l'histoire.*

61

Rentré à Los Angeles depuis trois jours, Marty habitait de nouveau le bungalow qu'il occupait à Silver Lake depuis qu'il avait quitté la côte Est quatre ans plus tôt. Sa petite amie avait décroché un second rôle, celui d'une riche divorcée de Caroline du Sud, dans un film dont le tournage avait lieu à Vancouver, et ils se retrouveraient la semaine suivante lorsqu'elle reviendrait en ville. Ses bailleurs vivaient dans la villa principale, sur rue, et il était ravi d'être là, au calme, loin de tout, où il pouvait travailler sans se laisser distraire. Parfois, ce couple âgé le priait de leur rendre un petit service, d'aller faire leurs courses au supermarché ou chercher des médicaments à la pharmacie et, son loyer étant si dérisoire, il se faisait une joie d'accepter.

Depuis son retour, il avait aéré les lieux et disposé le mobilier un peu comme à New York. Il y avait là sa table sur tréteaux, ses panneaux en liège et son iMac. À présent, deux photos se trouvaient au-dessus de son ordinateur : un selfie que sa petite amie et lui avaient pris dans Central Park la fois où elle était venue le voir à New York, tous deux souriants, enlacés, ainsi qu'un portrait des propriétaires du camp Waukeelo et de leur fils pris chez un photographe de Lenox. David et Nancy Jensen étaient assis devant un fond bleu, il tenait sa femme par les épaules tandis que leur fils était assis devant eux, bras croisés, large sourire sur le visage. Une famille heureuse.

Puis une famille brisée.

L'instant était venu pour lui de parachever son projet. Il prit un DVD sur l'étagère. Sur la boîte figurait l'étiquette : *SCÈNE FINALE / « NOYADE »*.

Celle qui, enfin, mettrait un terme à la légende. Celle qui imposerait la réalité.

Il glissa le disque dans le lecteur et l'image se matérialisa sur l'écran : une scène tournée caméra au poing, légèrement floue, où l'on voyait Alex et Pete Kellerman au bord de la piscine, chez les Mason. Le soir tombe, et la personne qui filme se trouve tout juste assez loin pour que les deux hommes ne remarquent pas sa présence. Un éclairage suffisant est assuré par les lampes installées çà et là.

Pete fait un geste qui se veut apaisant, puis il dit : *« D'accord, d'accord, oui, c'est bon, je dirai ce que tu veux. J'ai fait ce que tu crois que j'ai fait, et je te présente mes excuses. Ça va, tu te sens mieux ? »*

Marty augmenta le volume comme Alex prenait la parole :

« Tu as tout manigancé, alors, hein ? Le sang, le nom sur le mur, les photos, les rats, la…

— Tu veux bien me laisser passer, s'il te plaît ? »

Alex tapote l'épaule de Pete.

« Brave garçon. C'est terminé, maintenant, hein. C'est enfin terminé. »

Certes, Marty avait déjà visionné ce passage des

dizaines de fois depuis qu'il l'avait téléchargé sur son ordinateur portable, mais il n'empêche qu'il s'enfonça dans sa chaise et, une fois encore, admira son œuvre. Il trouvait que les idées qu'il avait eues pour le coup de la piscine et pour effrayer Mason dans l'immeuble de Brooklyn étaient carrément géniales, au même titre que celle de s'introduire chez lui de nuit pour les filmer tous pendant leur sommeil. Quant au coup de la poupée sur le radeau, eh bien, il pouvait, là encore, se couvrir de lauriers. Il faut avoir une sacrée tournure d'esprit pour concevoir de telles stratégies, en dresser les plans, trouver le courage de les exécuter. Ainsi qu'il le disait souvent à ses étudiants à New York, faire un film revient à savoir comme manipuler son public, de la première image à la dernière.

Désormais, Joey Proctor vivait dans la tête d'Alex Mason, un petit garçon qui semblait avoir toujours été là, qui grattait aux portes de sa conscience, créant le chaos alors que, jusqu'alors, dominait la certitude d'une belle vie agrémentée de beaux objets et de propriétés cossues, régie par tous les comptables et les avocats nécessaires.

Pourtant, Joey Proctor n'est pas réellement mort : à présent, c'est lui la légende qu'on raconte au camp Waukeelo, assis autour des feux dans la tiédeur des soirées d'août. Son nom est prononcé tous les étés, et le sera encore au fil des années. Un jour, il était là, et le lendemain il n'y était plus. Joey Proctor avait désormais une histoire bien à lui et, aussi longtemps qu'on la raconterait, il ferait à jamais partie des vivants, âgé de huit ans pour l'éternité.

Marty reporta son attention sur les images au moment où Pete, poussé par Alex, tombe dans la piscine, une scène qui se termine quand Alex sort le corps de l'eau, l'enveloppe dans une bâche et le charge dans son pick-up. Puis il démarre et s'en va, ses feux arrière engloutis dans le lointain et l'obscurité de la nuit. Le tout filmé par la caméra.

Marty saisit l'enveloppe matelassée achetée le matin même au magasin Staples de Santa Monica Boulevard et, au feutre noir, écrivit : *Poste de police de Briarcliff Manor*. Il ajouta l'adresse qui figurait sur leur site Web, puis il glissa le DVD à l'intérieur.

Alors, il sourit, révélant le même espace entre ses incisives que celui du petit garçon sur la photo du panneau de liège : celle de David et Nancy Jensen en compagnie de leur jeune fils, Martin. Les parents qu'il avait perdus. Ce père et cette mère qu'il n'avait jamais vraiment connus, qui avaient fini dans la misère, la déchéance et le suicide, tout cela parce qu'un moniteur de camp de vacances avait oublié un enfant.

C'est terminé, maintenant, hein, avait dit Alex à Pete Kellerman avant qu'il ne se noie. *C'est enfin terminé.*

Oui, cette fois, ça l'était.

DU MÊME AUTEUR

Aux Éditions Gallimard

Dans la Série Noire

LA MÉDIUM, 2022.

NOYADE, 2020, Folio Policier nº 936.

Tous les papiers utilisés pour les ouvrages des collections Folio sont certifiés et proviennent de forêts gérées durablement.

Composition APS-ie
Impression Novoprint
à Barcelone, le 13 janvier 2023
Dépôt légal : janvier 2023
1er dépôt légal dans la collection : mai 2021

ISBN 978-2-07-292283-1 / Imprimé en Espagne

597082